슬픈 짐승

이 도서의 국립중앙도서관 출판예정도서목록(CIP)은 서지정보유통지원시스템 홈페이지(http://seoji.nl.go.kr)와
국가자료공동목록시스템(http://www.nl.go.kr/kolisnet)에서 이용하실 수 있습니다.
(CIP제어번호: CIP2010000442)

세계문학전집
029

Monika Maron : Animal triste

슬픈 짐승

모니카 마론 장편소설
김미선 옮김

문학동네

1995년 6월 25일에 세상을 떠난
귄터 부시를 감사의 마음으로 기억하며

차례 ▋

대부분의 젊은 사람들이 그렇듯 나도 젊었을 때는 젊은 나이에 죽어야 한다고 생각했다. 내 안에 너무나 많은 젊음, 너무나 많은 시작이 있었으므로 끝이란 것은 좀처럼 가늠이 안 되는 것이었고 또 아름답게만 생각되었다. 서서히 몰락해가는 것은 나에게 어울리지 않았다. 그것은 정확히 알고 있었다. 지금 나는 백 살이다. 그리고 아직 살아 있다. 어쩌면 이제 겨우 아흔 살일 수도 있다. 정확히는 모르겠다. 아마 백 살이 맞을 것이다. 계좌를 개설해둔 은행 이외에는 내가 아직 세상에 존재한다는 사실을 아무도 알지 못한다. 나는 한 달에 한 번 은행 창구에 가서 약간의 돈을 인출한다. 나는 매우 절약하며 살고 있다. 그런데도 매번 창구 직원이 이제 더이상 인출해줄 돈이 없다고 말할까봐 무섭다. 몇 가지 예금을 갖고 있긴 했지만 그것으로 먹고산 지가 너무 오래되어서 그 세월 동안 예금이 바닥나지 않았다는 것이 믿기지 않는다. 아마 내가 누군가로부터 약간의 연금을 받고 있는 것 같다. 어쩌면 나는 이제 겨우 아흔 살이거나 더 젊을지도 모르겠다. 세상에 대해 신경 쓰지 않은 지 오래되어 지금 세상이 어느 시대에 박혀 있는지도 나는 모른다. 집에 양식이 떨어지면 장을 보러 거리로 나간다. 가끔은 시장이 서 있다. 시장에서 장을 보는 것이 가장 편안하다. 북적이는 사람들 사이에 섞일 때 가장 눈에 띄지 않기 때문이다. 아는 사람을 만나는 일은 한 번도 없다. 예전에 알던 사람들을 내가 알아볼 수나 있을지 모르겠다. 아마 그들은 이미 모두 죽었고 나만 아직 살아 있는 것 같기도 하다. 내 나이에 아직도 이렇게 잘 걸을 수 있다는 것은 신기한 일이다. 이삼 주 정도 두고 쓸 것들을 한꺼번에 구입하기 때문에 식료품들 무게가 상당한데 그것을 집으로 들고 오는 일도 그다지 힘들지 않다. 그래서 가끔은 내 나이가 의심스럽다. 내가 집 안에서 보낸 시간을 잘못 계산한 것일 수도 있겠다는 생각도 든다.

나의 아파트에는 거울이 없다. 거울이 있다면 얼굴을 비춰보면서 주름살을 세고 그렇게 나이를 가늠할 수 있을 것이다. 그 당시, 오십 년 전이나 사십 년 전, 아니면 육십 년 전 그때는 가을이었다. 그것은 정확하게 알고 있다. 내 생애의 에피소드에 또 다른 에피소드를 추가하지 않겠다고 결심했던 그때 나는 거울을 모두 깨뜨려버렸다. 수십 년 전 일부러 내 시력을 망가뜨리지 않았더라면, 저녁이나 아침에 옷을 갈아입으면서 벌거벗은 내 몸을 보고 피부 상태를 살펴볼 수도 있을 것이다.

나의 마지막 연인, 그 남자 때문에 나는 세상을 등졌다. 나를 떠났을 때 그는 안경을 잊고 내 집에 두고 갔다. 나는 몇 년 동안 그의 안경을 썼다. 건강하던 내 눈을 그의 근시와 뒤섞어 흐릿한 눈으로 만들었다. 그것이 그의 곁에 머물 수 있는 마지막 가능성이었다. 어느 날 닭고기 누들수프를 만들고 있을 때 안경이 주방 돌바닥에 떨어지면서 알이 깨져버렸다. 그때 이미 내 눈은 원래 타고났던 좋은 시력을 잃은 뒤라서 안경이 없어도 아쉽지 않았다. 그 이후로 안경은 내 침대 옆 작은 탁자 위에 놓여 있다. 점점 뜸해지고는 있지만 나는 가끔씩 안경을 써본다. 내 연인이 그 안경을 썼을 때 무엇을 느꼈을지 느껴보기 위해서다.

나는 내 연인을 또렷이 기억하고 있다. 도움닫기를 한 뒤 정확한 도약 지점을 놓쳐서는 안 되는 높이뛰기 선수처럼 자로 잰 듯한 걸음걸이로, 느릿느릿 내 집에 들어설 때 그의 모습이 어땠는지 알고 있다. 그가 조금 전까지 이 방에 있었던 것처럼 그의 냄새를 맡을 수 있다. 날이 어두워지고 몸이 노곤해지면 그의 두 팔이 내 등을 감싸 안는 것을 느낄 수 있다. 그러나 그의 이름은, 그가 왜 나를 떠났는지는 잊었다.

가을이었다. 그것은 정확하게 알고 있다. 어느 날 그가 가버렸고 다시는 돌아오지 않았다. 그때 그가 죽었을지도 모를 일이다. 삼십 년 전인가 오십 년 전에, 아니면 사십 년 전 어느 날 전화벨이 울리고 어떤 목소리가, 아마 그의 아내였을 여자의 목소리가 내 연인이 죽었다고 말하던 일이 가끔 기억나는 것도 같다. 그 말을 전하기 전에 그녀는 먼저 자기 성(姓)을 말했다. 그것은 내 연인의 성이기도 했다. 그 이후로 나는 그 이름을 잊었다. 하지만 이 모든 것이 내 착각일 수도 있다. 나는 너무 오랫동안 여기 틀어박혀 이야기들을 꾸며내고 있다. 그해 가을 어느 날 밤에 ─ 비는 오지 않았다 ─ 몹시 서두르며(귀가가 늦은 이유를 아내가 납득할 만하게 설명하기에는 이미 늦은 시각이었다) 내 집을 떠났던 그가 왜 그 이후로 다시 오지 않았는지를 설명할 수 있는 이야기들을……

나는 그를 기다렸다. 몇 주일 동안은 감히 집을 비울 엄두도 내지 못했다. 하필 내가 집을 비운 시간에 그가 돌아왔다가 내가 없는 것을 알고는 영원히 떠나버릴 수도 있다는 두려움 때문이었다. 밤에는 전화를 베개 옆에 갖다놓았다. 그를 기다리는 동안 오직 그만을 생각했다. 몸짓 하나하나, 예전에 내게 했던 모든 말들, 우리가 나누었던 밤의 포옹들을 계속 되새겼다. 내 연인이 내 옆에 있는 것처럼 생각할 수 있었다. 몇 시간 동안이나 정말로 그가 내 옆에 있는 것처럼 그렇게 행복할 수 있었다. 시간이 흐르면서 나는 오지 않는 그를 기다리는 일에 익숙해졌다. 그가 오기를 바라지 않고 기다리는 일이 가능하다면 나는 그 일을 했던 것이고 사실 오늘도 여전히 기다리고 있다. 기다림이 내게는 본성이 되었고, 기다려도 아무 소용이 없다는 사실도 이미 오래전부터 괴롭지 않다. 내 연인을 실제로 얼마나 오랫동안 알고 지낸 것인지 모르겠다. 오래였거나 그다지 오래지 않았거나, 아니면 사십 년이나 오십 년을 기억들로 채우기에 충분히 오래, 아주 오래였을 것이다.

나의 인생을 끝나지 않는, 중단 없는 사랑 이야기로 살아가겠다고 결심했을 때 이미 나는 젊지 않았다. 내 신체는 특히 위태로운 부분들에서 초기 노화현상을 드러내는 몰락의 단계에 이미 접어들어 있었다. 처진 엉덩이, 복부와 허벅지 안쪽에 힘없이 출렁이는 살들, 피부 아래에 작은 덩어리로 해체되는 피하결체조직. 그럼에도 불구하고 내 신체의 전체적인 윤곽에는 아직 젊음이 남아 있었고, 채광 여건이 좋을 때, 그리고 피부와 살이 팽팽히 당겨지는 자세를 취할 때는 내가 노년보다는 청춘에 더 가깝다는 환상을 갖게 했다.

다행히 나는 그동안에 내 육신이 드러냈을 비참한 모습을 알지 못한다. 내 몸은 상당히 야위었다. 침대에서 옆으로 누울 때는 딱딱한 뼈들이 맞닿아 아프지 않도록 다리 사이에 이불을 끼고 있어야 한다. 이상한 걸음걸이로 거리를 지나갈 때 내 모습이 사람들에게 어떻게 보일지는 사실 상관없는 일이다. 내 나이가 되면 주변 사람들에게 역겨움을 일으키지 않는 것만도 아름다움으로 봐주는 법이다. 나는 여전히 규칙적으로 샤워를 하고 콧물이 떨어지지 않게 주의한다.

내 연인이 나를 떠난 뒤, 우리가 마지막으로 함께 누웠던 침대 시트를 벗겨내서 빨지 않고 장롱 안에 보관해두었다. 가끔씩 시트를 꺼내 펼쳐본다. 그럴 때 내 연인의 머리카락 한 올 피부 부스러기 한 점도 떨어져나가지 않도록 조심을 한다. 침대 시트에 강렬한 빨강, 초록, 보라색이 섞인 큰 꽃들이 프린트되어 있는데 나는 그 꽃들을 보면 식육식물의 꽃들이 떠오른다. 바탕색이 검은색이라서 아직도 선명하게 남아 있는 아름다운 내 연인의 정액 흔적을 알아볼 수 있다. 하나는 푸들이 앉아 있는 모습처럼 보이는 그리 크지 않은 얼룩이고, 바로 그 옆에 조금 더 큰 두번째 얼룩이 있다. 그것은 그다지 뚜렷하지 않은 형태라서 볼 때마다 늘 새롭게 해석할 수 있는 가능성이 열려 있다. 마치 하늘에 떠가는 구름을 볼 때처럼.

나는 옷을 벗고 침대 위에 눕는다. 내 연인은 식육식물들 사이에 앉아 벽에 등을 똑바로 기대고 있다. 그는 벗은 몸도 아주 똑바른 자세를 취한다. 그것이 그에게 단호한 인상을 주지만 사실은 척추에 가하는 부담을 줄이려는 것뿐이다. 내 연인은 나보다 젊지 않고 몇 살이 더 많기까지 하다. 나는 그의 실루엣만을 알아볼 수 있다. 방 안이 거의 깜깜하다. 그가 파이프를 빨아들일 때 파이프를 물었다가 입을 여는 소리가 들린다. 그러고 나면 나는 항상 한 문장을 기다린다. 특정한 문장은 아니고 그저 한 문장만 얘기하기를 기다리지만 그는 말하지 않는다. 그는 나를 바라보지 않고, 닫혀 있는 커튼 뒤의 창문을 어둠을 뚫고 응시한다. 나는 담배에 불을 붙이고 어떻게든 그의 손 아래로 내 몸을 밀어넣는다. 사십 년이나 오십 년 전의 그날 저녁은 우리가 서로 알게 된 지 겨우 두 주가 지났을 때였다.

제대로 기억하고 있는 것이라면 나는 생물학을 공부한 적이 있다. 아니면 지리학이나 고생물학이었을 수도 있다. 어쨌든 내 연인을 만났을 때 나는 이미 오랫동안 원시시대 동물뼈대 연구에 몰두하고 있었고 베를린 자연사박물관에서 일하고 있었다. 내 연인을 처음 본 곳도 바로 그 박물관이었다. 아마 오늘도 여전히 있겠지만 당시에 박물관에는 그전에 어떤 박물관에서도 구경할 수 없었던 가장 거대한 공룡뼈대가 있었다. 높이가 12미터에 길이가 23미터나 되는 브라키오사우루스였다. 내가 '그'라고 불렀던 그것은 마치 사원 안에 서 있는 것 같은 기둥들로 장식된 홀 한가운데, 둥근 유리 지붕 아래에 우습도록 작은 머리를 신성하게 세우고, 볼품없으면서도 고상하게 서서 그를 받드는 여사제인 나를 내려다보며 빙긋 웃고 있었다. 나는 매일 아침 고요한 기도로 그에게 바치는 예배를 시작했다. 삼십 초나 일 분 정도 그의 앞에 서 있었고, 그래서 가벼운 뼈 클립들로 구멍 모양을 만들어놓은 그의 아름다운 눈을 들여다볼 수 있었다. 그러면서 그의 뼈대가 아직 오십 톤의 살로 덮여 있었을 때 우리가 만났으면 좋았을 것이라고 생각했다. 그가 죽었던 곳, 그리고 추측건대 그가 살기도 했었을 텐다구루 근처에서 1억 5천만 년 전 어느 날 아침 언제나 똑같은 태양 아래에서 그가 먹잇감을 찾고 있었을 그때 우리가 만났으면 좋았을 것이라고 생각했다.

나는 브라키오사우루스를 생각하는 것이 좋다. 내 연인과 브라키오사우루스 외에는 생각하고 싶은 것이 많지 않다. 세월이 흐르는 동안 나는 잊고 싶은 것을 기억하지 않는 법을 배웠다. 왜 많은 사람들이 체험할 가치조차 없었던 사소한 사건들을 기억 속에 산더미처럼 쌓아놓고는 마치 사용된 인생의 증거로서 쓸모가 있다는 듯 백 번도 넘게 다시 그것을 뒤져 보여주는 것인지도 이해할 수 없다. 내 인생에는 잊히지 않아야 할 것들이 많지 않았다. 간직할 가치가 있다고 여겨지는 것만 모으면 내 인생은 상당히 짧은 생이 되었다. 요즘에는 사람들이 어떻게 생각하는지 모르지만 내가 아직 다른 사람들과 더불어 살았던 사십 년 전이나 오십 년 전에는 망각이 죄악시되었다. 나는 그것을 당시에도 이해할 수 없었고 지금은 그것을 생명을 위협하는 횡포라고 생각한다. 너무나 큰 신체적 고통을 겪을 때는 기절만이 치명적인 쇼크나 평생 지속되는 충격을 막을 수 있는 것인데도 불구하고, 망각을 금지했듯이 사람들에게 기절을 금지할 수도 있을 것이다. 기억한다는 것은 잊지 않는다는 것과는 조금도 관계가 없다. 신과 세상은 브라키오사우루스를 잊었었다. 야넨시 교수가 텐다구루에서 그것의 뼈 몇 개를 발견할 때까지 1억 5천만 년 동안 브라키오사우루스는 지상의 기억에서, 어쩌면 심지어 우주의 기억에서조차도 사라졌었다. 야넨시 교수가 그를 발견한 후에 우리는 그를 기억하기 시작했다. 그것은 우리가 그를 다시 꾸며냈다는 것을 의미한다. 그의 작은 뇌, 그의 먹이, 습관, 동시대 동물들, 그의 오랜 종족 생활 전부와 그의 죽음을 다시 만들어낸 것이다. 이제 그는 다시 존재하며 모든 아이가 그를 알고 있다.

사십 년 전이나 오십 년 전 그날 저녁, 내 연인이 곧게 편 등을 벽에 기대고 식육식물들에 둘러싸여 내 침대에 앉아 있던 그 저녁을 나는 그가 떠나간 이후로 꾸며내고 있다. 내 연인과 함께했던 다른 많은 밤들도 역시 모두 꾸며내고 있다. 그렇게 시간이 흐르면서도 시간이 흐르지 않는다.

그의 이름을 잊어버린 후로 나는 내 연인을 프란츠라고 부르고 있다. 살아오면서 프란츠라는 이름을 가진 다른 사람을 알았던 적은 분명히 없기 때문이다. 내 연인에게 더 멋있는 이름을 붙여주려고 애써보기도 했다. 그러나 내 마음에 드는 이름마다, 또는 내 연인에게 더 어울릴 것 같아 보이는 이름 뒤에서는 매번 내가 살아오는 동안 잠시라도 알았던 다른 사람이 떠올랐다. 그 이름을 쓰면 내 연인과 단둘이 있고 싶을 때 갑자기 그 사람이 생각날 수도 있을 것이다. 프란츠 (Franz)라는 이름도 '아' 발음을 가능한 한 길게 끌어 깊숙이 놓으면서 마지막에 살짝 위로 끌어당김으로써 아주 멋지게 발음할 수 있다. 그러나 '아'를 너무 강하게 발음하면 절대로 안 된다. 그렇게 하면 우둔하게 들릴 것이다. 네 개의 자음 사이에서 하나뿐인 모음이 짓밟히지 않도록 뉘앙스만 주는 것이다. 그렇게 하면 프란츠는 '무덤'이나 '관'처럼 멋진 저음의 단어가 된다.

프란츠가 그렇게 똑바로 거기 앉아서 닫혀 있는 커튼 뒤의 창문을 어둠을 뚫고 응시하면서 마치 한 문장을 말하려는 것처럼 숨을 들이쉴 때, 그때 그가 무슨 생각을 하고 있는 것인지 나는 절대로 알지 못할 것이다. 나는 다만 그가 계속 입술에서 튀어나오려고 하는 이 문장을 어떻게 피할 수 있을지 곰곰이 생각하고 있을 뿐이라고 추측해본다. 그것은 끔찍한 문장임에 틀림없다. 아니면 굉장한 문장이거나.

흰색 커튼에 걸러진 희미한 가로등 불빛 속에서 프란츠는 노출이 부족한 흑백사진 속의 인물처럼 보인다. 창백하고 유령 같은 모습이 그를 둘러싼 잿빛 어둠 속으로 녹아들어 있다. 뿌연 흐릿함이 그의 얼굴에서 나이를 지워버리고 이 시간만큼은 그에게 청춘을 되돌려준다. 사십 년 전이나 삼십 년 전의 그때처럼 나는 동물의 배 같은 연인의 단단하고 따뜻한 배에 등을 기대고 쭉 뻗고 있는 그의 다리 사이에 반쯤 앉은 상태로 몸을 기대고 있다. 나도 그처럼 닫혀 있는 커튼 뒤의 창문을 바라보며 담배를 빨아들인다.

그날 저녁 우리가 서로 알게 된 지 두 주가 지나고 있었다. 제대로 기억을 하는 것이라면 나는 그때까지 상당히 평균적인 삶을 살았다. 결혼했고 아이도 하나 있었다. 예쁜 딸아이였다. 지금은 그 아이도 벌써 일흔이나 예순이 되었을 것이다. 딸애가 아직도 나에게 편지를 쓰는지 모르겠다. 가끔 편지들이 오곤 하지만 눈이 망가져 발신인조차 식별할 수가 없다. 아직 글을 읽을 수 있었을 때 받았던 마지막 편지에서 딸애는 오스트레일리아 사람인지 캐나다 사람인지와 결혼했다고 썼다. 남편과 함께 오스트레일리아인지 캐나다인지로 가려고 한다고, 그리고 행복하다고 썼었다. 그 이후에 다른 소식은 듣지 못했다. 어쩌면 딸애는 내가 죽었다고 생각하고 편지 쓰기를 단념했을 수도 있다.

내가 프란츠와 만난 후에 남편은 눈에 띄지 않게 내 인생에서 사라졌음에 틀림없다. 내가 옛날부터 살고 있는 이 집으로 프란츠가 아무 때나 나를 찾아올 수 있었던 것은 달리 설명할 길이 없다. 내가 기억하는 한 남편은 호감이 가는 평화로운 사람이었다. 우리는 분명히 최소한 이십 년은 함께 살았을 것이다. 어쨌든 내가 프란츠를 만났을 때 딸애는 이미 성인이 되어 있었다. 그때 나는 어떤 사람도 신경 쓸 필요가 없었기 때문이다. 물론 신경을 써야 했지만 그렇게 하지 않았던 것일 수도 있다. 그러나 만일 그랬다면 워낙 다정다감한 사람이었던 프란츠가 자기 때문에 내가 아이를 쫓아내는 것을 내버려두었을 리가 없다.

드물지만 가끔씩 이 이십 년 사이의 어떤 날이 떠오를 때가 있다. 당시에 내가 불행했었다고 한다면, 누군지는 모르지만 어느 누군가가 나의 뇌 속에 흐르는 전류를 차단했던 사월의 그날까지는 그것을 모르고 살았다. 그날 초저녁 나는 프리드리히 가를 건너 고속전철을 타러 달려가고 있었다. 그때 갑자기 혀에서 알 수 없는 마비증세가 느껴졌고 이것이 빠르게 나머지 감각들로 퍼져갔다. 그 다음 이십 분에 대해서는, 내가 움찔움찔 경련을 일으키며 입에 거품을 가득 물고 도로 위에 누워 있을 때 나를 돌봐주었던 한 젊은 여자의 이야기를 통해서만 알고 있을 뿐이다.

나는 삼 분 정도 깊은 실신 상태에 빠졌다가 깨어난 후 십오 분 동안 계속 끔찍한 혼돈 상태에 있었다고 한다. 구급차 대원들이 와서 나를 병원으로 데려가려고 하자 내가 닥치는 대로 거칠게 주먹을 휘둘렀다고 한다. 그들은 나를 진정시키기 위해서 다시 떠나는 척해야 했고 그러다가 몇 분 후 다시 돌아와 마침내 나를 병원으로 데려갔다. 병원까지 따라왔던 그 젊은 여자가 얘기하기를, 내가 동정심을 일으킬 정도로 불안해하는 느낌을 주었는데 그러다가 어느 한 순간 갑자기 내 얼굴에서 긴장이 풀리면서 기운은 없지만 멀쩡한 상태가 되어 무슨 일이 있었느냐고 물었다고 했다. 내 감각의 마비가 시작되던 순간과 다시 현관 계단 위에 서 있는 나를 발견했던 순간 사이의 시간에 대해서는 어떤 기억도 없다. 당시에 사람들이 내게 현대 의학의 모든 고문을 가했지만 발작의 이유를 해명할 수 있을 만한 어떤 기관의 이상을 몸 안에서 발견하지 못했다.

그 뒤 몇 주가 더 지난 다음 나는 가끔씩 내 몸 안에서 무언가가 발작 이전과 다르게 작동하고 있다는 느낌을 받았다. 누군가 양극을 바꿔 끼운 것처럼 좌우가 뒤바뀐 느낌이었다. 예를 들면 사람들의 성(姓)보다 이름이 더 나중에 떠오른다거나, 머릿속에서는 32를 생각하는데 23이라고 적어놓는다거나, 또는 집 안을 돌아다닐 때 내가 열려고 하는 문이 오른쪽에 있다는 것을 정확하게 알고 있는데도 왼쪽으로 손을 뻗는 것이었다. 물론 나는 자연과학자로서 그런 증상들에 대해서 논리적인, 또 이런 경우에는 간단하기까지 한 설명들이 있다는 것을 알고 있었다. 그럼에도 불구하고 발작과 그 결과들에 대해서 생각하면 할수록 그것이 더 무서워졌다. 진화론이 어떻게 보다 높은 이성의 존재를 반박하는 증거로 여겨질 수 있는 것인지 처음으로 의아해졌다. 진화론 역시 보다 높은 이성의 창조물일 수 있지 않은가. 그날 저녁 프리드리히 거리에서 어느 낯선 존재가 십오 분 동안 내 전류를 차단했고 내가 알지 못하는 이유로 내 두뇌의 작동회로를 약간 바꿔놓았다는 상상이 내게 확고한 생각이 되었다. 그것을 진지하게 믿은 것은 아니었지만 그래도 설명할 수 없는 그 사건이 내 안에 남긴 느낌에 가장 들어맞는 생각이었다. 그러나 만일 낯선 존재가 나의 죽음을 가상으로 실험했던 것이라면, 그러고 나서 뇌, 즉 기억력 안에 약간의 혼돈을 일으켜놓고 다시 나를 부활시킨 것이라면, 나의 유한성을 그렇게 혹독하게 보여주고자 했던 것이라면, 그렇다면 뇌의 해마나 편도선 안의 미쳐버린 몇 개의 뉴런이 아니라 그것과 다른 연관성을 생각할 수 있어야 했다.

발작은 나를 불안감에 빠지게 했다. 나는 나중에 그 사건에 의미를 부여하고 신호를 해석하면서 겨우 그 불안감을 견딜 수 있었다. 하지만 어쩌면 내가 그 이전부터 스스로 질문을 제기하고 나 자신이 그 질문에 대답하기 위해서 어떤 신호만을 기다렸을지도 모르겠다. 그 질문은 '만일 그날 저녁의 발작이 내 죽음을 가상실험한 것으로 끝나지 않고 정말로 그때 내가 죽었다면 내가 놓쳤던 것이 무엇이었을까'라는 것이었다. 인생에서 놓쳐서 아쉬운 것은 사랑밖에 없다. 그것이 대답이었고, 그 문장을 마침내 말로 꺼내 얘기하기 오래전부터 이미 나는 그 대답을 알고 있었음에 틀림없다.

그리고 일 년이 지난 후 프란츠를 만났다. 나는 그를 찾지 않았고 그를 기다리지도 않았다. 어느 날 아침 그가 내 옆에 서 있었다. 다른 때는 나만 내려다보던 브라키오사우루스가 그날은 우리 두 사람을 내려다보며 빙긋 웃고 있었다. 프란츠는 나지막한 목소리로 잊히지 않는 말을 했다. "아름다운 동물이군요."

갑자기 피부에 와 닿은 통증이 펄펄 끓는 뜨거운 물 때문인지 얼음처럼 차가운 물 때문인지 확실하게 말할 수 없는 순간들이 있는 것처럼, 나는 그 순간 내게 일어난 일이 어떤 것인지 알 수 없었다. 이 낯설고 부드러운 목소리가 공룡뼈대와 나만의 말없는 대화를 두고 나를 조롱하고 있는 것인지, 아니면 이 목소리가 내 비밀을 알고 있는 사람의 것인지, 나처럼 1억 5천만 년을 뛰어넘어 브라키오사우루스의 1톤 무게의 심장이 뛰는 소리를 듣고 썩어 없어진 살을 되살아나게 할 수 있는 사람의 것인지 알 수 없었던 것이다.

프란츠, 당시에는 그의 진짜 이름을 아직 알지도 못했으니 이름을 잊는 일은 없었을 것이다. 프란츠의 두 눈은 작았고 담회색이었다. 모딜리아니 그림 속 여인들의 눈이 파란 만큼 프란츠의 눈은 눈동자 사이에 1밀리미터도 흰자위가 없이 회색이었다. 그것은 지금까지도 내가 바로잡을 수 없는 착각이다. 프란츠는 작은 회색 눈을 가졌고, 작은 눈이 보통 그렇듯이 눈동자 주위에 흰자위가 많았다. 나중에는 심지어 프란츠도 그의 작은 눈 안에 위협적일 정도로 흰자위가 많다고 생각하기까지 했다. 그런데도 프란츠와 나의 첫 만남과 그의 눈을 생각할 때면 언제나 모든 것을 향해 있고 아무것에도 향해 있지 않은, 완전하게 회색인 이 시선을 내 위에 느끼곤 한다.

창백한 피부와 마른 체격에 회색 외투를 팔에 걸치고 그날 아침 내 앞에 서 있었던 프란츠를 왜 그냥 진지한 직업을 가진 건실한 보통 중년남자로 여기지 않았던 것인지 자주 나 자신에게 묻곤 한다. 나는 브라키오사우루스는 아름다운 동물이라는 그의 말에 마치 신탁을 받은 것처럼 충격을 받았다. 공룡의 멸종을 가지고 나와 대화를 시작하기 위해 꺼낸 상투적인 말로 그것을 알아들을 수도 있었을 텐데 말이다. 사십 년이나 삼십 년 전에는 공룡의 멸종이 저널리스트들과 모든 연령층의 신문독자, 심지어 어린이들 사이에서도 가장 인기 있는 테마 중 하나였다. 당시에 나는 사람들이 공룡의 죽음에 대해서만 흥미를 느끼고 공룡의 삶에 대해서는 관심을 갖지 않는 것이 이상하다고 생각했었다. 이 거대한 동물이 어떻게 1억 년, 아니 그보다 더 오래 생존할 수 있었는지가 내게는 정말 수수께끼였는데 그것에 대해서는 아무도 묻지 않았다. 그렇게 오랜 동안 지구상에 존재했던 어떤 것이 어느 날 다시 지구에서 사라지는 것이 정상적인 일이 아니라는 것처럼…… 어쩌면 사람들은 바로 그런 예감 속에서 공룡의 죽음에 대해 논리적이고 유일무이하며 절대로 다시 반복되지 않을 어떤 이유를, 인간들 자신에게는 그런 일이 일어나지 않을 거라는 근거를 찾아낸 것인지도 모른다. 사실 인간들은 때로는 원자폭탄으로 인해서, 때로는 신종 질병들로 인해서, 그다음에는 녹아내리는 극지방으로 인해서 인류의 멸망을 두려워하는 일에 끊임없이 매달렸기 때문이다. 인간들은 멸종하느냐 생존하느냐가 두려움 자체에 달려 있다는 듯 열심히 인류의 멸망을 걱정했다. 인간들은 인간 스스로를 두려워하게 되었다. 그들은 인간 종족이 과도하게 먹어치우고 과도하게 소화시키는 괴물로 성장하는 모습을 불안하게 지켜보았다. 그리고 그 괴물이 몸이 터지거나 다른 식으로 스스로 몰락하기를 기다리고 있는 것 같았다. 혹은 기적이 일어나기를 기다리거나. 과도함에 있어서 인간들은 자신들이 분명히 공룡과 친척간이라고 느꼈고 그래서 공룡의 운명을 인간이 처한 위기에 대한 비유라고 보았다. 그들은 유성 때문에 공룡이 멸종된 것이라고 믿고 싶어 했다. 하늘로부터 재앙이 왔다는 것이다. 그러면서도 작은 거북들은 그 재앙을 극복했었다는 사실은 간단히 무시해버렸다.

프란츠가 브라키오사우루스의 뼈대를 보고 아름다운 동물이라고 말했던 그날 아침 그를 한순간도 위안거리나 찾는 종말론자로 여기지 않았던 것은 딱히 규정할 수 없는 사투리가 섞인 부드러운 프란츠의 목소리, 그리고 그의 작은 담회색 눈 속에 나타나는 방향 없는 진지함 때문이었다. 브라키오사우루스 앞에서 드리는 나의 아침 예배 때문에 나를 조롱하는 것이 아니라는 확신이 든 다음 내가 대답했다. "그렇죠, 아름다운 동물이죠."

그 이후로 나는 이천 번, 아니 더 자주 이 순간을 체험했다. 그보다 훨씬 더 자주 그렇게 해서는 안 된다고 스스로를 타일렀는데도 어쩔 수가 없었다. 내 인생에서 가장 값진 이 순간이 그것을 계속 체험하려는 제어할 수 없는 나의 욕망으로 인해 그 마력을 잃게 될까봐 두려웠다. 그러나 우리 박물관의 유리로 된 둥근 천장 아래 프란츠의 곁에 서서 그에게 "그렇죠, 아름다운 동물이죠"라고 대답하도록 나 자신에게 허용할 때면 언제나 그때처럼 아름다운 음악이 크게 울려 퍼졌다. 빛처럼 유리 천장을 뚫고 떨어지는 것 같은 음악이 홀 전체의 구석구석에서 메아리치며 브라키오사우루스의 뼈대를 떨게 만든다. "하느님께 찬송과 영광을!" 천사들의 목소리가 그렇게 노래하고, 그리고 프란츠가 미소를 짓는다.

프란츠는 나중에 이런 이야기를 했다. 젊은 시절의 서투른 시도 몇 번을 제외하면 그가 그렇게 단도직입적으로 여자에게 접근했던 기억은 없다고. 여하튼 그는 홀에 들어서서 그 동물의 뼈대 앞에 서 있는 나를 보았을 때 이미 설명할 수 없는 어떤 기대감에 사로잡혔고 자신의 기대감에 내몰려 내게 말을 걸 수밖에 없었다고 했다.

내가 백 살인지 아니면 겨우 여든 살인지는 아무 상관 없다. 우리가 '나는 사랑을 하고 있다'고 말하는 이런 상태에 빠져들 때 원래 어떤 일이 일어나는지에 대해서 내가 곰곰이 생각해보는 것이 사십 년이 되었는지, 아니면 삼십 년이나 육십 년이 되었는지도 상관없다. 앞으로 오십 년 더 머리를 굴려본다 해도 그것에 대해서 알아낼 수 없을 것이다. 나는 사랑이 안으로 침입하는 것인지 밖으로 터져 나오는 것인지조차도 아직 알지 못한다. 가끔은 사랑이 어떤 다른 존재처럼 우리 안으로 침입한다는 생각이 든다. 그것은 몇 달 동안, 심지어 몇 년 동안이나 주위에 숨어 우리를 엿보다가 어느 때인가 기억이나 꿈들의 방문을 받고 우리가 갈망하며 숨구멍을 열 때, 그때 그것이 숨구멍을 통해서 순식간에 밀고 들어와 우리의 피부를 감싸고 있는 모든 것과 뒤섞인다.

사랑은 바이러스처럼 침입하기도 한다. 그것은 우리 안에 틀어박혀 조용히 머물러 있다가 어느 날엔가 우리가 충분히 저항력이 떨어지고 무방비 상태가 되었다고 생각될 때, 그때 불치의 병이 되어 터져 나온다. 그러나 또 우리가 태어날 때부터 사랑이 죄수처럼 우리 내부에 살고 있는 것이라고 상상할 수도 있다. 사랑이 해방되어 우리들 자신인 감옥을 부수고 나오는 데 성공하는 일은 가끔씩 일어난다. 사랑이 감옥을 부수고 나온 종신형 죄수라고 상상해보면, 얼마 안 되는 자유의 순간들에 사랑이 왜 그렇게 미쳐 날뛰는 것인지, 왜 그렇게 무자비하게 우리를 괴롭히고 온갖 약속 안으로 우리를 밀어넣었다가 곧바로 온갖 불행 안으로 몰아넣는 것인지를 가장 빠르게 이해할 수 있다. 마치 우리가 사랑을 내버려두기만 하면 사랑이 무엇을 줄 수 있을지를 우리에게 보여주려는 것처럼, 사랑이 지배하도록 내버려두지 않기 때문에 우리가 어떤 벌을 받아 마땅한지를 보여주려는 것처럼 말이다.

프란츠를 만나기 오래전부터 내 사랑이 해방을 준비하고 있었던 것 같다. 내가 그 한 가지 문제를 제기하고 그 문제에 대해 하나의 대답을 한 이후로, 사람이 인생에서 놓쳐서 아쉬운 것은 오직 사랑뿐이라는 사실을 알게 된 이후로 내 사랑은 탈출로를 파고 있었음에 틀림없다. 프란츠를 처음 만났을 때 내 사랑은 자유를 얻었다. 처음부터 내가 무엇을 해야 할지를 내 사랑이 결정했다. 프란츠와의 문제에서 내가 아주 작은 것이라도 결정을 내린 기억이 없다. 내 사랑이 그것을 내게 금지했던 것은 아니지만 첫 순간부터 모든 것이 이미 결정되어 있었기 때문에 결정할 것이 아무것도 없었다. 내 사랑이 나를 대하는 확신이 자존심을 상하게 하기는 했지만 사랑의 강요에 대해 저항하려고 오래 시도하지는 않았다. 그러나 사랑을 자제하도록 하려는 나의 시도들은 번번이 모두 사랑의 승리로 끝났고, 매번 사랑의 계획에 복종해야 할 뿐 다른 것은 없다고 가르치며 또다시 더 큰 굴욕만을 내게 남겼다.

프란츠가 나를 떠나고 그가 다시 돌아오기를 바라지 않으면서 그를 기다리게 된 이후에야 비로소 나는 내 사랑과 융화하여 살고 있다. 나는 더이상 내 사랑과 나를 구분하지 않으며, 그 이후로 내게 일어나고 있는 모든 일은 내가 원했던 것이다.

물론 오십 년이나 육십 년 전의 그때는 나의 모든 행복과 불행이 프란츠로부터 나오는 것이라고 생각했었다.

나는 기이한 시대에 살았다. 프란츠를 만났을 때는 막 그 시대가 끝났을 때였다. 나는 지금은 더이상 신문을 읽지 않고 거래하는 은행의 창구 직원 외에는 가끔씩 말 한 마디를 주고받을 사람도 하나 없다. 그러므로 사람들이 그동안에 이 시대에 대해서 어떤 평가를 내렸는지, 이 시대에 대해서 어떻게 얘기하는지 모른다. 그러나 당시에 국제적 자유운동으로 위장한 갱단이 내해(內海)들과 전방에 떠 있는 몇몇 섬들과 점령된 영해를 포함한 동유럽 대륙 전체를 다른 세계로부터 불가사의하게 경계 짓고 스스로 각 나라의 합법적 정부로 자처하는 데 성공했던 일을 오늘날 그 누군가가 이해할 수 있을 것이라고는 상상할 수 없다. 그 모든 것이 전쟁의 결과로 일어난 일이었다. 한 민족의, 즉 독일의 갱단이 그 전쟁을 시작했고 전쟁에 패했다. 앞서 말했던 자유갱단의 지배를 몇십 년 동안 받았던 서아시아 공화국은 승전국에 속했다. 승전의 대가로 동유럽이 그 나라에 귀속된다는 판결이 났다. 가엾은 나의 어머니가 두 번의 폭발음 중간에 나를 낳았던 도시 베를린의 절반을 포함하여 독일의 절반이 그것에 속하게 되었다.

젊은 시절에 읽은 책이 한 권 있는데, 책제목은 어느 해인가의 연도를 나타내는 것이었다. 책 안에는 우리가 처한 실존의 상황들이 대략 기술되어 있었다. 다만 우리나라에서는 그런 상황들이 더 비합리적으로 돌아갔을 뿐이다. 그 원인은 추측건대 오직 조직자들이 어리석었기 때문이었을 것이다. 나는 이 사십 년 동안의 일들을 다행스럽게도 많이 잊어버렸다. 대부분의 것이 너무 불합리해서 기억조차 할 수 없기도 했다. 뼈대 이름이나 뼈대 발굴지 이름들을 외우듯 아마 그것을 암기해야 했을 것이다. 나는 그때 이미 뼈대에 몰두하고 있었고 최소한 그것만은 내게 흥미로웠다. 나처럼 몇억 년 안에서 생각하는 데 익숙해 있는 사람은 아마 그 갱단의 사십 년 지배를 죽음에 임박한 하나의 돌연변이로 보는 편이 더 쉬웠을 것이다. 그들이 생존했던 기간은 세계사적으로 볼 때 브라키오사우루스가 발 하나를 바닥에서 들어올리는 데 필요한 시간조차도 되지 못하는 것이다. 내가 그 시절의 행동 일체를 주의 깊게 관찰했던 것은 주로 자연과학적 흥미에서였다고 주장할 수 있다. 그때 나는 비논리적이고 흔히 종에 위해가 되는 요구들에 대한 나 자신의 반응을 매우 정확하게 관찰하고 때때로 적어두기까지 했다. 그런데 그것은 그사이에 내게 득이 되지도 해가 되지도 않았다. 이제 더이상 글을 읽을 수 없기 때문이다. 그래서 경솔한 호기심을 좇아 나의 수십 년간의 망각 작업을 망쳐버릴 시험을 당하지도 않는다.

동유럽에 살았던 이들의 삶이 으레 그랬듯 나의 삶도 부조리의 자의에 내맡겨졌고 잔혹하게 망가졌다. 우리 박물관은 브라키오사우루스 외에도 세계에서 가장 훌륭한 공룡진열실 가운데 하나를 갖고 있었다. 우리에게는 디크라에오사우루스, 디살로토사우루스, 켄트로사우루스, 플라테오사우루스, 브라디사우루스가 있었고, 무엇보다도 시조새가 있었다. 귀중하고 훌륭한 시조새였다. 그러나 그 공룡들의 연인이며 발명자가 되고 싶었던 나를 사람들은 공룡 청소부로 만들었다. 내가 공룡들을 관리하고 공룡들 관절에서 금이 간 부분들을 찾는 일은 허용되었지만, 몬태나라든가 뉴저지, 또는 코네티컷 밸리나 레드디어 강 계곡에 있는 그들의 형제자매들을 찾아다니는 일은 금지되었다. 매사추세츠 주 사우스해들리 출신의 플리니 무디가 19세기 초에 이미 그의 정원에서 발견했던 기이한 종류의 새 발자국을 가서 보아서는 안 되는 일이었다. 그 모든 것을 보았던 사람들과 만날 수 있는 국제학회들조차도 나는 참가할 수 없었다.

자신의 삶에서 다른 것보다 더 많은 관심을 기울일 어떤 한 가지 일을 가져보지 못한 사람이라면, 그 한 가지에 대해서는 경험할 수 있는 모든 것을 찾아내어 눈으로 보고 붙잡고 싶다는 소망에 사로잡혀보지 않은 사람이라면, 누구도 나의 불행을 이해할 수 없을 것이다. 우리 박물관에서 약 300미터 떨어진 곳에 장벽이 길게 뻗어 있었다. 동독 한가운데 있는 서유럽 영토, 베를린의 서쪽 부분을 빙 둘러 쌓아놓은 장벽이었다. 갱단의 이런 어리석은 짓이 성공했고 이 도시의 400만 시민이 이런 냉혹한 오만함을 감수했다는 것이 마지막까지 이상하게 생각되기는 했지만, 장벽이 존재했던 수십 년 동안 나는 그것이 내 도시의 더 큰 부분으로부터 나를 갈라놓았다는 사실을 그다지 중요하게 생각하지 않았다. 만일 어느 날엔가 산 안드레아 단층이 최종적으로 갈라진다면 캘리포니아 사람들이 그것을 감수할 수밖에 없는 것처럼 베를린 사람들은 그렇게 그것을 받아들였다. 그러나 이 흉측한 3미터 높이의 콘크리트 장벽이 나를 지구의 다른 부분으로부터 갈라놓았을 뿐 아니라 지구 태고의 역사 전체로부터 갈라놓았다는, 이해할 수 없는 생각은 그것을 곰곰이 생각하기만 하면 곧바로 무한을 상상하려고 할 때처럼 현기증을 일으켰다. 그것은 내게서 고생대와 중생대를, 백악기 암석과 쥐라기 산들을 빼앗아갔다. 내가 일생을 바치고자 했던 모든 것을 내게서 빼앗아갔다. 나처럼 공룡 부서에서 일했던 한 젊은 남자가 기억난다. 그는 브라키오사우루스의 머리 위쪽 유리 천장을 출발점으로 이용하여 기구를 타고 300미터 장벽 너머까지 날아갈 것을 수년간 꿈꾸었다. 그러기 위해서는 그에게 동풍만 있으면 되었을 것이다. 동풍은 드물었고 거의 예측 불가능했다. 한편 그 계획을 실행하기 위해서는 사람들의 이목을 끌 수밖에 없는 준비가 필요했다. 열기구를 타고 가는 것은 버너 불꽃 때문에 고려의 대상이 되지 않았다. 그 젊은이는 오직 한밤중에 그곳을 떠나 날아갈 수 있었을 터인데 불꽃이 일어나면 밤에는 멀리서도 눈에 띄었을 것이기 때문이었다. 수소 기구를 띄우려면 높이가 150센티미터나 되는 무거운 압력가스 용기를 최소한 열 개는 유리 천장 위로 끌고 가야 하고, 다음 번 동풍이 불어올 때까지 아마 몇 주일은 눈에 띄지 않게 그곳에 보관해야 했을 것이다. 그럼에도 불구하고 그 젊은 남자는, 내 딸처럼, 어느 날 모습을 감추었다. 그는 로마에서 우리에게 카드를 보냈다. 나는 그를 잘 기억하고 있다. 밤에 어두운 홀 안 브라키오사우루스 옆에 서서 유리 천장을 올려다보며 기구에 서서히 공기가 채워지는 모습, 기구의 표면이 팽팽해져서 기구가 그 젊은이를 지붕에서 들어 올리는 모습을 자주 상상했었기 때문이다. 젊은이의 구두밑창이 유리에서 떨어지는 모습, 그리고 마치 허공을 가르며 달릴 수 있는 것처럼 그의 다리가 흔들리는 모습을 나는 보았다. 나는 정말로 기이한 시대에 살았다. 전 세계를 돌아다니며 공룡들의 자취를 추적하는 일이 허용되었다면 내가 공룡을 더욱 잘 이해했을지 누가 알겠는가. 그들을 둘러싼 내 예감 전체가 교재에 단 한 문장도 쓰이지는 않는다 하더라도, 다른 모든 것보다 내가 사랑했던 그 하나와의 영원한 대화가 나를 그들의 비밀에 좀 더 가까이 데려갔을지 누가 알겠는가. 나는 그것을 알지 못한다.

*

프란츠가 저녁부터 다음날 아침까지 내 집에 머물 수 있는 것은 자주 있는 일이 아니었다. 대개의 경우 프란츠는 열두시 반이 되면 내게 몇 시냐고 묻곤 했다. 그러나 사실 그런 물음은 불필요한 것이었다. 열두시 반이 되면 항상 그는 열두시 반이 되었다는 것과 집으로 가기 위해 일어나야 한다는 것을 정확히 알았기 때문이다. 왜 프란츠가 항상 한시에 집에 있어야 했는지, 왜 두시나 세시에 가면 안 되는 것이었는지 나는 지금까지도 알지 못한다. 하지만 시간이 부족했거나 시간이 더 많이 주어졌거나 아무것도 달라지지 않았으리라는 것은 확실히 알고 있다. 프란츠의 아내가 남편을 두고 이삼 일 동안 친척집에 나들이를 가 내가 프란츠의 아내와 밤을 나눠 쓰지 않아도 되는 날들은 얼마 되지 않았다. 그런 날이면 나는 항상 프란츠가 잠든 후 한참 있다가 잠이 들었다. 그가 잠잘 때 어떤 모습을 하고 있는지 나는 정확하게 알고 있다. 가늘게 떨리는 나방날개처럼 부드러운 그의 눈꺼풀이 작은 담회색 눈을 덮을 때, 자기를 배반하고 무슨 말이든 꺼낼까

봐 겁먹고 낮에는 꾹 다물고 있던 매끄러운 아랫입술이 그 훈련에서 벗어날 때, 지친 몸을 길게 뻗은 그가 입을 약간 벌리고 쫓기는 아이처럼 급하게 얕은 숨을 쉴 때…… 베개 밑에 파묻혀 떨고 있는 그를 알고 있고, 식육식물들 사이에 자리를 잡고 여름밤 더위에 널브러진 그를 알고 있고, 마티스의 〈윤무〉에 나오는 인물처럼 마르고 긴장 풀린 모습의 그를 알고 있다.

가장 이상한 점은 내가 처음부터 프란츠를 무서워하지 않았다는 것이다. 예전에 사랑했던 모든 남자들 중에서 프란츠는 내가 무서워하지 않은 유일한 남자였다. 나는 더이상 젊지 않았지만 낯선 남자의 몸에 대해 두려움이 있었다. 그런 수줍음을 극복하고 어느 날, 갑자기, 나의 벗은 몸을, 몇 년 전부터 서서히 시들어가는 것이 측은하던 나의 벗은 몸을 프란츠의 벗은 몸 옆에 눕혔던 것을 달리 설명할 수가 없다. 그렇게 드러내 보이는 일의 욕망과 두려움에 두 번 다시 나를 내맡기지 않겠다고 했던 확고함을 물거품으로 만들었던 것이 그가 했던 어떤 말이었는지 아니면 어떤 몸짓이었는지 나는 그 다음 날 벌써 기억이 나지 않았다. 프란츠는 알고 있었는데 말하지 않았다. 언젠가, 나의 건망증 뒤에 무언가 심오한 것이 있다는 짐작이 들어 오랫동안 그를 괴롭히며 물어보자 그는 집게손가락과 가운뎃손가락 바깥쪽으로 내 뺨을 쓸어내리며 말했다. "이것이었어."

아마 그것이었을 것이다. 사십 년이나 육십 년 전부터 나는 무한히 긴 내 망각의 시간들로부터 이 순간을 끄집어내려고 계속 되풀이하여 애쓰고 있다. 그러나 이 순간은 여전히 잃어버린 채로 있다. 나는 그 순간의 시뮬레이션만을 알고 있다. 진지한 말처럼 단호하게, 취소된 약속처럼 허망하게 내 얼굴을 쓸어내리던 프란츠의 손가락만을 알고 있는 것이다. 그것은 어린 시절 처음으로 브라키오사우루스를 몰래 만져보았을 때와 같은 기분이었다. 나는 그때 그것을 만져보아야만 그의 비밀에 끼어들 수 있을 것처럼 걷잡을 수 없이 마음이 끌렸다. 그런데 손가락이 브라키오사우루스의 발에 닿자마자 소름이 끼쳐 얼른 손을 다시 거둬들였다. 브라키오사우루스의 삶과 내 삶 사이에 죽었던 모든 죽음들이 이 한순간 내 손가락 끝과 화석이 된 그의 발가락 사이에서 요동쳤다. 프란츠의 손가락과 내 뺨의 피부가 서로 닿아, 말로 표현하기는 불가능한 것을 신비로운 사랑의 코드로 순식간에 서로에게 전했던 그때 프란츠와 내가 느꼈던 것이 그것이었음에 틀림없다.

그 이후로 나는 망각하기 시작했다. 우선 프란츠를 만나기 전에 알았던 남자들을 잊었다. 처음에는 정말로 그들을 잊은 것은 아니었다. 그들의 이름, 직업, 외모, 우리가 만났던 시기까지도 기억했고 심지어 그들의 몸도 기억했다. 다만 그들이 내 몸에 닿았던 것은 잊었다. 예전에 분명히 그랬음에 틀림없다는 것을 정확히 알고 있는데도 나는 프란츠의 손이 아닌 다른 손이 내 몸을 탐색하는 것을 쾌락으로 느꼈다거나 기분 좋다는 느낌은 가졌다는 것을 더이상 상상할 수 없었다. 프란츠 이전에 언젠가 남자를 사랑한 적이 있었는지 의심이 들었다. 사월 어느 날 초저녁에 프리드리히 거리 한가운데서 누군가가 또는 무엇인가가 내게 내 삶의 덧없음을 보여주었던 그때 이후로 내가 사랑을 소홀히 하고 있는 것이 아닌가 하는 의혹을 계속 떨쳐버릴 수 없긴 했지만, 그래도 프란츠를 만나기 전에는 살아오면서 최소한 두세 명의 남자를 진정 열정적으로 사랑했다고 확신했었다.

그때는 그런 것 같았는데 사실은 처음부터 남자들을 잊은 것이 아니었다. 이제야 비로소, 프란츠와 함께 끝없이 되풀이되는 내 생활이 이십오 년이나 사십오 년이 지난 후에야 비로소 나는 기억과 망각에 대해서 충분히 배웠고, 당시에 우선 내가 나 자신을 잊었다는 것을 알게 되었다. 나는 모든 열정과 쾌락, 모든 다정함과 욕구를 잊었고, 프란츠에 대한 내 사랑의 유일성에 의혹을 제기할 만한 모든 것을 내 기억에서 지워버렸다. 마치 그것을 경험하지 않았던 것처럼……

지난 몇 주 또는 몇 년 동안 이런저런 일이 다시 떠오르고 있다. 그 것은 프란츠에 대한 내 사랑이 약해지고 있다는 의미일 수밖에 없다. 나는 오직 프란츠에 대한 사랑을 위해서 내 집에서 그 긴 세월을 보냈다. 내게는 프란츠를 사랑하는 것 외에는 달리 살아야 할 이유가 없다. 그러므로 나는 이제 곧 죽을 거라는 생각이 든다. 그렇지 않더라도 나는 머지않아 죽어야 할 것이다. 이미 기억 밑바닥으로 가라앉았던 사람들이나 사건들이 다시 떠오르는 것도 곧 다가올 나의 죽음에 대한 암시일지도 모르고, 사라져가는 사랑은 내 생명력이 점점 사그라든다는 신호일 뿐이다. 인간이 노년의 마지막 단계에 다시 한번 젊음의 생기를 되찾았다가 어린 시절을 경험하며 출발점으로 되돌아가고, 거기서 그 이전과 이후가 죽음으로 녹아든다는 말이 맞는다면 말이다. 어떤 일이 일어날지 착각하는 것이 아니라면 나는 머지않아 죽을 것이다. 십 년, 아니 이십 년 전 언젠가 온몸의 기운이 다 빠져나간 기분이 들어서 한 달도 더 살지 못할 것이라고 생각한 적이 있었지만 그것은 나의 착각이었다. 그러므로 내가 착각하는 것이 아니고 이번에 정말로 죽을 것이라면 이제 프란츠와의 시간을 마지막으로 경험하는 것이 될 것이다. 그리고 가장 중요한, 또는 가장 아름다운 날들, 물론 대부분 밤들이었지만, 그날들을 내가 잊지 않도록 정확하게 회상해야 한다.

*

나는 프란츠 옆에 누워 있다. 여름이다. 프란츠와 내가 함께 보내는 첫 여름이다. 아마 그와 내가 함께 보낸 단 한 번의 여름일지도 모르고, 어쩌면 두번째나 다섯번째 여름이었을지도 모르겠다. 나는 프란츠 옆에 누워 있다. 그와 몸을 맞대고 있지는 않다. 나는 내 친구 에밀레의 장례식에 대해 그에게 얘기해준다. 프란츠는 나와 다른 시대를 살았다. 그는 울름 출신이다. 내가 겪었던 그 기이한 시대에 대해서 그가 아는 것은 신문에서 읽은 것이 전부이다. 나는 에밀레의 장례식이 어쩌면 그토록 끔찍할 만큼 이상하게 치러질 수 있었는지 프란츠에게 설명하려 애쓰고 있다. 그것은 어떤 다른 해에도, 그보다 몇 달전이나 몇 달 후였어도 가능하지 않았을 장례식이었다. 그해 여름은 그 기이한 시대가 끝난 지 막 반년이 지난 때였다. 그 기이한 시대에 나는 자를란트 출신의 남자 둘을 알았다. 직업교육을 받은 전문 기와공이었던 한 사람은 그 국제적인 자유갱단에 의해 임명된 우리의 국가원수였다. 그리고 다른 한 사람이 에밀레였다. 아마 더 많이 있었겠지만 내가 아는 자를란트 출신은 그 둘뿐이었다. 만일 자를란트 출신의 한 사람이 정부의 대표가 되어야 했다면 어떤 경우에도 나는 에밀레를 뽑았을 것이다. 기와공에 대해 어떤 반감이 있는 것은 아니다. 하지만 노련하게 지붕 위에 벽돌을 쌓는 능력으로는 아무리 독재체제라도 국가와 같은 복잡한 집단을 이끌기에 충분하지 않다고 생각한다. 독단조차도 지속적으로는 제대로 교육받은 지성이 필요하다. 에밀레는 지적인 사람이었고 교양을 존중했다. 그리고 그가 보기에 교양을 갖추고 있다고 생각되는 사람들을 존중했다. 내가 에밀레를 처음 만난 것은 그가 학생들을 데리고 우리 박물관에 왔을 때였다. 나는 그때 학생들에게 브라키오사우루스에 대한 짤막한 강연을 했다. 그 이후로 에밀레와 나는 가끔 박물관 근처의 한 카페에서 만나거나 그가 나를 집으로 찾아왔다. 집에서 그는 내 남편과 며칠 밤에 걸쳐 마지노선에 대해 논쟁을 벌였다. 만일 마지노선을 지하가 아니라 베를린 장벽처럼 3미터 높이로 구축했다면 독일인의 침공을 저지할 수 있었을까 하는 문제에 대한 논쟁이었다. 그리고 데트몰트와 메지에르 사이는 어차피 산이 있어서 이성이 있는 사람이라면 전쟁을 벌이지 않을 지역이다. 1차 세계대전 때도 독일인들이 플랑드르 지방 변경을 돌아서 왔다. 그러니 플랑드르 국경까지 방어선을 이어서 구축했다면 독일인을 막을 수 있었을지도 모른다는 식의 얘기들이 오갔다. 나는 그것에 전혀 관심이 없어서 두 사람이 마지노선을 구축할 때마다 그런 문제에 관심을 가지려면 어떤 소양을 갖춰야 할지 자문했었기 때문에 그 모든 것을 이렇게 잘 기억하고 있다.

에밀레는 나중에 학교를 그만두었다. 그는 출세했고, 언젠가 자기 입으로도 직접 얘기했던 것처럼 몇 년 동안 권력의 대기실에서 배회했다. 에밀레의 종아리에서 떼어낸 몇 개의 정맥 조각들을 가지고 그의 심장의 막힌 혈관들을 복구하기 위해서 가슴이 절개될 때까지……

당시 자를란트 출신 남자들이 모두 기와공이나 에밀레처럼 명예욕이 강했는지는 모르겠다. 에밀레는 사실 점잖은 사람이었다. 그렇지 않았다면 기와공 대리인의 참모로서 지냈던 몇 년을 포함하여 권력의 대기실을 배회하느라 거의 죽을 상황까지 가지 않았을 것이다.

에밀레의 절개된 가슴뼈는 다시 붙어 아물었다. 다만 쇄골에서 늑골궁까지 봉합한 자국은 그가 가까스로 피할 수 있었던 죽음을 기억나게 했다. 봉합 자국은 에밀레가 그것을 보여줄 때마다 꿰맨 자리가 아문 오리고기를 생각나게 했다. 에밀레는 퇴직 연금생활자가 되었고 마인츠 공화국의 자코뱅 여성당원들에 대한 책을 쓰기로 결정했다. 병에 걸리지 않았다면 계속 멍청한 채로 남아 있었을 것이라고 에밀레는 주장했다. 그 말은 병 때문에 거기에서 벗어나지 못했다면 그가 당원으로 참여했던 국제 자유운동이 그 자체로 범죄갱단이었다는 것을 인식하지 못했을 것이라는 의미였고, 아마 계속 거기에 봉사하고 있었을 거라는 의미였다.

물론 현실은 그 반대였다. 에밀레는 자를란트 남자들의 명예욕이 요구하는 만큼의 어리석은 짓을 저지를 수 없었기 때문에 병에 걸렸던 것이다. 그러나 플랑드르부터 바젤까지의 마지노선과는 다른 논리에서 나온 이런 연관을 에밀레는 믿지 않았다.

에밀레는 이제 연금생활자였다. 너무 늙거나 너무 아파서 규정된 노동을 따라갈 수 없는 모든 사람들에게처럼 그에게도 세상으로의 문이 열렸다. 그 문은 당시에 프리드리히 거리 기차역 옆의 유리로 된 저층 건물에 있었다. 그는 매일 아침 쿠담으로 가서 〈슈피겔〉지를 사고 켐핀스키에서 커피 한 포트를 마셨다. 그는 이 즐거움을 위해서 연금 가운데 상당 부분을 희생했다. 이것에 매달 들어가는 50마르크를 위해 그가 암시장에서 우리나라 통화의 여섯 배를 지불해야 했기 때문이었다. 돌아오면 그는 들뜬 모습으로 마치 시스티나 성당이나 나이아가라 폭포에 대해 얘기하는 것처럼 자기가 보았던 꽃가게와 책방들에 대해 감탄하며 얘기했다. 이렇게 세상으로 소풍을 나가던 어느날 에밀레는 지빌레를 만났다. 지빌레는 예전에 무용수였으나 복잡한 다리 골절로 인해 젊었을 때 무용을 포기해야 했다. 그리고 그 대신 발레복 의상실을 운영함으로써 춤에 대한 그녀의 사랑을 완전히 포기하지는 않았다.

에밀레는 쉰아홉, 지빌레는 마흔아홉 살이었다. 나는 그 두 사람이 내가 살아오면서 보았던 사람들 가운데 가장 아름다운 한 쌍의 연인이었다고 생각한다. 그들은 대화를 나누다 말고 갑자기 아주 강렬하게 서로 사랑을 느끼게 되었다. 그들과 함께 탁자에 앉아 있던 사람이면 누구나 감동하여 하던 얘기를 멈추고 자신의 삶에서 그와 비슷하게 행복했던 순간에 대한 추억 속으로 빠져들었을 정도였다. 공공연한 사랑의 확인에서는 두 사람이 오히려 조심스럽고 수줍어하는 편이었다. 그런데도 그들은 마치 상대방의 실체를 계속 확인해야 한다는 것처럼, 더이상 바랄 것이 없는 그들의 어마어마한 행복을 믿을 수 없다는 것처럼, 기회가 생길 때마다 서로 가볍게 스치거나 우연인 것처럼 잠깐 동안 서로에게 기대곤 했다. 몇 달 후 에밀레는 자신이 이 도시의 서쪽으로 이주할 경우 연금을 얼마나 받을 것인지 계산을 의뢰했고 지빌레는 좀 더 큰 집을 찾기 시작했다.

그런데 그다음 하룻밤 사이에 그 기이한 시대가 종말을 맞았다. 자유갱단은 권력을 잃었고 베를린 장벽이 무너졌다. 지빌레는 이제 에밀레에게 왔다가 밤 열두시에 도시의 동쪽을 떠날 필요가 없게 되었다. 그리고 에밀레의 집은 두 사람이 살기에 충분히 컸다.

그러나 에밀레의 내부에서 무엇인가가 요동쳤다. 그것은 지빌레가 가진 권한 밖의 일이었고 그녀가 이해할 수 없는 일이었다. 나는 에밀레를 오래 알았기 때문에 그가 또다시 권력의 대기실을 향해 동경을 품었다는 얘기를 들었을 때 크게 놀라지는 않았다. 하지만 나 역시도 그것을 이해할 수 없었다. 에밀레는 의사에게 병이 완쾌되었다는 증명서를 받은 뒤, 새로 창설된 정당 중 하나에 가입했다. 그리고 이제 밤낮으로 선거에서 정당의 승리를 위해 싸웠다. 그는 다시 누군가의 참모가 되었는데, 이번에는 직업 교육을 받은 전문재단사의 참모였다. 신생 정당의 인원 부족으로 이 사람이 고위직에 오르게 되었고, 에밀레는 그의 사무실에서 책임을 맡았다. 마침내 에밀레는 그의 마지노선을 구축할 수 있게 되었다. 이미 패전한 싸움을 위해 추후에 구축하는 것이 아니라, 실시간으로 미래를 위해서 구축하는 마지노선이었다. 에밀레는 넉 달 동안 역사를 만드는 남자가 되었다. 그의 정당이 승리하고 에밀레가 도와주었던 남자가 출세한 지 석 주 후에 에밀레는 세상을 떠났다. 나는 신문을 보고 그의 죽음을 알았다. '시장(市長) 사무실 책임자 에밀레 P가 연인의 집에서 이른 아침시간에 세번째 심장발작을 일으켜 사망했다.'

나는 지빌레에게 전화를 걸었다. 무슨 말을 묻기도 전에 지빌레가 먼저 말했다. 무슨 뜻인지도 모른 채 이미 끝없이 혼자서 그 말을 내

뱉고 있었던 것 같았다. "에밀레는 내 집에서 죽지 않았어." 지빌레와 에밀레는 그 이전에 몇 달 동안 거의 만나지 못했다. 에밀레를 위해서라면 발레복 의상실까지 희생했을 지빌레에게 새로운 관직에 대한 그의 정열은 이해하기 힘든 것이었다. 그러나 그녀는 그것을 에밀레가 살았던 시대, 자신은 아마 절대로 완전히 이해하지는 못할 그 기이한 시대 탓으로 돌렸다. '무용에 대한 꿈을 포기해야 했을지라도'라고 그녀는 언젠가 말했다.

나는 장례식에 참석할 때마다 조금 우습다는 생각을 했다. 죽은 사람을 좋아했든 아니든 누구나 슬퍼해야 한다는 합의, 퇴락한 의식들, 무덤에서 전문적으로 애도사를 하는 연사들의 뻔뻔한 거짓말 앞에서 내게 주어진 선택은, 이런 성급한 이별 연출을 우습게 여기느냐 괴롭게 여기느냐 둘 중 하나뿐이었다. 그렇지만 에밀레의 장례식은 우습기도 하고 장엄하기도 했다. 그렇게 갑작스럽게 죽었는데 어떻게 그가 이 도시에서 가장 유명한 묘지에, 헤겔과 브레히트 아주 가까이에 묻힐 수 있었던 것인지 알 수가 없다. 에밀레는 그런 외람된 소원이 이루어질 가망이 전혀 없을 때조차도 항상 그곳에 묻히고 싶어 했었다. 그 소원이 어떻게 이루어지게 된 것인지는 알 수 없지만 에밀레가 그 2제곱미터의 묘지 외에 아무것도 원하지 않았을 것이라고 생각해볼 수 있다. 그는 불멸성의 근처로 슬쩍 끼어들 수 있는 이 다시없을 마지막 기회를 위해서 자신의 사랑과 지빌레를 배반했고 그에게 아직 남아 있을 오 년이나 십 년의 삶을 바쳤던 것이다. 에밀레는 그의 직책을 받아들였을 때 죽음의 위험을 무릅써야 한다는 것을 잘 알고 있었다. 그래서 유언장을 작성했을 것이고, 유언장에 도로테엔 시립 묘지에 묻히고 싶다는 자신의 절실한 소원을 밝혔을 것이다. 그리고 에밀레가 정말로 시장을 위해 죽게 된다면 시장은 에밀레의 이런 소원을 모른 척하기는 어려웠을 것이다. 지빌레와 함께하는 유일한 시간보다 영예로운 묘지에서의 영원성이 우선시되어야 한다고 에밀레가 주장했을 때 그는 아마도 그 생각을 하고 있었던 것 같다. 그는 죽을 만큼 아팠을 때 자기를 돌봐주었던 옛 애인을 생각해냈다. 잠도 못 자고 선거전을 치르는 몇 주일 동안, 그리고 업무 인수 후의 첫 기간 동안 에밀레의 생활을 돌보는 일은 그 옛 애인이 맡았다. 그녀는 에밀레의 셔츠를 빨고 그를 위해 밤에도 다시 수프를 끓였고, 그가 죽었을 때 의사를 불렀다. 그렇게 해서 에밀레를 묻을 묘 앞에는 지빌레와 옛 애인, 두 명의 미망인이 서 있게 되었다. 지빌레는 굳은 표정으로 커다란 빨간 장미 꽃다발을 들고 있었다. 흰 장미 꽃다발을 들고 있는 옛 애인은 연사들에 의해 '친애하는 바그너 여사'라고 불렸다. 지빌레의 이름은 언급되지 않았다. 장례식이 거행되는 동안 바그너 여사는 맨 앞줄에 앉아 있었다. 지빌레는 늦게 도착했다. 새 정당의 총재 대리가 막 연설을 하고 있을 때 지빌레가 살며시 교회 안으로 들어왔으나 문이 아주 세게 닫히는 바람에 사람들이 모두 고개를 돌려 그녀를 쳐다보았다. 그리고 빨간 장미를 들고 주근깨조차도 색을 잃은 창백한 얼굴의 그녀가 문앞에 서 있는 것을 보았다. 바그너 여사는 지빌레를 만난 적이 없었지만 거기 서 있는 사람이 누구인지 한눈에 알아보는 것 같았다. 그녀는 깜짝 놀란 것인지, 지빌레를 무시하려는 것인지, 고개를 다시 앞쪽으로 휙 돌렸다. 어쨌든 남겨진 배우자로서의 자신의 역할을 망치게 놓아두지 않겠다는 단호함이 엿보였다. 당 총재 대리는 자신이 에밀레를 안 지 몇 달밖에 되지 않았지만 그 몇 달 동안 그에게 깊은 인상을 받았다고 말했다. 두번째 연사였던, 시장 사무실에서 온 젊은 남자 역시 그런 말을 했다. 그곳에 참석한 사람들 대부분이 겨우 몇 달 동안 에밀레를 알고 지낸 듯 보였는데, 이것이 바그너 여사를 크게 안심시켰음에 틀림없다. 바그너 여사가 에밀레의 무덤 앞에 서서 백 번도 넘게 사람들의 조의를 받으며 악수하는 모습을 지켜보는 일은 기분이 좋지 않았다.

네다섯 살쯤 되었을 때 나는 도랑에서 아기인형의 머리를 발견했다. 전쟁이 끝난 첫해였거나 아니면 그 이듬해였다. 나는 항상 간절하게 아기인형을 갖고 싶었는데 인형은 없었다. 어쩌면 어머니에게 돈이 없었을 것이다. 나는 뜻밖에 발견한 인형머리로 만족하고 그것을 인형유모차에 눕혔다. 그리고 목까지 이불을 덮어서 목에 몸이 붙어 있는 것처럼 보이게 했다. 어떤 못된 인간이 큰 소리로 나를 비웃지 않았더라면 나는 아기인형을 산책시킨다는 환상 속에서 행복했을 것이다. 바그너 여사를 비웃는 사람은 없었다. 어쨌든 그녀가 듣는 데서 그런 말을 하는 사람은 없었다. 아마 그녀는 행복한 과부의 신분으로 여생을 보냈을 것이고 에밀레에 대해서 얘기할 때 심지어 '죽은 내 남편'이라고 말했을 것이다. 장례식이 거행되는 동안 그녀는 아직 자신의 새로운 역할에 약간 익숙하지 않은 것처럼 보였는데, 시장 또한 자신의 새 역할에 익숙하지 않은 듯 보였다. 시장은 부하직원에게 꽃다발을 들고 있으라고 했다가 나중에 다시 내려놓으라고 시킬 수밖에 없었다. 지빌레와 바그너 여사가 들고 있는 꽃다발보다 크지도 않은 아담한 크기의 꽃다발을 자기는 아랫사람에게 들리는 데 대한 명분이 없었기 때문이다. 이런 일들이 시장에게는 분명 힘든 일이었던 것 같다. 다른 조문객들과 떨어져 시장은 혼자 이리저리 돌아다녔고, 그에게서 두세 걸음 떨어져 꽃다발을 든 부하가 뒤를 따랐다. 시장이 정처 없는 발걸음의 방향을 바꾸면 시장은 앞에서, 그의 부하는 뒤에서 적당한 질서를 다시 찾기 위해 애썼다. 전문 재단사였던 남자가, 텔레비전에 등장하는 다른 정치 지도자들을 관찰하는 것 말고는, 새로운 직책의 위엄에 적당한 태도가 어떤 것인지를 어떻게 알 수 있었겠는가. 권력과의 교제 경험이 많은 에밀레가 있었다면 분명 시장에게 그것을 말해줄 수 있었겠지만 에밀레는 죽었다.

프란츠는 내 옆에 말없이 누워 있다. 창백한 가로등 불빛이 흰색 커튼을 통해 프란츠의 얼굴 위로 떨어진다. 그가 작은 담회색 두 눈을 감았는지 아닌지는 확인할 수가 없다.

그게 이 여름이야. 내가 프란츠에게 말한다. 이 여름엔 아무도 지난여름과 같은 사람이 아니야. 전문 재단사는 시장이 되고, 옛 애인이 에밀레의 미망인이 되고, 일 년 전만 해도 에밀레를 몰랐던 사람들이 그의 가장 친한 친구가 되어 그에게 애도사를 바치고, 옛 친구들은 존재도 없이 그 옆에 서 있는 거야. 마치 에밀레가 이 한 해만 살았다는 듯, 우리 모두 겨우 일 년 전부터 살고 있는 것이라는 듯 말이야. 지빌레만은 발레의상실로 돌아가서 다시 에밀레를 만나기 전의 그녀로, 그저 한 번 더 배반당한 그녀로 돌아가겠지.

프란츠는 삼십 년 전이나 사십오 년 전에도 내게 했던 질문을 할 것이다. 그는 내게 작년 여름에 당신은 누구였느냐고 물을 것이다. 나는 그에게 어떻게 대답해야 할지 모를 것이다. 프란츠가 없었을 때 내가 누구였는지 이제 상상할 수 없기 때문이다. 내가 무엇이 아니었는지는 말할 수 있을 것이다. 일 년 전 나는 프란츠의 연인이 아니었다. 뒤늦게 떠오르는 생각으로는, 태어나는 날부터 시작하여 내 인생 전체를 프란츠에 대한 오랜 기다림이라고 이해할 때만 내 인생이 의미를 갖는 것 같다. 가끔 나는 베를린 장벽도 프란츠가 마침내 나를 발견할 수 있도록 하기 위해서 무너졌던 것이라고 생각한다. 내가 놓쳐서 아쉬운 모든 것에 대해 위로받기 위해 매일 아침 브라키오사우루스 앞에서 예배를 드리지 않았다면, 내 인생이 덜 불행하게 흘러갔다면, 그래서 브라키오사우루스 아래의 그 자리가 동시에 몬태나였고 뉴저지였고 매사추세츠 주 사우스해들리에 있는 플리니 무디의 정원이 되었던 일이 없었다면, 그랬다면 프란츠가 그곳에서 나를 만날 수 없었을 것이다.

그러나 프란츠는 내가 일 년 전에 누구였느냐고 묻지 않는다. 아마 그 당시에도 묻지 않았던 것 같다. 다만 내가 문득 떠오른 그 질문을 기다렸고, 그러면서 그가 정말로 내게 묻는다면 나는 어떻게 답할지 모를 것이라고 느꼈다. 사실은 프란츠가 이런 질문을 한다는 건 불가능한 일이다. 그는 이와 비슷한 질문들에 대해서조차도 절대로 답변하지 않을 것이기 때문이다. 어쨌거나 진심으로는 대답하지 않을 것이다. 고백을 요구하는 그런 질문들에 대해 프란츠는 '아마도', '그럴 거야', '나도 모르겠는데', 이 세 가지 대답을 준비해놓고 있었다. 여기에서 마지막의 '나도 모르겠는데'라는 대답만이 요컨대 어떤 정보라도 전달할 준비를 갖추고 있었고, '아마도'와 '그럴 거야'는 프란츠의 단호한 거부감을 암시하는 것이었다. 내가 만일 프란츠에게 작년 여름에 그가 누구였는지 물었다면 그는 아마 '나도 모르겠는데'라고 대답했을 것이다. 그러면서 그 문장에는 어렴풋한 절망감이 들어 있었을 것이다. 절망감은 질문의 무의미함에도, 그리고 그것에 답할 수 없는 자신의 무능함에도 적용될 수 있었을 것이다. 내가 그에게 그런 질문들을 싫어하느냐고 물었다면 프란츠는 '아마도'라고 말했을 것이고, 그 말에는 더이상 묻지 말라는 조심스럽고 불안한 경고가 섞여 있었을 것이다. 그런데도 내가 그에게 혹시 그런 질문을 하는 사람까지 싫어하느냐고, 또는 당신은 자기 자신에 대해서 아무것도 알고 싶어하지 않는 사람이냐고 더 물었다면 그는 '그럴 거야'라고 말했을 것이다. 프란츠는 난폭함을 증오했지만 모든 사람이 그렇듯 난폭함 없이 살 수는 없었다. 페르세우스가 메두사의 무서운 시선을 거울 안에 잡아두었듯이 그는 '그럴 거야'라는 말 안에 다른 사람들의 난폭함을 잡아두고 그것을 야기한 장본인에게 다시 난폭함을 되던지는 법을 배웠다.

그것에 대해 오래 생각하면 할수록 내가 어떻게 프란츠에게 그렇게 어리석은 질문을 할 수 있었는지 더욱 이해할 수가 없다. 내가 이 저녁을 다시 체험할 때마다 매번 '일 년 전에 당신은 누구였는데?'라는 프란츠의 질문으로 끝났기 때문이다. 질문이 제기되었고 답변되지 않았다는 것, 나에 의해서 제기되고 나에 의해서 답변되지 않았다는 것이 진실일 것이다. 사십 년 전이나 오십 년 전부터 어떤 대답도 하지 못했다. 물론 나 또한 이미 오래전부터 더이상 대답을 찾지 않는다. 나는 인생에서 우리 자신을 인식할 수 없다는 생각과 타협했다. 우리는 우리가 어떤 모습인지도 알지 못한다. 거울에 비친 우리 모습을 알고 있고 사진에서, 또는 영화에서 우리를 인식하지만 그것이 전부다. 누군가 우리를 보고 어떤 다른 사람과 닮았다고 주장할 때, 우리는 더 이상 그 이유에 공감하지 못한다. 우리는 우리 안에서 우리 자식들을 다시 발견하지 못하고 우리 부모님 안에서 우리를 다시 찾지 못한다. 아직 내 외모에 관심이 있었던 그 당시에 나는 내가 회색 눈에 구부러진 코, 그리고 항상 너무 얇다고 생각하는 입술을 갖고 있다는 것을 알았다. 그러나 내가 우연히 나 자신을 만났다면 나에 대해서 호감을 느꼈을 것인지는 알지 못했다. 그렇기 때문에 우리는 절대로 볼 수 없는 것을 보여주는 우리 자신의 사진들을 그렇게 열심히 들여다보게 된다. 그 사진들은 움직이는 우리, 다른 사람들 사이에서 웃고 있거나 무언가에 몰두해 있는 우리, 두 눈을 감거나 심지어 자고 있는 우리, 어쨌든 가지런히 정돈된 기만적인 우리의 거울상과는 다른 우리의 모습을 보여준다. 우리는 다른 사람들이 우리를 어떻게 보고 우리가 그들을 어떻게 보는지 알아보기 위해서, 우리와 우리의 상 사이의 생소함을 몇 초 동안 마법으로 나타나게 할 수 있기를 바란다. 그러나 우리는 그렇게 하지 못한다.

나의 벗은 몸을 프란츠의 시선과 접촉에 내맡긴 이후로 나는 프란츠가 나를 볼 때 무엇을 보는지 나 자신에게 물었다.

나는 프란츠 앞에 몸을 쭉 뻗고 누워 있다. 겨울이거나 아니면 늦은 가을이다. 하얀 가로등 불빛이 창문 앞에 서 있는 단풍나무의 앙상한 가지들에 막히지 않고 그대로 커튼을 통해 들어온다. 나는 아무것도 걸치지 않은 채 프란츠 앞에 누워 있다. 프란츠는 내 몸의 윤곽을 따라오면서 손가락 끝으로 갈라진 곳들과 상처들, 그리고 기대할 수 없을 만큼 부드러운 가슴을 쓰다듬는다. 그리고 내가 아름답다고 말하며 나를 매우 당황스럽게 만든다. 프란츠는 나를 볼 때 무엇을 보는 것일까. 프란츠의 작은 담회색 눈에 비친 내 아름다움은 그의 약한 시력 때문일 수 있을 것이다. 우리가 침대에 함께 누워 있을 때는 프란츠가 안경을 쓰지 않기 때문이다. 그러나 나는 아직 시력이 좋다. 많이 피곤할 때만 가끔 책을 읽기 힘들어질 뿐이다. 프란츠를 만나기 몇 주 전에 안경을 맞추었는데 프란츠 앞에서는 한 번도 안경을 쓰지 않는다. 프란츠보다 내가 몇 살 더 젊고 아직 시력이 좋지만 나도 프란츠를 아름답다고 생각한다. 내가 나의 아름다움을 믿지 않듯이 프란츠도 자신의 현재의 아름다움을 믿지 않는 것 같다. 그러나 나처럼 프란츠도 자기가 예전에는 아름다웠다고 얘기한다. 내가 그의 어떤 신체 부분을 칭찬하면, 예를 들어 기둥 같은 긴 허벅다리라든가 특별히 넓지는 않지만 탄탄한 어깨를 칭찬하면 프란츠는 이렇게 말한다. "삼십 년 전에 원반던지기 선수였을 때, 그때 당신이 나를 봤어야 했는데 말이야." 그리고 프란츠가 나의 아름다움에 대해 얘기할 때면 나는 "그래, 옛날엔 그랬지"라고 말한다. 이제 나는 백 살이고 내 살이 축 늘어져 뼈에 걸려 있는 모습을 다행히도 프란츠는 더이상 볼 수가 없다. 나만이 여전히 프란츠를 보고 있다. 두 팔을 마주 껴서 머리 아래에 베고 눈은 똑바로 천장을 향한 채 그는 마치 초원 위에 누워 있는 것처럼 식육식물들 사이에 누워 있다. 그리고 나는 삼십 년 전이나 사십 년 전의 그때처럼, 그가 열일곱 살이나 열여덟 살이었을 때 어떤 모습이었는지를 정확하게 알고 있다.

당신은 뒤늦은 내 청춘의 사랑이야. 내가 프란츠에게 말한다. 그러면 프란츠는 "아, 그래"라고 말하는데, 그 말이 마치 질문처럼 들리고 내게 좀 더 설명을 하라고 부추기는 것 같다.

나는 청춘의 사랑이 없었어. 어쨌든 행복한 사랑은 없었어. 내가 사랑한 사람은 누구도 나를 사랑하지 않았고, 나를 좋아했던 사람은 누구도 내가 좋아하지 않았지. 결함이거나 아니면 오만이었겠지. 행복은 닿을 수 없는 것이었어. 닿을 수 있었던 것은 분명 거짓 행복이었을 거야.

그래, 프란츠가 말한다. 그래.

프란츠가 그날 저녁에 '그래'라고 말했던 것을 나는 정확하게 알고 있다. 그리움이 묻어 있는, 그 자체로 끝나버리는 '그래', 그리고 힘없는 메아리. 십 년이나 이십 년 전부터 나는 그것을 다시 알고 있다. 그날 저녁에 그 소리를 들었고 그 소리를 잊었다. 우리가 많은 것을 알고 있고 또 동시에 모르고 있다는 것은 이상한 일이다. 물론 나는 내게 청춘의 사랑이 없었다는 것을 항상 알고 있었다. 그것을 알고 있었음에 틀림없다. 젊었을 당시에 사랑을 기대하고 찾고자 했으나 소용없었던 사람이 나였기 때문이다. 내 주위에서 사랑에 빠지고 약혼하고 결혼식을 올리는 가볍고 복잡하지 않은 행복을 나는 시기하며 바라보았다. 성격적 기질 또는 그와 비슷하지만 명확히 해명할 수 없는 어떤 것으로 인해 나는 그런 것들로부터 이상하게도 배제되어 있었다. 나는 행복을 동경했고 동시에 무시했다. 아마 행복한 사람들도 무시했던 것 같다. 그리고 무엇이, 또는 누가 내 영혼에 이런 음울함을 불어넣은 것인지 지금까지도 궁금하다. 그들이 나를 전쟁 때 낳았기 때문이었는지, 삶에 대한 내 어머니의 견딜 수 없는 분노 때문이었는지, 누가 알 수 있겠는가. 어쨌든 내게는 청춘의 사랑이 없었는데, 프란츠를 만나기 전에는 그것이 내 관심을 끌지 못했다. 프란츠를 알게 된 후에야 비로소 그 문장이 어떤 의미를 갖게 되었다. 나는 청춘의 사랑이 없었다. 나는 무언가를 놓치고 살았던 것이다.

프란츠에게는 청춘의 사랑이 있었다. 그가 내게 그렇게 얘기했다. 사진 한 장을 보여주기도 했다. 해변 아니면 풀밭에 프란츠가 한 소녀와 함께 있었다. 그들의 얼굴에는 서로에게 속해 있다는 승리감의 확신이 빛나고 있었다. 그들이 서로를 위해 태어났다는 것, 영원히 서로의 곁에 머물게 되리라는 것을 의심하지 않는 모습이었다. 게다가 그들은 그것을 표현하고 있다. 프란츠가 자기 몸을 가지고 오목한 공간을 만들었고 소녀는 팔짱을 끼고 다리를 포갠 모습으로 그 안에 웅크리고 앉아 있다. 프란츠의 오른손이 그녀의 가슴 위로 내려와 있지만 닿지는 않았다.

다른 사진에서는 프란츠 혼자 있다. 그의 작은 눈이 머리 위의 담회색 하늘 한 조각을 뚫어지게 쳐다보고 있다. 마치 하늘의 음울한 색깔을 다 빨아들이고 싶다는 듯……

그래, 프란츠가 말한다. 그래. 그리고 나는 그것을 잊는다. 내가 그것을 잊지 않는다면, 내가 지금 프란츠에게 '그래'가 무슨 의미냐고 묻는다면, 행복이 닿을 수 없는 것이라는 내 경솔한 주장이 옳았다고, 사랑은 현실 생활 밖에만 존재할 수 있는 것이라고, 그것은 어쩔 수 없이 연인들의 파멸을 가져올 것이라고 그는 말할 것이다. 트리스탄이 그것을 알았기 때문에 장애물을 하나씩 하나씩 설치했던 것이라고 그는 말할 것이다. 오르페우스가 사실은 에우리디케를 구할 마음이 전혀 없었기 때문에 의도적으로 뒤를 돌아보았던 것이라고, 오르페우스는 에우리디케를 사랑하고 싶었던 것이 아니라 그녀에 대한 자신의 불멸의 사랑을 죽도록 노래로 찬미하고 싶었던 것이라고 그는 말할 것이다. 프란츠에게 '그래'가 무슨 의미냐고 내가 묻는다면 프란츠는 그렇게 말할 것이다. 그런데 나는 그것을 알고 싶지 않다.

어떤 사람이 평범하게 성장한 자녀나 손자들까지 두고 있는 나이에, 콜레스테롤 수치가 높아지고 심장발작의 위험이 있는 그런 나이에 이제야 놓치고 살았던 청춘의 사랑을 만회하고 있다고 주장했다면, 내가 기억하는 한 내 주변 사람들은 모두 그것을 우스운 일로 여겼을 것이다. 나 자신도 사월 어느 날 저녁 뇌 안에서 양극이 바뀌기 전에는 그렇게 생각했을 것이다. 사랑이라는 것은 공룡과도 같아서, 모든 세상이 그들의 죽음을 즐긴다. 트리스탄과 이졸데, 로미오와 줄리엣, 안나 카레니나, 펜테질레아, 항상 죽음만이 있고, 항상 불가능한 것에 대한 쾌락이 있다. 사람들이 핑계로 삼는 것처럼 그렇게 사랑에 무능력하다고 나는 믿지 않는다. 사람들은 청춘의 사랑이 없는 불행한 영혼들에 의해서, 언제였는지 알 수 없을 정도로 너무 일찍 죽음의 공포 속에서 소리치면서 그들의 사랑을 몸 밖으로 내보냈던 불행한 영혼들에 의해서 그렇게 믿도록 설득을 당하는 것이다.

*

어린 시절을 회상하기 좋아한다고 말하는 사람들에게는 호감이 가지 않았다. 물론 그런 사람들을 대하는 나의 태도가 부당하다고 느끼긴 했다. 아름다운 어린 시절을 보낸 사람이라면 왜 그것을 즐겨 회상하지 않겠는가. 나는 어린 시절을 회상하는 것을 좋아하지 않는다. 젊은 시절을 회상하는 것도 좋아하지 않고, 그래서 나는 대개 회상을 하지 않는다. 그러나 가끔은 그것을 막을 수가 없다. 그럴 때면 내가 갑자기 도랑 위 한지 페츠케 옆에 앉아 있다. 여름이다. 우리에게 신발은 필요 없다. 한지는 껌을 씹고 있다. 나는 그에게 껌을 반만 떼어달라고 애걸한다. 한지가 거절한다. 그러다가 회색빛이 도는 껌을 입에서 꺼내 지저분한 엄지와 검지로 반으로 자른다. 한지는 그 귀한 실 모양의 물건을 혀로 당겨 입에 넣고 더 작은 반쪽은 내게 준다. 나는 한지의 침이 축축이 묻은 지저분한 껌을 계속 씹는다. 한지와 나는 나중에 결혼하고 싶어 한다. 언젠가 겨울에 한지는 오줌으로 눈 위에 토끼를 그릴 수 있다는 것을 내게 보여준다. 훗날 내가 남근선망을 갖고 있는 것이 틀림없다고 쓰여 있는 것을 읽게 되었을 때 나는 그 일이 생각났다. 그러나 나는 살아오면서 한 번도 남근에 대한 선망을 품은 적이 없다고 생각한다. 한지가 오줌발로 긴 토끼 귀를 멋지게 그렸을 때조차도 그런 선망을 품지는 않았다. 한지와 껌과 토끼는 비교적 행복한 회상에 속한다. 그것이 어떤 시기였는지는 정확히 모르겠다. 그러나 더이상 전쟁은 없었고, 우리가 아직 학교는 다니지 않았다. 전쟁과 학교 사이의 시간이 내 어린 시절을 통틀어 가장 행복했던 시간이었다. 모퉁이에 있던 교회가 폭격으로 파괴되어 있었는데 나중에 사람들이 교회 창문들과 문들을 벽으로 막아버렸다. 그래서 우리는 더이상 죽은 작은 토끼들을 가지고 놀 수 없게 되었다. 작은 토끼들은 사실은 독을 먹고 죽은 쥐였다. 우리가 나중에 그 사실을 알게 되었을 때도 별로 마음에 걸리지 않았다. 우리는 천 조각으로 그것들을 감싸서 어머니, 아버지, 아이의 역할을 하며 놀았다. 한지가 아빠, 내가 엄마였고 쥐가 아이였다. 여름은 먼지가 가득했다. 무너진 집들에서 올라오는 고운 석회 먼지였다. 그런 먼지 덮인 여름을 딱 한 번 더 경험한 적이 있었다. 뉴욕에서였다. 무더운 어느 날 저녁 맨해튼 남쪽 어딘가에서 지하철을 나왔는데 첫 순간부터 이해할 수 없는 친숙함이 느껴지면서 몽롱한 기분이 들었다. 부패한 냄새, 바람에 날리는 종잇조각들, 사람도 사물도 눈에 보이는 질서는 없고, 모두가 서두르는 동시에 활기 없이 늘어진 모습, 뜨거운 먼지, 그리고 어른거리는 정적. 나는 그 거리에서 막 전투가 벌어졌던 것이 틀림없다고, 그래도 행복하게 끝난 싸움이었을 것이라고, 그리고 사람들이 나를 참가만 시켰더라면 나도 훤히 알고 있었을 어떤 상황으로 들어온 것이라고 생각했다. 당시 지하 공습대피소에서 나왔던 것처럼 나는 지하철에서 나와 생존을 갈망하는 후텁지근한 도시의 혼돈 속으로 떠올랐다. 그리고 그때의 아이는, 정말로 나였다고 좀처럼 믿어지지 않는 옛날 그 아이는 여기서 그 순간을 다시 인식했다. 나는 프란츠가 나를 떠나 다시 돌아오지 않았던 그 가을밤 직전에 뉴욕으로 여행을 갔었다. 아마 내가 프란츠를 회상하며 집 안에서 남은 생애를 보내리라는 것을 그 여름에 나는 이미 알았던 것 같다. 그래서 그전에 뉴욕을 보고 싶었던 것 같다.

처음엔 교회의 문과 창문 들이 폐쇄되었다. 그다음엔 아버지들이 돌아왔다. 한지의 아버지가 가장 먼저 왔다. 한지의 아버지는 머리에 유탄파편이 있었고, 한지는 아버지가 안정이 필요하기 때문에 내가 더이상 자기 집에 오면 안 된다고 말했다.

유탄파편은 전쟁의 불가사의한 유산에 속했다. 그것들은 살아 있는 작은 적들처럼 남자들의 몸에 박혀 있었고, 몸 안에서 자신의 삶을 영위하면서 얌전히 있기도 했고 고통을 유발하기도 했다. 최악의 경우에는 그것이 갑자기 이리저리 돌아다니기 시작했다. 유탄파편이 돌아다니면 대개는 심장으로 향했다고 한지 혹은 다른 누군가가 말했다. 그때는 세상 사람들이 모두 돌아다니는 유탄파편에 대해 얘기했다. 아마 독일에 돌아다니는 수백만 명의 남자들이 겉보기에는 건강하고 멀쩡해 보이지만 그렇게 눈에 보이지 않는 전쟁의 잔재가 그들의 몸이나 머리를 뚫고 들어갔기 때문에 자신의 삶에 기쁨을 느낄 수 없었을 것이다. 한지의 아버지는 거의 언제나 울적해 보였다.

내 아버지도 왔다. 어쨌든 어머니가 내 아버지라고 주장하는 한 남자가 왔다. 우리 두 사람은 모두 어머니 말을 믿지 않았다. 그 남자도 그랬고 나도 그랬다. 우리가 어머니 말을 믿지 않았던 이유는 아마 서로 달랐을 것이다. 나는 그가 생각하는 이유는 몰랐다. 나는 그 사람이 마음에 드는 구석이 하나도 없었기 때문에 내 아버지라는 말을 믿을 수가 없었다.

그 점은 나중에도 전혀 달라지지 않았다. 그 남자에 대한 내 불만의 이유들은 바뀌기도 하고 세월이 가면서 서로 겹쳐지기도 했던 것 같다. 그래서 내가 이 남자한테서 태어나지 않았다는 확실한 느낌을 갖게 되었던 것이 그 이유들 중 어떤 것 때문이었는지는 이제 말할 수 없다. 내가 처음부터 그의 목소리를 좋아하지 않았는지도 이제는 모르겠다. 그의 목소리에는 항상 의욕상실과 권태가 섞여 있었다. 드문 일이기는 했지만 그가 음식의 맛을 칭찬할 때도 마찬가지였다. 그의 목소리는 어떤 문장이나 변질시켰다. 그가 "수프가 맛있군"이라고 말하면 사실은 "뭐 이제야 겨우 수프 맛이 제대로 나는군"이라는 뜻 같았다. 그는 쳐다볼 때도 그랬다. 그의 눈은 항상 불쾌한 것을 마주할 각오를 하고 있는 것 같았다. 화를 낼 만한 일들이 눈앞에 벌어지지 않을 때도 그는 그것이 눈속임일 뿐이라고 믿는 것 같았다. 눈앞엔 즐거운 것만 있다고 믿을 수밖에 없을 때조차도 이미 그의 눈 속에서는, 삶이 머지않아 곧 그가 옳다는 것을 보여줄 것이고 이 기쁨도 지속되지 않으리라는 확신이 타올랐다. 그런데 그는 머릿속에도 다른 어디에도 유탄파편이 없었다. 그는 대부분 부엌 탁자에 앉아서 신문을 읽었다. 커피를 마실 때나 수프를 먹을 때 그는 아주 크게 후루룩 소리를 냈다. 마치 그렇게 크게 후루룩거리는 소리를 내는 것이 자신의 권리임을 나와 어머니에게 보여주려는 것 같았다. 어머니가 그에게 "그렇게 큰 소리로 후루룩거리지 마요"라고 말했던 기억은 없다. 그는 우리에게 식사 중에 말을 하지 말라고 했다. 그래서 식사 중에는 그가 후루룩거리는 소리만을 들을 수 있었다. 나는 지금까지도 그가 내 아버지였다고 생각하지 않는다. 그 사람보다는 차라리 결혼사기꾼이나 타짜꾼, 떠돌아다니며 칼 가는 사람, 직업댄서, 장터 권투선수가 아버지였다고 생각하는 편이 낫다.

그 자체로 막된 인간이었던 그가 자기가 내 마음에 드는지 아닌지에 대해서 관심만이라도 가졌다면 아마 달라졌을 수 있었을 것이고, 그의 모든 단점에도 불구하고 그래도 그가 내 마음에 들었을 수도 있었을 것이다. 그러나 그는 그것에 관심이 없었다. 칠십 년이나 팔십 년 전부터, 그게 아니라면 최소한 오십 년이나 육십 년 전부터 나는 그것에 대해서 그에게 고마워하고 있다. 그가 만일 힌리히 슈미트의 아버지처럼 통상적인 의미에서의 좋은 아버지였다고 상상해보면, 그가 나와 함께 자전거 여행을 한다거나 이성적인 대화를 함으로써 아버지 자격을 인정받았을 뿐 아니라 어느 정도 딸의 사랑까지 얻어냈다고 상상해보면, 그것은 분명 그의 마음에 들겠다고 인생에서 그를 모방하려는 노력을 나에게 유발했을 것이고, 그랬다면 이 아버지는 내 인생에 아마 정말로 어떤 숙명이 되었을 것이다. 힌리히 슈미트는 일학년 때 내 급우였는데 스무 살 나이에 어떤 신문기사 때문에 베를린-라이프치히 간 급행열차에 몸을 던져 자살했다. 힌리히 슈미트가 쇠네펠트 근처의 선로 위에 자기 목을 올려놓고, 달려온 기차가 그의 목과 몸통을 갈라놓은 이래로, 나는 내 아버지를 사랑할 수 없다는 사실에 대해 아버지에게 감사할 수 있다. 내가 확고히 믿고 있는 바로는, 힌리히 슈미트가 그의 아버지를 사랑했기 때문에 그런 일이 일어날 수밖에 없었다.

힌리히 슈미트의 아버지는 국제적 자유운동을 펼치는 국가 단체의 주요 인물이었고, 경찰이나 비밀경찰이나 군대, 어쨌든 무기를 소지하는 어떤 집단을 담당했다. 그럼에도 불구하고 그는 아들에게는 자애로운 아버지였음에 틀림없다. 아니면 그의 정자를 가지고 아들에게 설령 의심스러운 조직에 속한 아비일지라도 사랑하고야 마는 특성을 심어주었음에 틀림없다. 나는 힌리히 슈미트를 거의 기억할 수 없다. 자살 소동이 없었다면 아마 절대로 그 힘세고 굼뜬 소년에게 관심을 갖지 않았을 것이다. 시체 옆에서 다음과 같은 기사가 실린 신문조각이 발견되었다. 자유갱단의 핵심부가 누설한 바에 의하면, 쿠르트 슈미트 장군이 군대를 대학으로 보내 이데올로기 수업에서 수업 의지를 보이지 않은 대학생들의 머리를 박살내야 한다고 요구한 것 때문에 내각의 한 동지에 의해 비판을 받았는데, 이에 대해 슈미트 장군은 강하게 반박하며 똑같은 주장을 되풀이했고, 오히려 대학생들의 뼈를 부러뜨려야 한다고 제안했다는 기사였다.

이 기사는 독일어로 발행하는 신문이기는 해도 외국 신문에서 나온 것이었는데 어떻게 이것이 힌리히의 손에 들어가게 된 것인지는 알려지지 않았다.

힌리히가 그렇게 과격한 행동을 저지를 것이라고 믿었던 사람은 아무도 없었다. 그럼에도 불구하고 나는 그가 그 실상을 알고, 그것이 정당한 것인지 숙고하고 난 다음엔 더이상 삶을 계속할 수 없었다는 것을 이해했다. 그가 약을 먹거나 아버지의 권총을 관자놀이나 입에 대고 쏘지 않고 잔인한 방법으로 자살했던 것까지도 나는 이해했다. 그가 머리가 잘린 자, 처형을 당한 자의 끔찍한 모습을 세상과 아버지에게 남겨야 했다는 것을 나는 이해했다.

바로 아버지를 사랑했고 아버지와 닮고 싶었기 때문에 그는 철저하게 자신의 감정에 따라 자기 자신을 말살하지 않으면 안 되었다. 그것이 그의 아버지가 요구했던 것이었고, 따라서 그 자신이 원할 수밖에 없는 것이었다.

만일 어머니가 내 아버지라고 주장했던 그 남자가 나를 만들어낸 사람이라는 것을 믿었다 하더라도 나라면 그 사람에 관한 어떤 문장 때문에, 가장 혐오스런 범행이라 해도 그의 범행 때문에 죽지는 않았을 것이다. 내가 딸이어서 고뇌가 없었다고 주장하려는 것은 아니지만, 힌리히 슈미트의 죽음 이후로 나는 어머니의 모습으로 성장해가야 한다는 것이 부끄럽고 우스꽝스러운 일이 될 수도 있지만 아들들에게는 아버지의 모습 안에 훨씬 더 큰 위험이 도사리고 있다는 확신이 들었다.

남자들은 언젠가 아버지가 되어 자신을 퍼뜨려야 한다는 두려움을 유년기에 견뎌냈다. 이 두려움이 어떤 남자나 자신 안에 있는 아이의 입을 다물게 만들거나 아버지 신분을 포기하도록 만든다. 온화하고 인내심 있는 아버지가 된다 하더라도 그에게는 무력함의 오점이 달라붙어 있을 것이고 그의 아들이 그와 똑같은 모습으로 성장해야 할 것이기―또한 분명 그것을 원할 것이기―때문이다.

그들은 돌아오지 말았어야 했다. 독을 먹고 죽은 쥐들을 가지고 한지 페츠케와 내가 엄마-아빠-아기 놀이를 했던 그 당시에 그들은 우리를, 한지와 나와 다른 모든 어린애들을 어머니들하고만 같이 있도록 내버려두어야 했을 것이다. 그들은 아들들로부터 멀리 떨어진 어딘가에서 자신들의 부상당한 몸과 낙인찍힌 전쟁의 영혼들을 치료할 장소를 찾아야 했을 것이다. 언젠가 내가 책에서 보았던, 알렉산드로스 대왕의 가망 없는 부상병들처럼 그랬어야 했을 것이다. 알렉산드로스가 그들을 페르시아의 노예 생활에서 해방시켰을 때 그들은 아내가 기다리는 그리스의 집으로 돌아가지 않겠다고 했다. 페르시아인들이 그들의 손이나 발을 잘라내고 귀나 코를 베어냈는데, 이 불행한 사람들 중 하나였던 키메 출신 에우크테몬이 나머지 사람들에게 "이미 오래전에 살아 있는 목숨이 아니었던 우리가 이렇게 절반은 불구가 된 사지를 묻을 수 있는 곳을 찾아가자"고 호소했다고 한다. 그러자 병사들 대부분이 그의 말에 따라 외지에 남았다.

그들이 당시에 분별력이 있어서 자식들을 위해 할 수 있는 일은 오직 한 가지라는 것, 즉 자식들이 그들의 존재를 모르게 해야 한다는 것을 알았다면, 그랬다면 우리의 삶이 얼마나 다르게 흘러갔을지 나는 요즘도 즐겨 상상해본다. 그들 없는 생활에서 가장 큰 어려움은 생활에 필요한 지식을 그들이 자기끼리만 점유했기 때문에 야기된 것이었다. 미장과 목공, 파이프 설치 등 그들의 수작업들을 배우기 위해서 우리는 최소한 나이 든 남자들, 할아버지들은 허용해야 했을 것이다. 나이 든 기술자들이 대학생들을 교육해야 했을 것이다. 우리는 기꺼이 이웃나라로 가서 필요한 것을 배우고 돌아왔을 것이다. 그러나 삶에 대해서만큼은 머리에 유탄파편이 들어 있는 패잔병들에게서가 아니라 부지런히 일하는 야윈 우리 어머니들에게서 배웠을 것이다. 내가 한지의 집에 계속 놀러 갈 수 있었을 것이고, 내 어머니와 내가 아버지의 강압적인 후루룩 소리를 견디는 대신 식사하면서 대화해도 되었을 것이고, 힌리히 슈미트는 그의 아버지였던 장군의 숙명적인 판결을 피할 수 있었을 것이다.

무엇보다도 우리는 어머니들의 이해할 수 없는 변화를 겪지 않아도 되었을 것이다. 모든 것이 달라졌다는 것을 내가 알아차리기 전에 먼저 어머니가 웃는 모습이 달라졌다는 것이 눈에 띄었다. 어머니는 예전과 다르게, 나와 다르게 웃었다. 예전에 어머니는 걸핏하면 웃음을 터뜨렸고, 가끔은 웃음을 그치려야 그칠 수 없을 때도 있었다. 그런데 어느 날 갑자기 어머니의 웃음이 귀찮게 보채는 콜로라투라 소프라노 소리처럼 들렸고, 광대나 어린아이들처럼 입을 거리낌 없이 옆으로 벌리며 웃는 것이 아니라 입 모양을 적당한 크기의 계란 모양으로 만들면서 입술이 치아를 반쯤 가렸다. 나는 일생 동안 여자들이 이렇게 웃는 모습을 경멸했다. 그 당시에 나는 어머니가 왜 아주 간단한 일도 서툴러서 못하겠다고 주장했는지 이해하기는 했다. 그러나 그 말이 맞지 않다는 것은 정확히 알고 있었다. 나조차도 은박지나 철사를 가지고 퓨즈를 수리하는 법을 배워 알고 있었기 때문이다. 어머니는 퓨즈를 갈아 끼우는 법도 모르는 척했다. 집 안이 갑자기 깜깜해지면 깜짝 놀라 죽을 것 같다는 듯이 소리를 질렀다. 우리는 몇 년 동안이나 등화관제와 단전과 함께 살았다. 언젠가 나는 어머니가 여자친구 앞에서 남자들이 다시 자신감을 갖도록 도와줘야 한다고 말하는 것을 들었다. 당시에 내가 한지 페츠케에게 처음으로 "우리 엄마는 멍청해"라고 말했고 한지도 "우리 엄마도 그래"라고 말했던 것 같다.

그때 우리 어머니들이 본래의 웃음을 그대로 유지하고 자신들이 퓨즈를 수리할 수 있다는 것을 자백했다면 어머니들은 어떻게 되었을까. 행복에 대한 그들의 꿈은 평화시대의 유산이었고, 마리카 뢰크나 차라 레안더의 웃음도 그랬다. 여자, 진정한 여자를 그들은 노래했고 아마 그것을 믿기도 했을 것이다. 그들은 이 저주받은 세기의 기회를 놓쳐버렸다. 마침내 사슬을 끊어버리고 마침내 아들들을 아버지들로부터 떼어놓을 수 있는 힘을 어머니들이 갖고 있었다. 따라 해야 할 전사의 포즈, 권위자의 명령을 보여주는 사람이 아무도 없을 때 어떤 일이 일어나는지 한 번에 보여줄 수 있었다. 남자들의 자의식에 그들의 이해력과 생활력과 웃음을 내맡기지 않은 어머니들에 의해 아들과 딸들이 교육받을 때 어떤 일이 일어나는지 보여줄 수 있었다.

여자의 삶에 붙어 있는, 원래부터 붙어 있는 것 같은 우스꽝스런 점들이 만일 파트너 관계와 후손을 얻으려는 싸움을 위해서 면제될 수 있는 것이었다면 우리가 그것을 그렇게 고분고분 받아들였을 것이라고는 쉽게 상상할 수 없다. 그러나 우리 어머니들은 살아 돌아온 병사들을 다시 받아들이는 동시에 전후 시기의 힘든 경쟁 조건에 순응했던 것이었다. (당시에는 남자 한 명당 여자가 2.5명이라고들 했다.) 실크스타킹이 생필품만큼 모자랐고, 멋진 다리를 드러내는 것은 요리 솜씨를 광고하며 남자를 정복하는 것만큼 사치스런 조달 활동을 요하는 일이었다.

2층에 사는 전쟁미망인 부르크하르트 부인은 내 아버지에게 드러내놓고 호감을 보였고 한번은 직접 구운 케이크 한 조각을 아버지에게 선물하기도 했다. 아마 그것 때문에라도 내 어머니는 감히 남편에게 후룩거리는 소리를 내지 말라고 하지 못했을 것이다.

전쟁이 없다면 남자들도 여자들과 똑같이 그저 인간일 것이다. 죽음에 대한 용기와 기사의 충성심같이 남자들의 것으로 간주되는 일정한 특성들이 오직 전쟁을 통해 규정되고 미화되었기 때문이 아니라, 전쟁이 남자들을 말살시킴으로써 그들을 그렇게 소중한 존재로 만들었기 때문이다. 그것 때문에 남자들은 그렇게 끔찍한 행위들을 저질러도 여자들로부터 열렬한 사랑을 받게 되었고 자신들에게 있어서 군인다운 특성들이 최고의 것이라고 믿을 수밖에 없게 되었다. 그렇지 않다면 한지의 아버지와 내 아버지, 그리고 나중에 장군이 되는 힌리히 슈미트의 아버지가 모든 전쟁 가운데 가장 비참했던 이 마지막 전쟁에서 죽을 정도로 지친 모습으로 자기 피와 남의 피로 얼룩진 채 집으로 돌아왔을 때 하필 자신들이 다음 세대를 교육시켜야 하는 소명을 받았다는 것을 어떻게 받아들일 수 있었겠는가. 남자들이 다시 자신감을 갖도록 도와주어야 한다고 내 어머니가 말하는 것을 들은 지 몇 년 후에, 그리고 아버지가 경찰관이 된 지 며칠 후에 다시 어머니가 똑같은 여자친구에게 "그이는 제복을 입은 모습이 가장 멋져"라고 말했던 것을 나는 정확히 기억하고 있다. 나는 제복을 입은 그의 모습이 더더욱 내 아버지일 수도 있는 남자처럼 보이지 않는다고 생각했다.

아버지가 누구였든 아버지에게서 물려받지 않은 모든 것이 어머니로부터 나온 것일 수밖에 없다는 생각이 내게 매우 불쾌하고 때로는 고통스럽기까지 했지만 그래도 내가 어머니에게서 나왔다는 것을 의심할 만한 합리적인 근거는 없었다. 물론 나는 어머니를 사랑했다. 그러나 좋아하지는 않았다.

나는 자기 부모의 자손이라는 것을 정말로 좋아하는 사람을 많이 알지 못한다. 부모를 닮고 싶어 하는 사람은 더더욱 적다. 그와 반대로, 내가 알게 된 사람들 거의 모두가 부모와 닮아간다는 당연한 위협에 대해 기겁을 했다. 그래서 그들의 삶은 물려받은 특성들을 피해가는 회전활강과 비슷했고 그런 식으로 결국 운명적으로 삶이 이루어졌다. 내 어머니가 조금 덜 뻔뻔스러웠다면, 어머니 자신은 그 풍만한 살을 즐겨 드러내는 거침없는 행동을 한 번도 뻔뻔하다고 칭하지 않았겠지만 어머니가 당연하게 생각했던 것을 뻔뻔스런 것으로 느낄 마음이 있었다면, 그랬다면 내가 아마 청춘의 사랑을 가질 수 있었을 것이다. 그렇지 않았을 수도 있겠지만, 그럴 수도 있었을 것이다.

나는 여자들의 살이 역겨웠고 나 자신의 살도 그랬다. 복잡한 정맥에 따라 푸르스름한 무늬가 나타나는 창백한 피부, 붉은 금발의 머리칼, 터질 듯 탱탱한 허벅다리 사이에 담홍색 음모 다발이 있는 이 음란한 파스텔 색조의 여성성을 어머니가 내게 물려주지 않은 것이 다행이었다. 그러나 때가 되자, 성을 구분할 수 없이 마른 내 몸이 어머니의 유전자에 의한 메시지를 이행하는 모습을 견뎌야 했다. 내 몸이 여성적으로 변해갔던 것이다. 추측건대 어머니와 다른 어떤 것이 여성적이었다면 내가 그것에 대해 덜 신경을 썼거나 전혀 상관하지 않았을 것이다. 내가 생각하기에 어머니는 불안스럽게 여성적이었다.

명백한 숙명 속에 있는 나의 벗은 몸이 내게는 불쾌했다. 나는 너무 길고 너무 큰 남성용 스웨터를 입어 몸을 감추었고 살찐 여성성이 드러나지 않도록 몸에 음식물을 공급하지 않았다. 그리고 걸을 때 다리 외에는 다른 것이 움직이지 않도록 노력했다. 언젠가 어머니처럼 한 걸음 한 걸음 내디딜 때마다 엉덩이를 흔들지 않기 위해서였다. 남자 옆에 누워 있을 때는, 내가 생각하기에 어머니 같은 여자들이 그렇게 했을 것 같은, 남자는 그것이 자기 기분을 맞추기 위해서 일어나는 일이라고 생각했을 것 같은 그런 행동은 내 몸이 하지 못하도록 억눌렀다. 내가 남자의 마음에 들고 싶었을 때도 그런 일은 하지 못하게 했다.

내가 같이 누웠던 첫 남자는 나보다 한 살이 어렸다. 나는 열일곱 살이었다. 학교가 끝난 후 어느 날 나는 그와 함께 집으로 걸어갔다.

그의 방은 작고 좁았다. 오른쪽 벽에 나무침대가 있었고, 침대 바로 맞은편에 거울 문이 달린 낡은 옷장이 있었다. 그는 자기가 열네 살에 발트 해 바닷가 텐트 안에서 어떤 여선생에게 유혹을 당했었다고, 그리고 그 이후로 최소한 열다섯 명이나 스무 명의 여자와 잤지만 아직 한 번도 처녀성을 뺏은 적은 없었다고 주장했다. 아팠고, 내 페티코트의 주름장식 사이에 세워진 나의 두 다리가 거울에 보였다. 내가 마지막에는 침대와 장롱 사이로 떨어졌고 우리 둘이 그것에 대해서 웃었을 수도 있지만 정확하게는 모르겠다. 그는 클라우스, 또는 페터, 아니면 클라우스-페터, 그 비슷한 이름이었던 것 같다.

그보다 좀 더 앞선 어떤 날에 대해서는 더 잘 기억하고 있다. 우리는 학교가 끝난 뒤 함께 지하철을 기다리고 있었다. 지하철 역은 거의 텅 비어 있었다. 반대편 끝에 한 남자가 양동이로 물을 뿌린 다음 플랫폼을 쓸고 있을 뿐이었다. 클라우스-페터는 가로로 뜨개질된 짙은 녹색의 지퍼 달린 재킷을 입고 있었는데 우리는 그것을 파랄렐로라고 불렀다. 클라우스의 짙은 녹색 파랄렐로는 내가 그전에 보았던 파랄렐로 중에서 가장 소매가 넓었다. 그는 넓은 소매 속에 들어 있는 두 팔을 내 몸에 감고 내게 키스했다. 재킷에서 땀에 젖은 따뜻한 김이 올라왔고, 막 들어오는 열차가 역 안으로 밀고 들어오는 곰팡내 나는 바람이 그 아래 뒤섞였다.

그것이 프란츠 이전의 키스 중에 내가 아직 기억하고 있는 유일한 키스, 첫 키스이다. 그후에는 마지막 키스, 프란츠와의 끝없는 키스를 기억할 뿐이다.

여름방학에 클라우스-페터가 내게 거북 한 마리를 가져왔다. 그가 루마니아에서 샀거나 발견했던 거북이었다. 그는 그것이 나를 위한 선물이라고 주장했다. 그러나 내 생각에는 그의 어머니가 그것을 집에 두지 못하게 했던 것 같다. 거북은 그해 겨울 우리 집에서 죽었다. 죽어 있는 것이 아닌지 겁이 나서 내가 거북을 건드려 깨워 보긴 했는데 먹이는 주지 않았기 때문이다. 그것은 내가 클라우스-페터의 집 계단에 앉아서 보냈던 그날 밤에서 한참이 지났을 때의 일이었다. 그때 내가 그의 집 앞 계단에 앉아 울부짖으면서 잠이 든 후에야 집에 돌아온 그가 살금살금 나를 지나쳐 집으로 들어가 잠자리에 몸을 묻었던 것인지 아닌지는 지금까지도 모르겠다. 아침에 한 중년 남자가 나를 깨웠다. 그가 일하러 가는 길을 내가 막고 있었던 것이다. 그가 나를 집으로 보냈다. 그는 내게 도대체 자존심도 없느냐고 물었다. 어머니는 내게 그럴 필요가 없다고 말했다. "너는 절대 그럴 필요가 없어"라고 어머니가 말했다. 어머니 자신이 전혀 그럴 필요가 없었기 때문에, 어쩌면 어머니 자신은 그렇게 해야 할 필요가 있었기 때문에 최소한 나는 그럴 필요가 없기를 바라서 그렇게 말했는지도 모른다. 어머니 말대로라면 나는 어머니보다는 예쁜 다리를 가졌기 때문이다. 그러나 나는 항상 모든 일을 해야 했다.

"그런데 정말 계단에 앉아 있었던 거야? 밤새도록?" 프란츠가 물었다.

"그래." 내가 대답했다. 프란츠는 내게 대체 자존심도 없느냐고 물으려는 듯, 그런 미친 짓을 언제라도 할 수 있는 것이냐고 물으려는 듯한 얼굴로 나를 쳐다보았다. 아마 그가 집에서 아내와 함께 앉아 고기수프 속에 든 만두를 먹으면서 내 생각은 하지도 않을 때 그의 집 앞 층계참에 내가 앉아 있는 날이 올까 두려웠을 것이다. 밤 한시에 귀가하면 프란츠는 그 문을 지나 사라졌다. 울름 출신인 프란츠는 집으로 간다는 말을 '이히 파르 하임'이라고 말했다. 프란츠가 '하임'으로 가기는 했지만 그곳에서 그의 존재가 '하임리히' 하지는 않았다.[*] 사십 년이나 오십 년 전의 그때 나는 그의 집 문의 재질까지도 내가 정확히 알고 있다고 생각했었고, 그 문 뒤에서 프란츠와 그의 아내가 함께 무엇을 하고 있는지 생각하는 일로 많은 시간을 보냈다. 프란츠가 아내와 함께 연극을 보러 가거나 식사 초대를 받았다는 것을 알고 있을 때면 나는 두 사람이 옷을 갈아입을 시간이라고 생각되는 저녁 여섯시 반이나 일곱시에 안락의자에 앉아 그들이 부부 동반 외출을 준비하는 모습을 머릿속으로 관찰했다. 나는 프란츠가 새 와이셔츠를 장롱에서 꺼내고 구두를 닦고 넥타이를 매는 것을 보았다. 그의 아내가 흑백 줄무늬 실크블라우스의 단추를 잠그고 향수를 뿌리는 것도 보았다. 프란츠가 내게 선물했던 것과 똑같은 향수였다. 그가 나를 찾아올 때 나는 그 향수를 한 번도 쓰지 않았다. 아내가 좋아하는 향수를 내게 선물했을 거라는 의심이 떠나지 않았기 때문이다. 자기에게 낯선 향기가 남아 있지 않도록 하기 위해서였거나 아니면 밤에 아내의 다리 사이에 손을 놓을 때 그녀와 단둘이서만 있지 않기 위해서였을 것이다. 나는 아내가 외투를 입을 때 프란츠가 도와주는 것을 보았다. 그녀는 집 열쇠를 찾지 못하고 있었는데, 열쇠는 부엌 탁자 위에 놓여 있었다. 프란츠는 자동차 열쇠를 손에 쥐었다. 서둘러야 해, 그

---

[*] '하임'은 '집', '하임리히'는 '은밀하다'는 뜻.

가 약간 초조하게 말했다. 그다음엔 마침내 집 열쇠가 찰칵 잠겼고, 나는 혼자 남았다. 가끔 나는 차고까지 살금살금 그들을 따라가서 그들이 출발하는 모습이 보여주는 완벽한 안무를 바라보기도 했다. 그가 앞에서 서두르지 않고 현관문을 열 수 있도록 그녀는 현관문 앞에서 거의 눈에 띄지 않게 발걸음을 늦춘다. 그녀는 그대로 문을 지나 걸어 나가고 그는 손끝으로 등 뒤의 문을 잡으면서 그녀를 따라 나간다. 그들의 움직임에서 나타나는 수천 번 연습된 자연스런 동시성. 그리고 문이 닫히고, 차고 문이 닫히고, 자동차 문이 닫히는 소리.

*

회반죽을 바르지 않은 점토집이 폭우에 휩쓸려 떠내려가듯이 나의 인생은 모두 휩쓸려갔는데 어째서 프란츠의 삶에서는 모든 것이 예전 그대로 유지될 수 있었는지 나는 지금까지도 알 수가 없다. 결국 그렇게 하지는 않았지만, 내가 만약 계획을 세우거나 그냥 맨손으로라도 여기저기에서 내 삶을 보호하려고 애썼다 한들 나는 내 삶을 구할 수는 없었을 것이다. 나에게만 해당되었던, 울름 출신인 프란츠에게는 해당되지 않았던 시대의 변화에도 원인이 있었음에 틀림없다. 프란츠가 아니었다 해도 내 삶에서는 달라지지 않은 채 남아 있는 것이 거의 없었을 것이다. 갱단이 지배했던 몇십 년 동안 나는 몇 가지 생활원칙을 세우고 내 주위에 질서를 구축했다. 그것은 부조리성의 지배에 대한 반사작용으로서만 의미를 가졌던 것으로서, 말하자면 다른 음극과 함께 있어야만 양극이 되는 음극이었다. 그러나 그 이상한 시대가 끝난 후 그것은 쓸데없는 것일 뿐 아니라 심지어 거추장스럽고 귀찮은 것으로 입증되었다.

그런데 거북들, 그렇게 많은 거북들을 왜 우리가 갖고 있었던 것일까. 그것은 그 일에서 시작되었던 것 같다. 이웃여자인가 친척 하나가 아이를 낳았을 때 내 딸이 남동생이나 여동생을 낳아달라고 졸랐는데 나는 전혀 그럴 마음이 없었다. 나는 아이 하나를 원했고 아이를 낳았고 사랑했다. 한 명의 자식으로는 종족 재생산이 보장되지 않는다는 것을 알고 있었고, 자신을 번식시키는 일에 대한 나의 혐오감이 자연에 위배되며 퇴화를 암시한다는 것을 알고 있었음에도 불구하고, 내 안에서 또다시 아이들을 자라게 한다는 생각만으로도 구역질에 가까운 반감이 나를 엄습했다. 그래서 어느 날 딸애가 화를 내며 나에게 두번째 임신을 요구했을 때 내 윗입술에 커다란 헤르페스가 피어났다.

어느샌가 딸애는 마음을 접었다. 그 대신에 커다란 슈나우저를 사주면 동생을 포기할 마음이 있다고 말했다. 큰 슈나우저가 어떻게 생겼는지 아이가 알았다고 생각지는 않는다. 그저 그 단어가 마음에 들었을 것이다. 큰 슈나우저라면 내가 직접 낳을 필요는 없겠지만 먹이를 주고 산책을 시키고 빗질을 해주고 수의사에게 데려가야 했을 것이다. 나는 아이를 원하지 않았고, 큰 슈나우저도 원하지 않았다. 큰 슈나우저를 얻겠다는 투쟁에서도 질 것 같은 상황이 되자 딸애는 어느 날 물어보지도 않고 작은 고양이 두 마리를 집으로 데려왔다. 아이의 설명에 따르면, 구경꾼들 가운데 누군가 동정심을 발휘하지 않으면 이 고양이들은 쇤하우저알레 전차역 앞에서 공개적으로 익사를 당할 처지였다고 했다.

일 년 안에 일고여덟 마리의 고양이가 비좁은 집 안을 돌아다녔다. 내 딸애가 매번 쇤하우저알레 역에 서 있다가 구해오지 않았다면 모두 주황색 플라스틱 통 안에서 비참하게 익사당했을 고양이들이었다. 그때 나는 그것이 아이의 동물 사랑이라기보다는 복수심이라고 생각했었다. 계속되는 구조 활동이 두려워 내가 여덟 마리 고양이를 큰 슈나우저 한 마리와 교환하자고 제안했을 때 딸애가 "아기 하나가 아니면 안 돼"라고 말하고는 나를 쳐다보지도 않고 방을 나갔기 때문이었다.

가끔 아이는 고양이들을 모두 데리고 자기 방 안에 들어가 틀어박혀 있었다. 방 안에서는 아이가 중얼거리고 속삭이는 소리가 들렸다. 그러다가 아이가 문을 다시 열면 여덟 마리 고양이가 모두 차례차례 조용히 방 밖으로 나왔다. 고양이들을 데리고 방에 틀어박혀 있을 때 아이가 무엇을 하는 것인지 나는 한 번도 알아내지 못했다. 그러나 고양이들은 아이를 좋아했고 아이가 부르면 곧바로 방 안으로 따라 들어갔다. 그 이상한 회합에 대해 대응할 이유는 없었지만, 그래도 내 기분은 좀 으스스했다. 고양이들이 마치 명령에 따르는 것처럼 방에서 몰려나와 거친 구보로 집 안을 돌아다니는 일이 나중에는 비교적 빈번하게 일어났기 때문이다. 고양이들은 탁자와 침대와 책꽂이를 뛰어넘어 다녔지만 단 한 번도 컵이나 꽃병을 깨는 일은 없었다. 이런 기습은 오 분이나 십 분 정도 계속되었다. 그다음에 고양이들은 다시 은밀한 신호에 따르는 것처럼 뿔뿔이 아니면 둘씩 자기들의 구석자리로 돌아가서 털을 핥고 잠을 잤다.

나는 내 아이가 그런 저녁이면 특히 침착하고 만족스러워한다고 느꼈던 것 같기도 하고 그러지 않았던 것 같기도 하다. 내가 딸애에게 아기를 낳아주지 않았기 때문이라고 나 스스로 책임을 느꼈다. 둘째 아이에 대한 생각에 남편도 나만큼 경악할 것이 분명했음에도 불구하고 딸애는 자기가 저지르는 이 부당한 행위에 대해서 내게만 책임을 지웠다. 아이를 낳을 수 있는 사람은 결국 나이지 남편은 아니었다. 따라서 책임은 오직 내게 있었고, 고양이들과 결속을 다지는 딸애의 미소와 고양이들의 행패를 견뎌야 할 의무도 내가 지고 있었다.

우리는 그렇게 몇 년을 살았다. 그러던 어느 날 오랫동안 만성 코감기로 고생하던 남편이 식탁 위에 진단서를 올려놓았다. 남편에게 동물 털 알레르기가 있다고 확인해주는 진단서였다. 의사의 소견으로는 환자가 앞으로도 털이 있는 가축과의 지속적인 접촉에 노출되면 이 알레르기가 단기간 내에 천식으로 발전할 수도 있고 그 결과 사망에까지 이를 수도 있다고 남편이 말했다. 아이는 양쪽 팔에 고양이를 한 마리씩 안고 다리를 끌어당겨 의자에 앉아서는 아버지도 나도 쳐다보지 않았다. 남편이 자기가 다른 집을 구해서 앞으로 혼자 사는 수밖에 달리 방법이 없는 것 같다고 말하자 아이가 울기 시작했다. 만일 아이가 보기에 죄인인 내가 이런 양자택일을 해야 할 상황이었다면 어떤 일이 일어났을지 나는 스스로에게 자주 물어보았다. 몇 주 안에 우리는 고양이를 모두 친구들과 지인들에게 나눠 주었고 여덟 마리 거북이 고양이를 대신했다. 아이가 털이 없는 모든 동물들 가운데 거북으로 결정을 했던 것이다.

우리 가운데 누구도 거북을 좋아하지 않았다. 거북들은 방의 한쪽 구석에서 다른 구석으로 느릿느릿 말없이 기어 다녔다. 벽과 소파다리 사이에 등딱지가 끼어 눈에 보이지 않는 적이 자기를 잡고 있는 것이라는 생각이 들 때면 거북들은 의미 없이 허공으로 푸우 소리를 냈다. 아이는 거북들에게 규칙적으로 신선한 녹색 잎을 가져다주었고, 거북들이 아이가 세워놓은 장애물을 넘으려고 소용없이 애쓰는 모습을 지루하게 쳐다보았지만 차갑고 딱딱한, 고양이와 전혀 닮지 않은 그 동물들을 절대로 만지지는 않았다. 다만 그 둘이 떼어놓을 수 없이 친한 관계가 맞는 것인지 남편이나 내가 조심스럽게 의구심을 제시할 때만 아이는 거북 한 마리를 무릎에 올려놓고 손끝으로 부드럽게 거북의 등을 쓰다듬었다. 내 집 안에서 돌아다니는 여덟 마리 거북의 생생한 존재가 내게는 매일 신성모독적인 도발을 의미했다. 세계의 흐름에 의해 갑작스런 죽음을 맞았던 멋진 브라키오사우루스를 맞이하기 위해서 내가 아침마다 고개를 뒤로 젖히고 올려다보는 동안, 생존해 있는 브라키오사우루스의 친족 여덟 마리는 우스꽝스런 모습으로 오물자국을 남기며 내 카펫 위를 지나갔다. 거북들을 자루에 담아서 가까운 애완동물 가게나 공원으로 데려갈 수도 있었고, 쓰레기 더미에 버릴 수도 있었는데 왜 우리가 아무도 거북들의 횡포를 끝내지 못했던 것인지 모르겠다. 딸애가 호주인지 캐나다인지로 떠난 후에도 우리가 왜 거북을 계속 갖고 있었는지는 더욱 이해할 수 없는 일이다. 아마 거북에 대한 혐오감에 너무 익숙해져서 거북이 없는 삶을 상상할 수 없었던 것 같다. 거북에게 욕할 수 없고 거북에 걸려 넘어질 수 없는 아침은 우리에게 아주 황량하고 무의미하게 여겨졌을지도 모르겠다. 내가 프란츠를 만날 때까지는 그랬음에 틀림없다. 내가 프란츠를 만난 직후에 거북들이 사라졌다. 어디로 갔는지는 모른다. 아마 내가 먹이 주는 것을 잊어 거북들이 죽었을지 모르겠다. 아니면 남편이 눈에 띄지 않게 내 인생 밖으로 물러났을 때 거북들을 가져갔을지도 모르겠다. 그러나 프란츠가 아니었어도 우리는 거북들을 계속 기르지는 못했을 것이다. 나는 드디어 그 유명한 새 종류의 발자국을 보기 위해서 매사추세츠 주 사우스해들리, 플리니 무디의 정원으로 가려고 했고, 남편은 폼페이로 가려고 했기 때문이다.

*

사실 나는 한 번도 사우스해들리에 가본 적이 없다. 출발은 했었지만 그곳에 도착하지는 못했다. 프란츠가 어느 날 밤 내 집을 떠나 다시 돌아오지 않았던 그 가을 전의 여름에 나는 뉴욕 행 비행기 표를 샀다. 뉴욕에서 다시 비행기로 매사추세츠 홀리오크까지 가고 그곳에서부터는 버스를 타고, 또는 기차가 있다면 기차를 타고 사우스해들리로 갈 생각이었다. 그런데 도중에, 아마 뉴욕에서, 아니면 대서양을 건너는 시간의 홀 안에서, 플리니 무디의 정원에 있는 새 종류의 발자국에 대해 더이상 관심이 없다는 사실을 깨달았다. 나는 그 기이한 시대가 계속되던 수십 년 동안 플리니 무디의 정원 외에는 세상 어떤 곳에 대해서도 동경을 품지 않았다. 그것은 아마 플리니 무디라는 이름, 그리고 그곳이 정원이라는 것 때문이었던 듯하다. 플리니 무디의 정원, 나는 모든 계절마다 그곳을 산책하면서 때로는 눈을 파헤치고 때로는 무거운 담쟁이덩굴을 들춰내 새 종류의 발자국을 발굴했었다.

플리니 무디의 정원은 황폐한, 낙원 같은 한 조각 땅이었다. 신비스럽게 고요하고, 밝지만 그늘이 드리워진 그곳에서 부드러운 바람이 열기를 식혀주었다. 한번은 내가 '성문 앞 우물 곁에 서 있는 보리수'로 시작하는 노래를 플리니 무디의 정원으로 바꿔서 "플리니 무디의 정원에 서 있는 보리수"로 부르는 것을 듣고 혼자 깜짝 놀란 적도 있었다. 죄수가 자기가 좋아하는 음식을 꿈꾸듯이 우리 모두가 먼 나라와 풍광 들을 꿈꾸던 갱단 지배의 시대에 그래도 불가능한 일이 일어난다면 어디로 가고 싶으냐는 영원한 질문에 대해서 나는 '플리니 무디의 정원'이라고 대답했다. 그리고 내가 탈 수 있는 첫번째 비행기에 올라 매사추세츠 주 사우스해들리로 날아갈 것이라고 확고하게 믿었다.

그런데 나는 그렇게 하지 않았다. 더이상 급할 것이 없었다. 내가 플리니 무디의 정원이라고 부른 그 장소는 갑자기 더이상 내 것이 아니었다. 그곳은 누구나 도달할 수 있는 목적지, 어쩌면 전 세계에서 오는 여행단을 위한 하나의 정거장이 되었던 것이다. 여행단은 반쯤 벌거벗은 여행객 무리를 건조수세식 화장실과 냉난방 시설이 갖춰진 버스로 사우스해들리로 수송하여 삼십 분 예정으로 머물렀다. 관광객들이 그곳에서 오래전에 울타리를 쳐놓은 새 종류의 발자국 사진을 찍고 콜라를 마시고 소시지를 먹고 나면 다시 버스가 그들을 모두 태우고 다음 목적지인 폭포나 황량한 인디언 마을로 데려갔다. 나는 플리니 무디의 정원이 내 동경을 견딜 수 없을까봐, 그리고 최악의 경우에는 내 동경을 무력하게 할까봐 두려웠다. 그럼에도 불구하고 나는 가능하면 곧 사우스해들리로 가겠다고 자주 말하곤 했는데, 그러면서도 어떤 방해물이 나타나기를 고대했다. 때로는 돈이 없었고 때로는 시간이 없거나 몸이 좋지 않았다. 그리고 그다음에 프란츠를 만났다.

나는 프란츠에게 동경하는 장소가 있느냐고 물었다.

"모르겠어, 아마 있는 것 같아"라고 프란츠가 말했다. 그는 개미집의 내부로 여행하는 것을 꿈꾼다고 말했다.

동경하던 일이 실현될 가능성들이 모두 소멸하면 곧 불가능한 것을 끌어댄다는 것을 증명하기도 하는 소원이었지만, 그것은 프란츠 같은 막시류 연구자는 내세울 만한 소원이었다. 그러나 내가 그것을 당시에 이미 이해했던 것 같지는 않다. 프란츠가 나를 떠난 이후 비로소 그것을 알게 되었다.

나와는 반대로 프란츠는 연구해야 할 종의 살아 있는 견본을 수없이 가질 수 있었다. 흥미로운 개미 무리에 대해서 듣게 되면 그는 언제고 무리들을 보러 갈 수 있었다. 특수 현미경과 특수 카메라로 무장하고 마치 그가 그들의 신이라도 되는 것처럼 수백 수천 마리의 무리들과 한 세대의 생성과 죽음을 관찰할 수 있었다. 그는 개미들에게 홍수와 지진, 빙하기와 더위의 재앙을 겪게 하고 나서 그들의 꺾이지 않는 생존의지를 보고 즐겼다. 그는 개미 무리에 낯선 여왕을 억지로 집어넣었고 그럼으로써 혁명을 유발했다. 그들의 후손들 무리 전체를 약탈하기도 했다. 그들이 그런 상황도 극복하고 생존하는지 알아보기 위해서였다. 이 모든 것도 프란츠를 만족시키지 못했다. 그는 자기가 할 수 없는 것을 원했다. 스스로 개미들처럼 작아져서 개미의 겹눈을 하고 어둠을 더듬으며 땅속 터널을 통과하고, 그러면서 개미처럼 자기 자신을, 공포를 발산하는 인식할 수 없는 존재를 우러러보고 싶어 했던 것이다. 그는 하루나 이틀 정도 개미들처럼 살고 싶어 했다. 그는 개미에 대해서 모든 것을 알고 있었지만 그들의 마지막 한 가지는 추적할 수 없었다. 그것은 개미들이 행하는 모든 행동이 따르고 있는 법칙의 힘이었다.

*

에밀레가 죽은 해는 자유의 해였다. 어쨌든 나중에 신문과 공식적인 대화에서는 통례적으로 그해를 그렇게 지칭했다. 사적인 대화에서도 격정적 표현을 즐기는 사람들 또한 한번쯤은 자유의 해라는 말을 입에 올렸다. 무거운 것을 가벼운 것으로부터 갈라놓고, 느슨한 것을 확고한 것으로부터, 덧없이 흘러가는 것을 뿌리 깊은 것으로부터 갈라놓는 바람처럼 오는 것, 그런 것이 자유라면, 그렇다면 그해는 자유의 해였다. 그 당시에는 어떤 것도 예전처럼 그대로 남아 있는 것이 없는 것 같았다. 새 돈, 새 증명서, 새 관청, 새 법률, 새 경찰제복, 새 우표가 나왔다. 새로운 소유주도 있었다. 그들은 사실 원래 소유주였지만 사십 년이나 삼십 년 동안 그들의 소유에 대해 정지 처분을 받았었다. 도로와 도시 들의 이름이 바뀌었고 동상들이 헐리고 새로운 군사동맹이 체결되었다.

내게는 그 모든 것으로도 충분하지 않았다. 나는 우표, 도로 이름, 제복 그 모든 것이 하나로 합일될 강력한 어떤 것을 원했다. 내가 원했던 것은 다른 차원에서의 지속적 움직임, 어쩌면 극적인 기후변화, 해일이나 그 밖의 어떤 재난, 어쨌든 인간과 인간의 변덕스런 노력보다 위대한 어떤 것이었다. 물론 아무 일도 일어나지 않았다. 박물관에 가기 위해 아침에 거리로 나서면, 사람들은 똑같은 피부색을 하고 있었고 똑같은 언어를 말했으며, 날씨는 그 계절에 맞는 날씨였다. 번호가 달라지기는 했어도 전차는 똑같은 구간을 운행했다. 그나마 나중에 노선이 변경되기는 했지만 말이다. 현대적인 기술 수단으로 선을 깔고 하수시설을 만들기 위해서 도시를 덮고 있는 땅 전체가 파헤쳐졌을 때, 그리고 사람들이 진입로를 확보하는 것을 잊어 구역 전체가 며칠 동안 외부세계로부터 단절되었을 때였다.

그런데 그 당시 나의 혁명적인 욕구를 공유한 사람은 아무도 없었다. 대부분의 사람들은 전체적인 변화를 겪지 않은, 하루아침에 쉽게 해체될 수 없고 이름이 바뀔 수 없는 친숙한 것에 불안하게 매달렸다. 내가 생각하기에 일상적인 대화 이상은 거의 서로 말을 주고받지 않을 것 같은 부부들이 도시의 새로 바뀐 장소들을 구경할 때 갑자기 서로 손을 마주 쥐었다. 서로를 바라보는 그들의 시선 속에는 일 년 전만 해도 희미하게 어려 있었을 조소 대신 이제 감사 가득한 결탁이 깔려 있었다. 그전에 제출되었던 이혼소송 중 다수가 취소되었다. 누구나 맹목적으로 자기 옆으로 손을 뻗어 그전에 자신의 것이라고 지칭했던 것을 단단히 움켜쥐었다. 이미 내던져버렸던 것도 다시 잡았다. 그것이 새로운 환경하에서는 쓸모가 있는 것으로 증명될지도 몰랐기 때문이었다.

카린과 클라우스는 학창시절부터 알던 사이였다. 그들은 내가 결코 갖지 못했던 것, 즉 청춘의 사랑이었다. 청춘의 사랑이 무엇이냐고 누군가가 물었다면 나는 카린과 클라우스라고 말했을 것이다. 청춘의 사랑은 단순히 젊은 시절에 하는 사랑이 아니다. 그것은 비교가 불가능한 것이다. 청춘의 사랑을 하는 사람은 자신의 사랑을 견주어 잴 수 있을 어떤 것도 아직 경험하지 않았기 때문이다. 이 사랑은 유일하게 그 사랑 자체를 위해서 존재한다. 그것은 아직 실망을 극복할 필요도 없고 이전의 행복을 능가하지 않아도 되고, 그 무엇도 반박하거나 수정하거나 대체하지 않아도 된다. 카린과 클라우스가 서로를 위해 정해져 있는 사람들이라는 것은 쉬는 시간에 두 사람이 바싹 붙어 학교 운동장 울타리에 기대 서 있기 전에 다른 학생들이 먼저 알고 있었다. 가끔은 둘 중 하나가 혼자 서 있기도 했는데 그럴 때는 흔히 동급생들에 둘러싸여 있었다. 두 사람은 우리 모두의 앞에 닥친 이해할 수 없는 변화를 이미 겪은 사람들로서 동급생들로부터 숭배를 받았다. 우리는 고치 속에서 어느 날 무엇이 되어 피어날 것인지 아직 불안하게 기다리고 있는데, 그 두 사람은 이미 아름다운 나비가 되어 학교 운동장 위의 먼지 나는 안개 속에서 춤추고 있었다. 카린과 클라우스를 보고서 그들이 서른, 또는 마흔에는 어떤 모습일지, 또 그들의 아이들에게는 어떤 이름을 지어주고 집을 어떻게 꾸미고 살지를 생각하지 않는다는 것은 불가능했다.

그들은 아이들의 이름을 코르넬리우스(Cornelius)와 카테리네(Catherine)라고 지었다. 내가 생각하기에 대부분의 사람들에게 'C'라는 철자가 어떤 배타성을 약속하는 것 같다. 'K'라고 발음되는 것을 'C'로 쓰는 것이 이름을 고상하게 만들고 그 이름이 은은한 처세술을 갖게 하는 것이다.

카린과 클라우스는 어쨌든 아이들의 이름을 코르넬리우스와 카테리네라고 지었는데 내가 듣기에 그것은 '우리 자식들은 언젠가 더 낫게 살아야 한다'는 동경에 찬 빤한 얘기로밖에 들리지 않았다. 그것을 위해서 부모는 산에서 계곡으로 갔고, 마을에서 도시로, 그리고 미국으로 갔다.

카린과 클라우스는 이미 죽었을 것이고 아마 그들의 아이들도 죽었을 것이라는 생각이 든다. 그들이 죽었든 죽지 않았든 내게는 아무 상관 없는 일일 것이다. 그들이 죽었든 죽지 않았든 내 삶은 아무런 차이가 없을 것이기 때문이다. 그들이 아직 살아 있다 해도 나는 그들과 만나지 않을 것이다. 만난다 해도 망가진 시력 때문에 이미 그들을 알아보지 못할 것이다. 그러나 눈이 좋은 사람이라 해도 그들을 보고서 당시 우리 학교 네 학년 전체 학생들이 보았던 그들의 모습을 찾아낼 수는 없을 것이다. 카린과 클라우스는 아담과 이브였고 로미오와 줄리엣이었으며, 페르디난트와 루이제였고, 필레몬과 바우키스, 생사를 건 연인들이었다.

두 사람을 보고 감탄하는 내 마음에는 의심이 없지 않았을 것이고, 심지어 시기심이 없지 않았을 것이다. 그렇지 않았다면 카린이 정성스럽게 정리한 피크닉 바구니에서 꺼내 잔디 위에 펼친 행주 위에 놓았던 마요네즈 샐러드가 든 일회용 유리병을 보고 내 마음속에 건방진 안도감이 들었을 리 없다. 학창시절의 마지막 소풍 때였는데, 쾨니히스부스터하우젠 근처 트레프토프에서 배를 타고 가는 여행이었다. 그 여행에서 내 기억에 남아 있는 것은 손잡이 양쪽에 매듭을 묶은 체크무늬 수건으로 덮인 곤돌라 형태의 바구니뿐이었다. 그 바구니를 클라우스가 선착장에서 잔디로 들고 왔는데, 내가 느꼈던 바로는 클라우스는 그것을 마지못해 말없이 들고 오는 것 같았다. 카린과 클라우스는 다른 학생들과 떨어져 자리를 잡았다. 하지만 그다지 멀지는 않아서 나는 카린이 풀밭에 펼친 수건 위에 얼마나 꼼꼼히 식탁을 차리는지 볼 수 있었다. 카린은 가정에서 먹는 점심식사처럼 식탁을 차렸다. 식사용 도구와 컵들, 레몬이 든 차, 삶은 계란, 소금통, 고기완자, 사과잼이 든 작은 병, 마요네즈 샐러드가 든 큰 병. 카린과 클라우스는 서로 마주 앉아 음식을 씹고 있었다. 아마도 그 장면이 그렇게 진지하게 의도된 것은 아니었겠지만 매우 진지한 인상을 주었다. 우리 모두가 이미 십 년 전에 아빠, 엄마, 아기 놀이를 했던 것처럼 카린과 클라우스는 소꿉장난을 하고 있었다. 그럼에도 불구하고 나는 그날 오후에 그들을 포기했다. 나는 그들의 미래를 그려보았고 그들이 생사를 건 연인이 아니라는 것을 알았다. 그들은 생활을 위한 부부였다.

두 사람은 엔지니어가 되었다. 건축엔지니어나 기계제작 엔지니어였을 것이다. 지금은 기억나지 않는다. 아니면 아예 몰랐을 수도 있다. 나중에 그들은 집을 지었다. 긴 단층집이었는데 카린과 클라우스가 다시 약간의 돈을 모았든지 아이 하나가 더 태어났든지 여하튼 나중에 한쪽을 증축했다. 카테리네가 태어난 후 정원은 집의 뒤쪽 벽과 울타리 사이의 좁은 잔디 선으로 줄어들었다. 이웃집 땅의 쥐똥나무 울타리와 집 옆쪽 벽 사이의 틈은 차고를 지어 막아버렸다.

일요일에 쇤홀처 황야로 산책할 때 나는 가끔 두 사람이 살고 있는 거리를 지나가기도 했다. 클라우스는 대개 그가 내는 소리들, 뚝딱거리는 망치 소리나 윙윙대는 둥근톱 소리로 존재를 알렸고, 카린은 비키니를 입고 암청색 고무장화를 신고는 손수레에 정원 쓰레기들을 싣거나 손수레를 퇴비 더미로 밀고 갔다. 카린은 나중에 비키니 대신 원피스 수영복을 입었고, 마지막 몇 년 동안에는 클라우스의 낡은 셔츠를 그 위에 입고 있었다.

"우리는 그냥 모든 것이 잘되어가"라고 카린이 가끔 얘기했다. 아이들이 있고, 집이 있고, 클라우스는 이제 부장이고, 그녀 자신은 하루에 겨우 여섯 시간만 일한다, 자기 직업을 정말로, 정말로 좋아하기는 하지만 그래도 누군가는 집안일을 돌봐야 하기 때문이다, 그리고 자신만을 위한 저녁시간을 가지려 한다고 그녀는 말했다. 그녀는 자랑으로 행복을 깨지 않기 위해 조심하는 의미로 자기 머리를 톡톡 쳤고, 나에게 자신의 선인장 품종을 보여주는 일을 결코 빠뜨리지 않았다. 식물을 잘 가꾸는 솜씨는 어머니에게서 물려받은 것이라고 그녀는 말했다.

카린이 전화를 받을 때마다 상대방을 향해 자기 이름을 환호하듯 외치던 어조가 아직도 귀에 쟁쟁하다. 그녀는 하루에 세 번, 네 번, 다섯 번 들뜬 목소리로 "뤼데리츠입니다!"라고 말하며 전화를 받았다. 마치 이 네 음절이 그 앞에 있던 문장의 의기양양한, 세상에 대고 말하지 않을 수 없는 결론이라도 된다는 것 같았다. 그것은 분명 '네, 행복한 여자, 뤼데리츠 부인입니다' 였을 것이다.

그들의 결혼생활이 지속되면서 한 해 한 해 지나고, 이웃의 결혼생활이 파경에 이를 때마다, 카린의 목소리에서 나오던 처음의 매끄럽지 못한 어조가 점점 다듬어졌다. 그리고 처음 몇 년 동안은 그녀의 승리에 찬 신호음에 그래도 진정한 행복이 담겨 있었다면, 시간이 흐르면서 만족하려는 도전적인 어조가 거기에 섞였고, 그러다가 언젠가 부터는 마치 행복을 부정할 필요성이 없다는 것에 행복이 있다는 것처럼 그저 완전히 보고하는 어조가 되었다. 그 기이한 시대가 끝날 무렵에 나는 새 욕조를 어디서 살 수 있는지 아느냐고 물어보기 위해서 카린의 집에 전화를 했다. "뤼데리츠입니다." 깨진 유리컵 같은, 어떤 기대도 없는, 아주 맥 빠진 목소리였다. 거의 삼십 년 동안 그녀가 뤼데리츠라는 이름을 자신의 행복의 전투구호로서 사용했던 것처럼, 이제 그 이름이 그녀의 불행을 선고하는 구호로 이용되며 '네, 불행한 여자, 뤼데리츠 부인입니다' 라고 말하고 있었다. 나는 동정심을 느끼지 않았다. 만약 아이들 중 하나가 무슨 일을 당했거나 카린 자신이 중병에 걸렸다면 동정심을 느꼈을 것이다. 그러나 클라우스가 다른 여자를, 당연히 더 젊은 여자를 사랑하고 있다는 얘기(훨씬 어린 여자는 아니었는데도 카린은 그것이 마음에 걸리는 것 같았다), 그가 이혼을 거론했고 곧 새 여자와 여행을 떠나려고 한다는 얘기를 나는 담담하게 들었다. 아니 그 이상으로 나는 무정했다. 그녀가 받은 고통과 상처를 나는 고소하다고 생각했다. 그녀가 처한 불행의 통속성까지도 당연한 것이라고 생각했다. 그러면서 동시에, 끔찍한 완전무결함을 빼앗긴 카린이 처음으로 나와 같은 사람이라는 생각이 들었다. 카린은 점점 여위어 몸이 거의 아이 같아졌다. 그리고 이제 아무 준비 없이 당했던 고통에 의해서, 무엇으로 이루어진 것인지 그녀 자신도 정확하게 말할 수 없는 고통에 의해서 그녀의 두 눈에 혼란이라도 일어날 때는, 가끔은 사랑에 빠져 학교 운동장에 서 있던 소녀를 기억나게 했다.

"정말이야. 차라리 그가 죽었다면 더 나았을 거야." 그녀가 말했다. 자기는 버림받는 일에 익숙하지 않다고도 했다. 아마 그녀는 클라우스 외에 다른 남자는 몰랐을 것이다. 카린은 아마 나라면 그런 일을 견디기가 좀 더 쉬울 것이라고 말했다. 클라우스-페터에 관계된 내 일과 다른 일들도 그녀는 정확하게 기억하고 있다고 했다. 나라면 그런 충격에 단련이 되어 있겠지만, 자기는, 카린은 불행에 정말 어울리지 않는다는 것이었다.

나중에 프란츠가 자기 아내는 불행에 단련되어 있지 않기 때문에 그녀를 떠날 수 없다고 말했을 때 나는 비명을 지르며 발작을 일으켰다.

나는 카린에게 기다려보라고 말했다. 그리고 마음속으로 그녀를 저주했다.

그 기이한 시대가 끝난 지 반년이 지나고, 내가 프란츠를 만난 지 몇 주가 지났을 때 카린과 클라우스를 다시 보았다. 쿠담 크네제벡 거리 모퉁이에 있는 비젠하퍼른의 쇼윈도 앞에 두 사람이 손을 맞잡고 서 있었다. 그들에게 말을 걸 때마다 느끼던 불쾌한 기분보다 그 순간 느끼는 호기심이 더 큰지 나는 순간적으로 어림잡아보았다. "그런데 야마하 것이 더 나아 보이는데"라고 카린이 말하는 소리가 들렸고 나는 그들을 그냥 지나쳐갔다. 그들은 다시 옛날 학교 운동장에서처럼 나란히 서 있었다. 새로운 시대가 열려 클라우스의 새 애인이 어느 먼 해안으로 떠났기 때문에 클라우스가 다시 돌아온 것이라 하더라도, 그는 카린에게 그것을 말하지 않았을 것이고 더구나 나에게는 말할 리 없을 것이다. 그 대신 다시 자기들을, 카린과 클라우스를 원래의 자리로, 그들이 돌을 하나씩 쌓아 지었던 집으로, 두 사람이 나란히 묻히고 싶어 하는 그 집 정원으로 다시 돌아오게 만들었기 때문에 자유갱단의 종말이 축복이라고 그들은 이야기했을 것이다. 나도 가끔은, 오직 그날 아침 프란츠가 브라키오사우루스 아래에서 나를 만날 수 있도록 베를린 장벽이 무너진 것이라고 생각했다.

나는 카린과 클라우스가 끝까지 잘 지냈을 거라고 믿는다. 시대가, 이상하지 않은, 확신에 사로잡힌 이 새로운 시대가 그들이 옳다고 확인해주었다. 나는 그들에게 더이상 전화하지 않았다. 그렇기 때문에 카린이 그 이후로 "뤼데리츠입니다!"로 어떤 메시지를 알렸는지 알지 못한다. 그녀는 목소리가 낭랑했으니 아마 팡파르 비슷한 소리가 울렸을 것이다.

당시에는 예상치 못했던 시대변화를 누구나 자신이 은밀히 기다려왔던 신호로 이해했다. 어떤 사람이 최종적으로 체념에 빠져들 것인지 재앙 같은 좌절을 대가로 치르더라도 두번째 인생의 기회를 받아들일 것인지는 무엇보다도 그 사람의 성격이 결정짓는 것이었고, 메마르고 황폐해져 되는대로 세월을 보냈든가 잘 키워진 채 숨어서 강렬하게 자유를 기대하고 있었든가 각자가 품고 있었던 은밀한 동경의 상태가 결정짓는 것이었다.

나는 프란츠를 만났다.

*

프란츠와 내가 식육식물들 사이에 앉아 있다. 프란츠는 기타를 치고 있다. 기타는 그가 직접 가져온 것이었거나 내 딸이 그때, 집을 떠날 때 잊고 간 것이었다.

모든 것이 아주 오래전 일이야. 프란츠가 말한다.

그래. 내가 말한다. 모든 것이 아주 오래전 일이지.

우리가 만났을 때 우리는 아직 늙지 않았었다. 어쨌든 나는 프란츠가 늙었다고 생각하지 않았고 프란츠도 나를 늙었다고 생각하지 않았다. 그러나 우리가 젊은 것도 아니었다. 우리가 젊지 않다는 것은 이야기할 것이 많다는 장점이 있었다.

그때 전쟁 후에 신발을 만들었던 그것 이름이 뭐였지? 프란츠가 묻는다.

이겔리트.

그래, 이겔리트였어, 이겔리트. 프란츠가 말한다.

그리고 나도 다시 한 번 말한다. 이겔리트, 이겔리트. 그리고 당신, 말린 감자도 먹었어?

당연하지, 프란츠가 말한다. 하지만 붉은 감자를 더 좋아했어. 붉은 감자가 흰 감자보다 더 달았지.

아니다. 프란츠는 '당연하지'라고 말하지 않는다. 그는 '물론'이라고 말한다. 내가 '당연하지'라고 말하는 것을 프란츠는 '물론'이라고 말한다. 나는 베를린 출신이고 프란츠는 울름 출신이기 때문이다. 그래서 프란츠는 전쟁 후에 점령군에게 초콜릿과 껌도 받았는데 나는 아무것도 받지 못했다. 프란츠의 군인들은 미국인이었고 우리 쪽 군인들은 러시아인이었기 때문이다. 러시아 군인들은 자기들도 가진 것이 없었다.

내가 프란츠에게 질문한다. 내 세대의 남자 누구나 이 질문에 대해

'그렇다'고 대답해야 하는 한— 대부분은 '그렇다'고 대답할 수밖에 없다— 과장되게 진심으로 폭소를 터뜨릴 수밖에 없는 질문, '라이프헨'에 대한 질문이다. 이 단어를 말할 때는 곧 자세히 묘사해야 했는데, 라이프헨이라는 것은 셔츠 비슷한 것으로, 앞이나 뒤에서 단추를 잠그는, 긴 스타킹 대님이 달려 있는 어린이용 속옷이다. 남자애들과 여자애들 모두 입도록 되어 있었지만 이것이 남자애들에게는 특별한 굴욕감을 의미했다. 스타킹 대님에 끼울 흰색 단추가 옆쪽에 달려 있는 암갈색 줄무늬 면양말과 짧은 바짓가랑이 사이에서 스타킹 대님에 의해 팽팽히 당겨진 한지의 허벅지살을 나는 정확하게 기억하고 있다. 나중에 한지에게는 긴 바지가 허용되었다. 반면에 내게는 불쾌한 동시에 괴로움을 유발하는 여성용 공단 속옷이 주어졌다. 소위 가터벨트 또는 허리벨트였는데, 그것이 스타킹 외에 엉덩이도 잡아주어야 했던 것인지 아니면 엉덩이가 그 벨트를 잡아주어야 했던 것인지 확실치 않았다.

분홍색 고무 스타킹밴드에 끼어 있는 내 다리를 볼 때면 나는 자주 한지의 천진난만한 허벅지와 그 혐오스런 라이프헨을 생각할 수밖에 없었다. 내 가슴이 서서히 볼록해진 뒤에는 더이상 그것을 입어서는 안 되었다. 그 대신 어머니는 내게 역시 공단으로 된 분홍색 브래지어를 선물했다. 브래지어는 우스꽝스럽게 작았는데도 내 가슴은 브래지어를 채우지 못했다. 그런데도 어머니는 내게 그것을 입으라고 강요했다. 여자로서의 내 인생은 그렇게 시작되었던 것 같다.

프란츠는 자기도 최소한 한 해 겨울 동안은 라이프헨을 입어야 했다고 인정했다. 그러나 그의 어머니는 남성적 미덕을 열렬히 숭배하는 사람이었고 프란츠의 생각에 따르면 노년이 되어서도 여자로 태어난 것을 유감스럽게 생각한 사람이었다. 그런 어머니가 하나뿐인 아들에게 이런 치욕을 피할 수 없는 일로 오랫동안 요구하지는 않았을 것이다.

프란츠의 어머니 역시 말에게 재갈을 물리듯 두 딸에게 분홍색이나 흰색 가터벨트와 브래지어를 입혔을 것이다. 프란츠는 대학에 진학해도 되었고 누이들 안네마리와 에리카는 상업학교와 울름에서 가장 유명한 무용 강좌에 갔다. 동생이었던 안네마리는 그 강좌에서 괜찮은 가문의 고등학교 졸업반 학생을 알게 되었다. 두 사람은 일 년 반 뒤에 약혼했고 다시 사 년 뒤에 결혼했다. 에리카는 승마학교에도 다녀야 했다. 성과 없이 여섯 달이 지난 후 어머니는 다시 테니스 클럽에도 돈을 들이기로 결정했는데 그것은 불필요한 지출이었다는 것이 나중에 밝혀졌다. 승마클럽에서 적당한 후보가 발견되었기 때문이었다. 그는 열다섯 살 연상의 건축엔지니어였다. 그는 나이 차이 때문에 처음에 느꼈던 양심의 가책을 극복하고 가깝게 알고 지낸 지 석 달 후 에리카에게 청혼했다.

그래, 오십년대였지. 하지만 결혼생활들은 지속되었어. 프란츠가 말한다.

스타킹은 대체 언제부터 있었던 거지? 내가 묻는다.

프란츠가 기타를 치면서 검은색 시트 위에 창백하고 길게 놓여 있는 야윈 자기 발을 물끄러미 바라본다. "말고삐가 벽에 걸려 있네요." 프란츠가 노래한다.

스타킹, 모르지, 하이드룬은 스타킹이 없었어. "당신은 내게 왜 슬

프냐고 묻지요……" 프란츠의 노래가 너무 아름다워 나도 용기를 내 아주 나지막하게 거의 들리지 않을 정도로 따라 부른다.

나는 하이드룬이 누구냐고 물어보지는 않는다. 하지만 그가 내게 한번 보여주었던 사진 속의 검은 머리 소녀, 프란츠의 젊은 날 첫사랑일 것이라고 생각한다. 만약 그 소녀가 아니라면, 지금 내 눈앞에 한지 페츠케의 양말대님이 보이듯 그의 눈앞에 그녀의 허벅지를 조이는 양말대님이 보일 정도로 그가 정확하게 기억하는 다른 소녀일 것이다.

프란츠는 리트를 많이 알고 있었고 나도 몇 곡은 알았다. 예를 들면 집 밖으로 나간 후 다시는 보이지 않는 멧돼지들에 대한 리트를 알았다. 아니면 어떤 소녀가 연인을 향해 '그대여, 당신은 죽은 건가요?'라고 소리치는 리트를 알았다. 그 소녀가 꿈꾸었던 정원은 묘지였고 꽃밭은 무덤이었다. 나는 리트를 학교에서 배웠는데 프란츠는 그것을 놀라워했다. 우리의 기이한 시대에 그보다 더 오래된 다른 시대가 계속 살아 있었다는 것을 그는 상상할 수 없었다.

프란츠네 산악회의 캠프파이어도 우리의 캠프파이어와 비슷하게 진행되었던 것 같다. 노래만 달랐다. 우리는 '스페인의 하늘이 우리의 참호 위에 별들을 펼쳐놓고'와 '카츄샤'를 노래했다. 프란츠와 그의 산악회는 칠러탈 계곡과 에델바이스에 그들의 다성 합창을 바쳐 '칠러탈, 너는 내 기쁨', '알름 산의 가장 아름다운 꽃, 에델바이스'를 노래했다.

그러나 '이제 우리는 호수를 건너가네'와 '라우렌치아, 사랑하는 나의 라우렌치아', 그리고 '타라우의 조상'과 '진정한 우정'은 우리 모두가 불렀다. 프란츠는 그렇지 않았지만 나는 항상 그럴 것이라고 생각했었다.

찬송가만은, 그것은 당신이 할 수 없지. 프란츠가 말한다.

프란츠의 특별한 점은 그가 나에게 아무도 연상시키지 않는다는 것이다. 그런데 내가 프란츠와 비교할 수 있는 남자를 그전에 한 번도 만나지 않았다면, 그런데도 더 오래 더 많이 알고 있었던 다른 어떤 남자보다 프란츠가 내게 친숙하다면, 그것은 내가 프란츠를 만나기 전에 그의 이미지를 알고 있었음에 틀림없다는 것을 의미한다. 그것은 울름 출신의 막시류 연구자 프란츠가 아니라 하늘이 노할 모든 동경의 최종적 의미로서 어느 날 나타날 사람의 이미지다. 만일 그런 것이 아니었다면 이 휘몰아치는 희망 전체가 자연의 야비한 속임수, 갈증으로 목이 타는 길 위에 나타난 낙원 같은 신기루였을 것이기 때문이다.

찬송가를 모른다고 내가 인정한다. 그리고 그 대신 스탈린 찬가를 러시아어로 부르겠다고 제안한다. 프란츠가 소리 내서 웃는다. 내가 스탈린 찬가를 러시아어로 부를 수 없다고 생각하는 것이거나 내가 그것을 할 수 있다는 것이 우습다고 생각하는 것이다. 나는 무릎을 꿇고 앉아 실내가운의 허리를 단단히 조이고 열한 살이나 열두 살에 학교에서 그 노래를 배웠을 때처럼 아주 열성적인 마음으로 노래를 부른다.

소중하고 사랑스러운
현자 스탈린에 대한
아름다운 노래를

전 민중이 부른다네.

프란츠 앞에서 이 노래를 부른 것은 실수였다고 생각한다. 어쨌든 그런 식으로 노래를 부른 것은 실수였다. 나는 두 배는 끔찍하게, 믿음을 저버리고 배반을 서슴지 않는 모습으로 노래했다. 프란츠는 즐거운 척했지만 노래를 부르는 동안 이미 나는 프란츠의 마음속에서 무언가가 타오른다는 느낌을 받았다. 그것은 경멸적이라고 부르기에는 약간 지나칠지 모르지만 당혹스럽다고 하기에는 너무 경미한 감정이었을 것이다.

아마 그는 내가 잘못 인도된 믿음에 대해서 좀 더 부끄러워하기를 기대했을 것이다. 내가 설령 부끄럽지 않다 해도 그렇게 나 스스로를 조롱해서는 안 되었을 것이다. 비록 잘못된 것이라 해도 자신이 가졌던 믿음을 그렇게 포기할 수 있는 사람은 언제든 모든 것을 포기할 것이라고 프란츠는 생각했을 것이다. 내 어머니도 그렇게 말했을 테지만 그런 사람에게는 아무것도 신성한 것이 없다고 그는 생각했을 것이다. 프란츠는 그가 노래하는 신을 믿지는 않았지만 신을 조롱하지도 않았다. 신도 자기 자신도 조롱하지 않았다. 프란츠는 운 좋게도 사람들에게 올바른 노래를 배웠던 것이다. 아마 삼십 년이나 사십 년이 지난 요즘은 어떤 아이도, 러시아 아이라고 해도, 더이상 스탈린 찬가를 모를 테지만 그래도 아이들은 계속 어린이 노래를 배운다. 언젠가 밤의 어둠 속에서 눈으로는 거의 볼 수 없고 목소리로만 그를 느낄 수 있었을 때 프란츠가 낮은 목소리로 노래했다. "내 손을 잡아 나를 이끌어주오. 내가 세상 떠날 때까지 영원히." 그때 나는 그가 오직 나를 위해서만 이 노래를 부를 것이라고 생각했다.

프란츠를 위해서 스탈린 찬가를 노래했던 그 저녁에 그의 작은 회색 눈 속에서 감지했다고 생각했던 싹트는 의혹을 나는 곧 다시 잊어버렸다. 프란츠가 사라진 후 배반의 첫 징후들을 찾아내기 위해 그의 문장, 그의 시선과 몸짓 하나하나를 되살려보았을 때에야 비로소 약간 불편했던 내 마음을 기억해냈다. 그것이 온전히 나 자신에게서 비롯된 것인지, 프란츠가 분명히 나를 의심할 것이라고 생각했던 것은 아닌지 나는 지금도 정확하게 알지 못한다. 나의 고의적인 자기 조롱이 단지 나의 순진하고 웅대한 착각이 내 영혼 속에 남긴 허무를 감추려는 고결한 시도였던 것은 아니었는지 알 수 없기 때문이다.

그 이후로 세월이 흐르면 흐를수록 내게는 그 첫번째 기억을 보존하는 일이 점점 힘들어진다. 더이상 그 기억을 알지 못할까봐 가끔 걱정스럽기도 했다. 기억이란 진주의 내부에 들어 있는 이물질과도 같다. 그것은 처음에는 조개의 살을 파고든 성가신 침입자일 뿐이다. 조개는 그것을 외투막으로 감싸고 그것을 둘러싸고 진주질층이 하나씩 자라게 한다. 그리고 마침내 표면이 매끄럽고 광택이 나는 둥근 형상이 생기게 된다. 원래는 병적인 증상이 사람들에 의해 귀중품으로 가치를 부여받은 것이다. 프란츠가 그날 저녁 내 집에 있었다는 것, 내가 침대에서 무릎을 꿇고 그 앞에서 스탈린 찬가를 불렀다는 것, 얼마의 시간이 지난 후 비는 내리지 않았던 어느 가을밤 그가 내 집을 떠나서 다시 돌아오지 않았다는 것만은 정확하게 알고 있다. 두 사건 사이에는 어떤 연관이 있을 것이다. 의미를 찾으며 계속되는 나의 회상의 결과가 맞을 것이다.

그날 저녁에 나는 프란츠에게 다시 한번 사냥꾼 예너바인에 대한 노래를 불러달라고 부탁했다. 프란츠가 알고 있는 모든 노래 가운데 나는 그 노래가 가장 좋았고, 그가 그 노래를 가장 잘 부른다고 생각했다. 운율이 익살스러운 만큼, 노래에 담긴 피의 비극은 더욱 슬펐다. 프란츠는 내면으로 침잠하여 남자답게 격분하면서 이 노래를 불렀다. 이 노래를 지은 사람들이 암살당한 그들의 요제프, 또는 알로이스 예너바인을 묘지로 옮겼을 때 그렇게 노래를 불렀을 것이다. 나는 그 노랫말을 지금까지도 기억하고 있다. 아마 거리낌 없이 당당한 내용 때문인 것 같다.

옛날에 한창나이인 사수가 있었지
사수가 사살되어 세상을 떠났네
아흐레가 지난 뒤에야 사람들이 그를 발견했네
슐리어 호수의 파이센베르크 산 위에서
단단한 바위 위에서 피를 쏟고
배를 깔고 엎어져 있는 그를 발견했지
그는 뒤에서 날아오는 총을 맞았네
아래턱이 박살나 있었지
풰, 망할 놈의 총알, 너 비겁한 사냥꾼이여
그 총알이 네게 명예훈장을 가져다주지 않으리

프란츠의 모습은 19세기 바이에른의 산촌 사람들을 조금도 연상시키지 않았는데도, 나는 그 노래와 프란츠 사이에서 어떤 친화성을 느껐다. 이 노래를 부르는 동안 그는 태곳적의 남성적 몸짓을 취했는데 그런 몸짓을 하는 자신이 마음에 드는 것 같았다. 그리고 그것은 내 마음에도 들었다.

프란츠와 나는 우리 자신을 기적이라고 생각했다. 아마 사랑하는 사람들은 모두 자신들을 기적이라고 여길 것이다. 우리도 그랬다. 물론, 우리가 똑같은 노래를 알고 있거나 서로 다른 노래를 부른다는 것이 기적은 아니었다. 비록 우리가 부르는 밤의 노래들이 서로에게 인생의 이야기를 들려주는 멋진 방식이기는 했지만 말이다. 진정한 기적은 우리의 몸이었다. 프란츠가 처음 손등으로 내 뺨을 쓸어내린 이후로 우리의 몸이 우리보다 더 많은 것을 알고 있는 것 같았다. 나로서는 사실 몸이 없다면 진정 우리가 누구인지 정확히 말할 수 없을 것이다. 그렇다 해도 우리의 경우에 육신이 독단적인 행위자였다고 주장하는 것은 아주 틀린 말은 아니었을 것이다. 우리의 몸은 마치 그것을 사람들이 평생 억지로 갈라놓았던 것처럼 서로를 그리워했다. 그리고 마침내 다시 서로 뒤엉키게 되었을 때 마치 드디어 목적지에 도달했다는 듯, 마치 서로를 찾는 것이 그들의 숙명이었다는 듯, 그리고 이 숙명을 놓칠 위험을 항상 의식하고 있다는 듯, 기진맥진한 지고의 기쁨이 우리의 몸 위에 찾아왔다. 우리 나이에는 우리의 몸이 맹목적인 욕망 속에서 종을 보호하려는 자연의 명령을 따랐다고 감히 주장조차 할 수 없었을 것이다. 우리들 안에 있던 모든 젊음이 거침없이 우리를 지배하도록 만든 것은 오히려 최후에 대한 생각이었을 것이다. 그리고 지금 놓치면 다시 돌이킬 수 없을 것이라는 두려움이었을 것이다. 사랑을 하는 것은 우리 안에 있는 아직 교화되지 않은 존재,

젊음이다. 노인은 어찌할 수 없는 절망감에 맞서 다양한 감정들을, 프란츠에 대한 나의 정열과는 조금도 관련이 없기는 하지만 사람들이 사랑이라고 부르기도 하는 다양한 감정들을 고안해낸다. 동물 사랑, 어린이 사랑, 자연 사랑, 일에 대한 사랑과 신에 대한 사랑, 인간애, 음악애호, 일반적인 예술애호……

교화된 인간은 자신에게서 벗어날 수 없는 것을 사랑한다. 그는 개를 사서 개를 사랑한다. 개가 죽으면 개를 새로 사서 그 개를 다시 사랑한다. 나에게는 그것이 쉬웠다. 프란츠를 만나기 전 나는 그 영원한 브라키오사우루스를 사랑했다.

*

프란츠와 나는 식육식물들 사이에 누워 있지 않다. 우리는 창 앞의 좁은 탁자에 서로 마주 보고 앉아 있다. 우리 사이에는 한 점의 정물화가 펼쳐져 있다. 그 정물화 안에 놓인 물건들은 프란츠가 예상한 대로 내가 고급 식품점에서 구입한 것들이다. 햄, 간소시지, 멜론, 포도, 치즈. 내가 프란츠를 위해 요리하는 법은 없다. 연인에게 밥을 해주는 것은 음란하다고 생각하기 때문이다. 음식을 사와 식탁을 차리는 것은 왜 음란하다고 여기지 않는지 모르겠지만 나는 분명히 차이를 느낀다. 우리 박물관을 존속시킬 것인지 해체할 것인지를 결정해야 하는 위원회에 속해 있는 프란츠는 우리의 미래에 대해서, 따라서 나의 미래에 대해서도 아마 두려워할 일은 없을 거라고, 사람들이 우리를 다른 관청에 소속시킬 것 같다고 이야기한다. 지금 생각해보면 나는 그때 박물관과 브라키오사우루스와 나에게 닥친 위험을 전혀 감지하지 못했던 것 같다. 내 기억이 마치 플리니 무디의 정원에서 발견된 기이한 새 종류의 발자국처럼 그렇게 군데군데 각인된 자국만이 발견되는 태곳적의 암석이라도 되는 것처럼 그저 프란츠와의 대화, 이 문장, 그리고 그가 내게 무엇인가 말했다는 기억만을 내 안에서 찾아낼 수 있다.

프란츠는 치즈가 맛있다고 칭찬한다. 이름을 익힌 것이 세 종류뿐이기 때문에 항상 그 세 가지 치즈만 산다는 것을 나는 그에게 말하지 않는다.

이제 우리는 똑같은 노래뿐만 아니라 똑같은 치즈를 알고 있다고 내가 말한다. 그 말에 프란츠는 자신은 서민 가정에서 자랐으며 대학을 다니기 위해 스스로 돈을 벌어야 했다고 이야기한다. 살아오면서 아이스크림 판매원, 하수도 공사 인부, 가구운반인, 난방기사, 전보배달원 같은 일을 해보았다고 한다. 다른 사람들이 휴가를 가거나 자신의 첫 자동차를 살 때 프란츠는 야간근무 조에서 지치도록 힘들게 일을 했다. 나중에도 사치는 남의 일이었다고 그는 단언한다. 다른 사람들이 풍족함을 탐닉하듯이 프란츠는 젊은 시절의 가난을 탐닉한다. 그러면 결국 내가 고백하게 된다. 나만을 위해서라면 절대로 그렇게 비싼 치즈를 사지 않을 것이라고, 그러나 그가, 프란츠가 집에서 늘 먹는 것보다 더 나쁘게 그를 대접하고 싶지는 않았다고. 그런데 그때 나도 모르게 프란츠를 따라 현관문을 지나 그의 집으로 들어갔다. 내 머릿속에서 그가 종종 그 뒤로 사라지는 문이다. 그러고 나면 나는 만두가 두세 개 떠 있는 고기수프 접시를 앞에 두고 결혼생활의 조화 속에서 아내와 함께 식탁에 앉아 있는 그의 모습을 상상하곤 한다.

그 나머지는 소박하게 상상하는 편이 나을 것이다. 와인도 없고, 프랑스산 생유치즈도 없고, 철 이른 포도도 없을 것이다. 그 대신 마이어나 카이저, 볼레 상점의 치즈 코너에서 산 가우다치즈 한 조각이 있고, 사과가 곁들여져 있을 것이다. 식탁에선 더 볼 것이 없기 때문에 나는 프란츠의 가구들로 관심을 돌린다. 적지 않은 그의 수입이 어딘가로 흘러들어갔음에 틀림없을 텐데 생활의 감각적 향유에 쓰이지 않았다면 분명히 지속성으로, 물려줄 수 있는 것으로, 세월이 흘러야만 가치가 커지는 것에 쓰였을 것이기 때문이다. 지속성이란 카린 뤼데리츠가 그녀의 비더마이어 풍 가구와 꼼꼼하게 수집한 양파무늬 그릇들을 가리키는 말이었다.

나는 프란츠가 일정한 간격으로 하나씩 하나씩 포도를 입에 넣는 모습을 지켜본다. 두통이 시작될 때처럼 내 안에서 이름 모를 불신이 부풀어 오른다. 아니야, 내 집에 있지 않을 때 프란츠가 어떻게 사는지 알고 싶지 않아. 그의 집에 있는 식탁이 둥근 것인지 네모난 것인지, 그 탁자 위에 올라 있는 치즈가 싸구려인지 비싼 것인지, 벽에 걸린 그림이 구식인지 현대적인 것인지, 침대보가 흰색인지 알록달록한 것인지, 그의 아내의 머리칼이 금발인지 검은색인지 알고 싶지 않아. 그의 아내가 금발이라는 것은 내가 이미 알고 있다. 나는 그 모든 것들을 알고 싶지 않아.

그런데 내가 베른하르디너를 탄 적이 있다는 것 알고 있어? 내가 묻는다. 그 질문은 무의미하다. 내가 베른하르디너를 탄 적이 있는지 없는지는 프란츠가 알 수 없다는 것을 내가 분명히 알고 있기 때문이다. 그에게 이 이야기를 한 적도 없을뿐더러 나 자신이 그 일을 완전히 확신하지 못하기 때문이다. 베른하르디너는 우리 교회가 서 있던 광장에 있는 술집의 개였다. 당시에는 교회 창문들이 아직 폐쇄되지 않았다. 이것은 우리 아버지들, 한지의 아버지와 내 아버지가 아직 전쟁에서 돌아오기 전이라는 것을 의미한다. 그때 나는 키가 115센티미터나 120센티미터 이하였고 전쟁으로 인한 영양부족으로 몸무게도 가벼웠다. 따라서 다 자란 베른하르디너는 내가 올라타도 좋은 힘센 동물로 여겨질 수 있었다.

이후에 내가 만났던 어떤 베른하르디너도 그 개만큼 크지 않았다. 내가 그렇게 키가 작았던 동안은 다른 베른하르디너를 만난 적이 없기 때문에 그렇게 생각했을 것이다. 날씨가 좋은 날이면 그 개는 술집 문을 여는 정오부터 몸을 쭉 뻗고 문 앞에 누워 있었다. 대개는 배를 깔고 두꺼운 앞발 하나를 주둥이 아래 괴고 누워서 눈으로 모든 것을 좇았는데 아래 눈꺼풀이 처져 있는 것을 나는 처음에는 병이 든 것으로 여겼었다. 베른하르디너는 머리는 전혀 움직이지 않고 눈만 움직였다. 그 개는 아주 거대한 동물이었지만 나는 무섭지 않았다. 술집이 있는 건물은 광장에서 유일하게 파괴되지 않은 채 남아 있던 건물이었다. 폐허 한가운데서 개는 살과 털가죽에 깃든 선량함 그 자체인 듯 태평하게 누워 있었다.

베른하르디너는 가끔 일어나 하품을 하면서 몸을 쭉 뻗으며 털었다. 그럴 때 그의 입에서 침이 날아갔다. 그러고는 사지를 다르게 배치하여 다시 길바닥 위로 몸을 눕혔다. 베른하르디너가 서 있으면 머리가 내 목까지 닿았고, 아마 턱 위까지도 닿았던 것 같다. 나는 한번 베른하르디너를 타고 광장을 한 바퀴 돌고 싶었다. 아기인형 외에 그 어떤 것도 그만큼 갈망한 적이 없었다. 나는 종종 삼십 분이나 혹은 더 오랫동안 개 옆에 웅크리고 앉아서 앞발을 쓰다듬어주고 이마 위의 두껍고 불룩한 털을 손가락 끝으로 만져보았다. 술집 손님 중 누군가가 술에 취한 경솔한 마음에 나를 이 짐승의 등 위에 앉히고 개가 나를 태운 채 광장을 한 바퀴 돌아오도록 시켜야겠다는 생각을 가져주기를 바라고 있었던 것이다. 어느 날 바로 그 일이 있었났음에 틀림없다. 갑자기 내가 베른하르디너를 타고 앉아 있었던 것이다. 마치 손에 고삐를 잡은 것처럼 나는 놀랍도록 부드럽고 폭신한 느낌이 드는 개의 두 귀를 잡고 있었다. 그리고 개가 등 위에 나를 태운 채 한 번이나 두 번, 어쩌면 세 번까지 유유히 광장을 돌았다.

나는 이 이야기를 한참 뒤에야 겨우 어머니에게 했다. 어머니는 개를 무서워했으므로 뒤늦게라도 나의 모험을 금지시킬까봐 두려웠기 때문이었다. 언젠가 내가 이미 어른이 된 후 광장 주점의 베른하르디너를 탄 적이 있었다고 고백했을 때 어머니는 그 말을 믿지 않았다. 내가 공상을 한 것이거나 기껏해야 꿈을 꾼 것이라고, 그런 일이라면 분명 사람들이 당시에 얘기해주었을 것이라고 어머니는 말했다. 내가 했던 일은 모두 언젠가는 어머니의 귀에 들어왔다고 말하면서 어머니는 마침 어떤 특정한 일을 회상하는 것처럼 미소를 지었다. 그래서 나는 마음을 바꾸고 얼른 다른 주제로 대화를 돌렸다.

정말로 베른하르디너를 탔던 것인지 내가 너무나 절실하게 그것을 소망하고 너무 집요하게 상상해서 진짜 베른하르디너를 탔었다고 믿게 된 것인지 이제는 나도 정확하게 모르겠어. 내가 프란츠에게 말한다. 나의 손바닥은 베른하르디너의 귀를 정확하게 기억하고 있어. 내가 기마자세로 허리를 똑바로 세우고 베른하르디너의 등에 앉아 이 모습을 한지 페츠케에게 보여주려고 광장을 돌며 그를 찾아보았을 때 개의 털이 내 허벅지를 간질이고 개의 넓은 등이 내 아래에서 둔중하게 흔들거렸던 것이 아직도 느껴져.

아, 그래. 프란츠가 말한다. 그래, 기억하는 방식도 아마 성격의 문제겠지. 꿈처럼 말이야. 어떤 사람들은 악몽을 꾸고, 어떤 사람들은 낙원만을 꿈꾸지. 나는 전혀 꿈을 꾸지 않아. 하지만 신문에서 읽을 수 있는 것처럼 나도 당연히 꿈을 꾸는데 그것을 잊으려고 애쓰는 것이지. 반면에 당신은 꿈을 현실이라고까지 여기는 것이고 말이야.

아마 그것은 진짜 현실이었을 거야. 내가 말한다.

아마 그랬겠지. 프란츠가 이렇게 말하면서 마지막 포도알을 탁자의 한쪽 모서리에서 다른 쪽 모서리로 굴린다. 아마 그렇지 않았을 수도 있고 말이야. 나는 오히려 현실이 너무 아름답게 보일 때는 그것을 꿈이라고 여기는 편이지. 행복은 무상한 거야. 프란츠가 말한다. 그것은 책에도 쓰여 있고 우리 나이에는 경험으로도 알고 있다. 우리를 실망시키는 것이 꿈의 무상함인지 현실적 삶의 무상함인지 가리면 뭔가 달라질까? 내가 그것이 꿈이라고, 꿈일 수밖에 없다고 스스로 다짐하면 나는 그 꿈이 언젠가는 끝날 것을 알게 되고, 따라서 그 순간에 무조건 빠져들 수 있다.

프란츠의 손가락 끝 사이에서 포도알이 이리저리 굴러다니는 모습을 지켜보면서 나는 프란츠가 우리를, 자기와 나를, 꿈이라고 여기고 있는지 현실로서 참아내고 있는 것인지 알아내려고 애쓴다. 꿈이라면 조만간에 어쩔 수 없이 깨어나야 하는 것이고, 그에게 우리가 현실이라면 우리가 너무도 아름다운 존재는 아니라는 의미였다.

나는 프란츠에게 구두에 대한 이야기를 해야 할지 말아야 할지 생각해본다. 어딘가 모자라는 내 성격을 드러내는 비유로서 기억에 남지 않았다면 그것은 사실 사소한 이야기다. 나는 우연히 이탈리아 구두 한 켤레를 얻게 되었다. 굽이 낮고 부드러운 가죽으로 만든 푸른빛이 도는 흰색 여름구두였다. 나는 그것을 한 여자친구에게 보여주었다. 그런데 이 친구가—정말로 그렇게 생각했기 때문이든가, 평범한 신발을 들고 좋아하는 내 모습을 유치하다고 생각했기 때문이든가—그 구두는 분명히 싸구려 물건이라면서 신발 밑창이 얼마 못 가 부러질 것이라고 주장했다. 나의 기쁨은 깨졌고, 친구의 말이 옳지 않다는 것을 증명해야만 그 기쁨을 다시 되찾을 수 있을 것 같았다. 나는 집에서 구두 한 짝을 들고 양쪽 끝을 잡아 마주 구부렸다. 생각날 때마다 그렇게 했더니 밑창이 부러져버렸다. 내가 설령 몇 주 동안 발끝으로만 걷거나 발뒤꿈치만 딛고 걸었다 해도 구두가 이에 비할 시련을 겪지는 않았을 것이다. 내 발을 아무리 쫙 펼치고 돌리고 심지어 뒤틀었다 해도 마찬가지였을 것이다. 구두에게 예언된 종말을 내가 서둘러 초래하지 않았다면, 아마 나는 그 구두를 여름 내내 신고 그다음 여름에도, 또 그다음 여름에도 신을 수 있었을 것이다.

프란츠가 마지막으로 포도알을 탁 쳤다가 그것이 탁자에서 떨어지기 전에 다른 손으로 잡는다.

여행을 가야 해. 그가 말한다.

누구랑?

대답 대신 애매한 고갯짓이 되돌아온다. 도시의 서쪽 어딘가로 방향을 지시하는 것 같기도 하고, 무슨 그런 질문이 있느냐, 너는 이미 알고 있지 않느냐고 말하면서 달래거나 질문을 피하는 것 같기도 하다.

언제? 내가 묻는다.

모레. 프란츠가 말한다. 그러고는 마침내 포도알을 입속에 집어넣는다. 내 안에서 폭발이 준비되고 있다는 것이 분명하게 느껴진다. 심장이 고동칠 때마다 1센티미터씩 뜨거운 무언가가 목구멍으로 치밀어 오른다. 내가 지금 입을 열면 용암이 솟구쳐 나올 것이다. 그것이 내가 기억하고 있는 선명한 마지막 생각이다. 내가 그날 밤 프란츠에게 했던 얘기를 다시 반복해야 한다면 유일하게, 지구의 내부에서부터 으르렁거리며 굉음을 울리는, 사막과 숲속의 모든 동물들이 동시에 내지르는, 불처럼 빨갛게 타오르는 무시무시한 나의 어조만을 묘사할 수 있을 것이다. 아마 내가 문장들을 말했을 것이다. 주어와 술어와 목적어, 주문장과 부문장들을 말했을 것이다. 그 문장들은 어떤 내용을, 화를 내고 애원하고 위협하는 내용들을 갖고 있었을 것이고 이 한 가지 어조로 흘러갔을 것이다. 한 사람 안에 그런 어조가 들어 있을 자리가 있다는 것을 그전에는 몰랐다.

나는 봄 내내 이 통보를 기다렸다. 처음에는 단지 나 자신의 여행 계획을 프란츠의 여행 계획에 맞추기 위해서였다. 프란츠를 만나거나 통화라도 할 수 있는 날은 절대 단 하루라도 베를린 밖에서 보내고 싶지 않았기 때문이었다.

그런데 프란츠가 여행으로 베를린을 떠날 수도 있다는 것을 암시하는 말 한 마디도 없이 한 주 한 주가 흘러갔다. 그러면서 그가 어떤 핑계라도 대서 아내와의 여행 계획을 막을 수도 있었을 것이라는 희망이 내 안에서 커져갔음에 틀림없다. 내가 혼자가 아니었다 해도 남편과 함께하는 여행은 나에게 상상할 수 없는 일이라고 확신했기 때문에 더욱 그랬다. 여행을 가야 한다는, 그것도 모레 떠나야 한다는 프란츠의 통고가 왜 내게 불시에 그렇게 충격을 가했던 것인지에 대해서 그 이후에 백 번, 천 번, 또는 삼천 번을 곰곰이 생각해보았다. 그리하여 분명 다른 사람 누구에게도 통하지 않을 논리를—더이상 아무것도 바라지 않게 된 이후로 나 자신에게도 통하지 않는 논리를—이 시점에 내가 완전하게 따랐음에 틀림없다는 것을 깨닫게 되었다. 프란츠의 침묵을 내가 원하는 의미로 잘못 해석하면서 우리가, 프란츠와 내가 함께 여행을 가게 될 거라고 기대했을 수도 있다. 매사추세츠 주 사우스해들리, 아마 플리니 무디의 정원으로 가거나, 프란츠가 내게 얘기해주었던 것처럼 고지대의 나무 그루터기들 안에서 발견되는, 침수 지역에서는 높은 나무꼭대기 위에서 발견되는 캄포노투스 루피페스의 둥지를 찾으러 리우그란데로 가려고 했을 수도 있다. 우선 사우스해들리로 갔다가 그다음에 리우그란데로 갈 수도 있었을 것이고 반대로 먼저 리우그란데에 갔다가 다음에 사우스해들리로 갈 수도 있었을 것이다. 프란츠가 내일모레 여행을 가야 한다고 말하고 나서 마치 아무것도 덧붙일 말이 없다는 신호처럼 마지막 포도알을 자기 입에 집어넣었을 때, 어쨌든 나는 우리가 함께하는 여행을 상당히 고대하고 있었던 것 같다.

내가 프란츠의 침묵을 본래의 의미와 반대로 이해했다는 것이 맞을 것이다. 즉 그가 그의 아내에게는 말로 약속을 하는 대신 내게는 침묵으로 약속을 한다고 이해했던 것이다. 그래야만 내가 그날 밤 빠져들어 프란츠가 돌아올 때까지 계속되었던 그 광란이 설명될 수 있다.

프란츠는 어느 토요일 아침 스코틀랜드로 날아갔다. 하드리아누스 방벽을 보기 위해서라고 그가 말했다. 자기가 아니라 교양에 열정을 쏟는 아내가 하드리아누스 황제에 대한 역사소설을 읽은 뒤 여행지를 선택한 것이었다고 프란츠가 주장했음에도 불구하고 나는 남편과 에밀레를, 마지노선에 대한 그들의 열광을 생각하지 않을 수 없었다. 나는 그때까지 한 번도 하드리아누스 방벽에 대해 들어본 적이 없었다. 그리고 만일 아내와 함께, 금발에 역사소설을 읽는 아내와 함께 프란츠가 이 120킬로미터 길이의 국경 방벽을 보러 영국으로 순례를 떠나지만 않았다면 나는 나머지 인생에서도 마지노선과 마찬가지로 그것에 대해 전혀 흥미를 느끼지 못했을 것이다.

금요일에 항공편 안내에 전화를 걸어 프란츠가 타고 갈 가능성이 있는 항공편에 대해서 문의했다. 오전에 에든버러로 가는 비행기는 한 대뿐이었다. 테겔 공항에서 열시에 출발하는 비행기였다. 프란츠와 그의 아내가 택시나 버스에서 내려—아마 버스에서 내릴 것이다—짐을 끌고 자동문들을 지나 탑승 수속을 하고 차례로 여권 검사를 통과하는 모습을 보기 위해 직접 공항에 가보겠다고 이때 이미 결심을 했던 것인지는 모르겠다. 고통스런 방법이 될지라도 어떻게든 나도 이 여행에 참여하고 싶었다고 말하는 것이 맞을 것이다. 나는 프란츠가 언제 일어나야 하는지, 언제 면도를 하고 언제 아침을 먹고 택시를 부르는지 알고 싶었다. 그가 아침에 일어나 여행을 떠나기 위해 준비하는 사소한 일들을 내가 추적할 수 있어야 했다. 내 자명종은 일곱시에 울렸다. 나는 자리에서 일어나 샤워를 하고 커피를 마셨다. 무슨 일을 하고 있든 생각을 멈추지 않았다. 나는 계속 프란츠와 그의 금발의 아내를 생각했다. 여덟시 직후에 내 자동차에 올라탔을 때 나는 각오한 바를 따랐다기보다 오히려 저항할 수 없는 어떤 소용돌이를 따랐던 것이었다. 그때까지 살아오면서 나는 비행기를 네 번 탔었다. 학회 참석차 모스크바로 한 번, 휴가를 위해 바르나로 한 번, 그리고 부다페스트로 두 번 비행기를 타고 갔다. 내게 공항은 편안하게 느껴지는 장소가 아니었다. 세계의 온갖 대도시들이 전광판에 쓰여 있었을 때, 사람들이 유효한 여권과 비행기 표만 있으면 수속 창구 앞에 떼지어 줄서 있는 사람들 무리에 합류하여 버스나 전차를 타듯이 비행기 중 하나에 올라타고 파리나 리우나 에든버러로 실려 갔을 때 이미 공항은 내게 편안한 곳이 아니었다. 어떤 희망을 품고 허공을 가로질러 가서 몇 시간 뒤 자신이 다른 장소, 다른 날씨 속에 있음을 깨닫고, 그리고 고향에서도 할 수 있는 일들, 즉 자고 먹고 싸우고 사랑하고 구경하고 독서하고 쇼핑하는 일들을 낯선 곳에서 하는 것을 사람들이 요즘도 여전히 정상적이라고 생각하고 있는지는 사실 모르겠다. 그 기이한 시대에 일상적으로 행해졌던 여행 규제와 비교하면 그것이 내게 기분 좋은 정상적인 일로 여겨졌음에도 불구하고 당시에 이미 나는 그것을 잘못된 생활방식이라고 생각하고 있었다.

　나는 5번 탑승구 옆쪽의 공중전화부스 옆에 서 있었다. 그리고 프란츠와 그의 아내가 하드리아누스 방벽으로 가는 길에 어쨌든 통과해야 하는 창구 앞의 광장을 단 일 초도 시야에서 놓치지 않고 바라보았다. 거대한 여행 기계인 공항을 나는 이 하나의 단면으로 축소시켰다. 마치 영화관 스크린처럼 끊임없이 바뀌는 그림들이 이곳을 지나갔다.

침착하게 티켓을 창구 너머로 밀어 넣는 배낭을 멘 젊은이들이 있었고, 푸른색을 띤 금색 전통 의상을 입은 인도여자 뒤에는 그녀의 아들로 보이는 젊은 남자가 짐이 가득 실린 카트를 밀며 걸었다. 뚱뚱한 금발의 부부가 뚱뚱한 금발의 세 아이를 데리고 갔다. 아이들은 각자 플러시로 만든 동물인형을 하나씩 팔에 안고 있었다. 그 사이에서 손에 장미꽃을 든 소녀가 계속 방향을 바꾸며 왔다갔다하고 있었다. 아마 장미꽃을 건네주려고 했던 사람을 찾을 수 없는 듯 보였다. 그녀는 왼쪽으로부터, 또는 오른쪽으로부터 서둘러 내 그림 속으로 들어왔다가 신경질적인 가느다란 다리로 그림을 가로질러 갔다. 그녀는 아주 짧은 치마를 입었고 그 위에는 단정하게 재단된 재킷의 단추를 풀어헤친 채 입고 있었다. 턱이 뾰족한 얼굴에 천진하게 낙담한 입과 어쩔 줄 몰라 하는 눈이 재킷과 대조를 이루며 마음을 사로잡았다. 그리고 나는 프란츠를 보았다. 처음에는 프란츠만 보였고, 그 뒤에 명백하게 그의 일부로 보이는 작은 금발 여자가 보였다. 프란츠는 내켜하지 않는 개들을 끌고 가듯 트렁크 두 개를 끌고 갔고, 아내는 여행 가방을 들었다. 그녀는 비행기 티켓을 쥔 손을 가슴에 대고 있었다. 나는 첫 순간부터 프란츠의 아내가 싫었다. 만약 다른 상황에서 그녀를 처음 보았더라면 그녀가 좀 더 내 마음에 들었을지 지금까지도 확신이 서지 않는다. 아마 그렇지는 않았을 것이라고 생각한다. 그날 아침 그녀가 신발치수 36으로 보이는 작은 두 발로 매표창구들이 있는 그 홀을 어떻게 걸어갔는지 아직도 정확하게 알고 있기 때문이다. 목과 머리를 꼿꼿이 세우고 산만한 구석이나 어리둥절 헤매는 시선은 전혀 없었다. 그녀가 도서관 사서라는 사실을 몰랐다면 나는 그녀를 체육 선생님으로 생각했을 것이다. 그녀는 내 고등학교 시절의 페를레베르크 선생님처럼 작고 강인한 모습이었는데, 손에 탬버린 대신 비행기 티켓을 들고 있다는 점만 달랐다.

나의 창백하고 우울한 프란츠, 브라키오사우루스의 뼈대 안에서 아름다운 동물을 알아볼 수 있었던 프란츠가 페를레베르크 선생님 같은 여자와 무슨 관계가 있다는 것인가. 저기서 지금 막 여권 심사대를 통과하는 두 사람이 내 눈에는 네 발 달린 호문쿨루스, 괴물, 존재해서는 안 되는 어떤 것으로 보였다. 그들은 프란츠와 젊은 시절 그의 첫사랑처럼 서로를 위해 태어난 사람들이 아니라 전혀 잘못된 것, 잘못된, 잘못된, 잘못된 것이었다. 나의 모든 격분이 이 하나의 단어 속으로 흘러들어갔다. 나는 이 잘못된 그림이 프란츠 자신의 선택이었으리라고는 믿을 수 없었다. 그것은 약탈, 유괴였다. 페를레베르크 선생님 같은 작고 빈틈없는 인물이 자신을 위해 예정되어 있지 않은 한 남자를 강탈한 것이었다. 베를린 장벽이 없었다면, 프란츠와 내가 이십 년이나 이십오 년 더 일찍 만나지 못하게 가로막았던 그 기이한 세월 전체가 없었다면 절대로 그녀는 그를 차지할 수 없었을 것이다. 단지 그 이유 때문에 나는 지금 공중전화부스 안에 반쯤 숨어서 그들을 지켜보고 있는 것이다. 그 낯선 여인이 앞서 그의 여권을 빼앗았음에 틀림없다. 그녀가 비행기 티켓 외에 두 사람의 여권도 손에 들고 있었기 때문이다. 프란츠는 비행기를 타기 위해 그 낯선 여인에 떠밀려 여권 심사를 통과했다. 비행기는 프란츠를 리우그란데나 매사추세츠 주 사우스해들리로 데려가지 않고 스코틀랜드의 하드리아누스 방벽으로 데려갈 것이다. 그는 그곳에서 되찾아야 할 것도 새롭게 발견해야 할 것도 없다. 내가 비행기에 빈자리가 있는지 문의했던 것 같지는 않다. 에든버러로 프란츠를 따라가겠다는 생각에 앞뒤 가리지 않고 비행기 표를 알아보고는 지금은 그 사실을 잊은 것일 수도 있다. 아니면 비행기에 빈자리가 하나도 없이 만원이었을 수도 있다. 어쨌든 나는 페를레베르크 선생님을 연상시키는 금발의 인물과 프란츠와 함께 하드리아누스 방벽으로 가지는 않았다.

*

그해 여름에 날씨가 어땠는지 모르겠다. 그것이 우리의 첫번째 여름이었는지 세번째였는지 아니면 마지막 여름이었는지, 프란츠와 내가 단 한 번의 여름만을 함께했는지 아니면 여러 번의 여름을 함께 보냈는지, 혹시 사계절의 변화조차도 우리에게 허락되지 않았던 것은 아닌지 나는 말할 수 없다. 프란츠와 함께했던 시간은 내게 있어서 시간을 초월한, 어떤 숫자 도구에 의해서도 정렬되지 않는 시간으로 남았고, 나는 그 이후로 바람이 통하는 어떤 공의 내부에서 살듯 그 시간 속에 살고 있다.

프란츠가 키 작은 금발 아내와 함께 스코틀랜드로 떠난 그 토요일에 비가 왔었다. 아니 햇빛이 쨍쨍했다. 그것도 아니면 해가 빛나지 않고 날이 건조하고 서늘했다. 나도 모르겠다. 프란츠가 등을 돌려 나에게 돌아오기를 나는 마지막 순간까지 바라고 있었다. 누군가 나를 베를린 밖으로 데려가려 했다면 나는 돌아왔을 것이다. 그러나 그럴 필요도 없었다. 나는 가방을 싸서 공항으로 가져오지도 않았기 때문이었다. 나는 아무하고도 함께 여행 가기로 약속하지 않았기 때문이었다. 나는 절대로 단 하루도 자발적으로 프란츠를 떠나지 않았을 것이기 때문이었다. 밀려가는 자동차들 속에서 나는 정처 없이 도시를 돌아다녔다. 도시의 황량한 혼돈 속에 나를 위한 곳은 아무 데도 없는 것 같았다. 프란츠가 사라지자 도시도 의미를 잃었다. 마치 내가 프란츠 없이 그 도시에서 산 적은 없는 것 같았다. 사랑으로 번민하는 인물의 상투적인 모습을 내가 가소로울 정도로 되풀이하고 있다는 것은 알 만큼 나는 나이가 들었다. 그러나 그저 그 상태에 온전히 빠져드는 것 외에 달리 어찌할 수가 없었다. 희망에 가득 차서 계속 창문 유리에 몸을 부딪치지만 빠져나갈 길은 없는 곤충처럼 나는 무력해진 상태에서 벗어날 길을 찾아다녔다. 프란츠는 아내와 함께 닿을 수 없는 곳으로 달아나버렸다. 그는 내게 속한 남자가 아니라 그녀에게 속한 남자였다. 죽자, 나는 생각했다. 죽자. 내게 닥친 고통에 맞서 죽음만이 무언가를 할 수 있다는 생각에 주체할 수 없이 눈물이 쏟아졌다. 나는 바로 옆 도로로 접어들어 주차할 곳을 찾아야 했다. 그리고 몇 분 후에는 다시 그곳을 떠났다. 근처에서 놀고 있던 검은 곱슬머리 아이들이 내 차로 모여들어 호기심 어린 눈으로 자동차 차창 너머 나를 바라보았기 때문이었다. 나이 든 여자가 차에 앉아 울부짖는 모습을 아이들은 분명히 당황해하면서 쳐다보고 있었다. 내가 어디에 있는지 알 수 없었다. 어디로 가고 싶은지는 더더욱 알 수 없었다. 그리고 내 앞에서 어떤 자동차를 보았을 때, 번호판을 제외하고는 프란츠의 차와 완전히 똑같은 자동차를 보았을 때 나는 그 차를 따라갔다. 물론 그것이 프란츠의 차가 아니라는 것은 알고 있었다. 프란츠가 지금 비행기 안에 아내 옆에 앉아서 아마 신문에 난 기사를 그녀에게 읽어주거나 그녀가 나처럼 비행을 무서워하기 때문에 손을 잡아주고 있으리라는 것을 알고 있었다. 그런데도 그 낯선 자동차가 위로를 주는 프란츠의 그림자처럼 느껴졌다. 그 자동차를 운전하는 사람은 프란츠와 똑같은 상표, 똑같은 색깔을 고른 것이었다. 물론 프란츠의 아내가 아니라 프란츠가 차를 고른 것이었는지조차 나는 알지 못했다. 프란츠와 나는 자주 그렇게 나란히 차를 달리곤 했었다. 도시의 서쪽에서는 프란츠가 내 앞에 달렸고 동쪽에서는 내가 프란츠보다 앞서 갔다. 내 앞의 자동차는 빠르게 달렸다. 한번은 그 차를 놓치지 않기 위해서 빨간불일 때 신호등을 지나쳐 달려야 했다. 우리가 '유월십칠일 도로'에 접어들었을 때 거기서부터는 집으로 가는 길을 알 것 같았기 때문에 집으로 가야 할지 잠깐 생각했다. 그러나 프란츠의 자동차처럼 보이는 그 차를 따라가는 과제가 주는 편안함에 나를 맡겨두고 싶었다. 칸트 거리 옆 도로에서 갑자기 그 차가 지하주차장 안으로 사라져버렸다. 그래서 나는 그 차를 운전하던 사람이 여자였는지 남자였는지조차 알 수 없게 되었다. 운전자가 추격을 당하고 있다는 느낌을 받아 그런 식으로 나를 떼어버렸을 것이라는 생각이 나중에 떠올랐다. 어쩌면 마약을 거래하는 마피아의 심부름꾼이나 러시아 인신매매자들 뒤를 따라 달렸던 것인지도 모른다. 그들은 프란츠처럼 진지하고 경박한 성향이 없는 사람들이 선호하는 눈에 띄지 않는 중형차로 위장했을 것이다. 내가 지하주차장으로 그 차를 따라갔다면 큰 위험에 처했을지도 모를 일이었다.

나는 생각 없이 그냥 잘 알고 있는 곳을 향해 계속 달렸다. 중간에

서점에 들러 영국에 관한 서적 두 권을 샀다. 하드리아누스 황제에 대한 역사소설에 대해서도 물어보았지만 그런 책은 점원이 알지 못했다.

'의미'라고밖에 달리 지칭할 수 없는 그것을 나를 위해 간직하고 있기를 기대할 수 있는 곳이라고는 이 도시 안에 단 한 곳뿐이었다. 눈에 보이는 모든 것, 거리들과 스낵코너, 뒤섞여 흘러가는 사람들의 물결이 너무나 의미 없어 보여 마음속에서 내가 거기에 속해 있다는 희미한 감정만이라도 찾으려 해도 아무 소용이 없었기 때문이다. 프란츠라는 매개가 없으면 나는 그 무엇에도 그 누구에게도 속할 수 없는 것 같았다. 그러나 오직 브라키오사우루스 아래의 내 자리만은 나 자신을 포함한 인간 행동의 부조리성에 굴복하지 않는 지속성에 대한 약속으로 남아 있기를 바랐다.

박물관은 거의 텅 비어 있었다. 나는 커피를 마시고 오라며 홀을 지키는 나이 지긋한 부인을 내보냈다. 그리고 몇 명 안 되는 방문객들 앞에서 고요한, 다른 때 같으면 아마 우스워 보일 나의 침잠에 대한 권한을 부여받고 그녀의 의자에 앉았다. 나는 기다렸다. 그는 어리석게 또는 득의만면하게, 언제나처럼 빙긋 웃고 있었다.

한참 기다렸지만 익숙한 위로를 얻을 수 없었다. 아름다운 동물이군요. 프란츠가 말했었다. 그 기이한 시대에 브라키오사우루스는 내가 보다 높은 것으로 인정했던 또 다른 어떤 의미의 상징으로서 쓸모가 있었다. 그가 몰락했기 때문에 모든 것이 언젠가 몰락할 것이라는 확신은 진부하면서도 희망적인 것이었기 때문이다. 하지만 그 자신과 같은 근원을 가진 어떤 것에 맞서 그가 어떻게 도움이 될 수 있었을 것인가. 프란츠에 대한 내 감정의 억제할 수 없는 성질이 공룡성에 있었다는 것을 나는 나중에야 비로소 깨달았다. 달리 말하자면, 모든 문명적 규범을 무시하면서 그렇게 사랑했던 것이 내 안에 있는 공룡성, 원시적인 어떤 것, 격세유전의 폭력성이었다는 것을 이해했던 것이다. 언어를 필요로 하는 어떤 것도 프란츠에 대한 내 사랑을 올바르게 표현할 수 없었다.

브라키오사우루스와 나의 만남의 제식 속에서 몇십 년 동안 찾곤 했던 고요한 안정이 마침내 다시 찾아주기를 기다렸지만 소용없었던 그 토요일에, 아무도 매사추세츠 주 사우스해들리나 다른 어딘가로 날아가는 것을 막지 않는 지금 나는 왜 다시, 혹은 여전히 우리 박물관의 유리 지붕 아래 이 자리에 앉아 있는 것인지 스스로에게 물었다. 자유를 얻었지만 그 자유는 그저 자발적으로 선택한 또 다른 감금상태와 맞바꾸고자 했을 때만 좋은 것 같았다. 그동안 나는 그것에 대해 달리 생각하고 있다. 나는 나의 선택을 했고 많은 가능성 가운데 프란츠를 사랑하는 것으로 결정했던 것이다. 플리니 무디의 정원에 있는 기이한 새 종류의 발자국을 구경하기 위해 언젠가 떠나리라는 것을 나는 알고 있었다. 그러나 나도 다른 어떤 누구도 이 기이한 시대의 종말을 체험할 것이라고 감히 생각지 못했었는데도 내가 플리니 무디의 정원으로 가고 싶다는 마음을 한 번도 포기하지 않았던 것처럼, 나는 이제 이 여행을 프란츠와 함께, 오직 프란츠와 함께하겠다고 고집하고 있었다. 물론 나의 가장 큰 소원이 실현 가능했던 순간에 너무 작아져서 가장 큰 소원이 될 수 없었던 것은 생각해봐야 할 일이다. 그러나 감옥의 담에 둘러싸여 자유 외에는 아무것도 바라지 않던 죄수가 비로소 자유를 갖게 되자 자유를 행복의 전제조건으로 더이상 생각하지 않는다고 누가 그를 비난할 것인가.

브라키오사우루스 앞의 작은 감독관 의자에 앉아 있는 동안 우스운 내 상황을 의식하면서도 나는 이성을 찾을 수 없었다. 그때 잊고 있던 시구 하나가 내 머릿속에 서서히 떠올랐다. 처음에는 '그대를 차지하거나 아니면 죽는 것, 그대를 차지하거나 아니면 죽는 것'만 생각났다. 그리고 생각나지 않는 행을 호흡으로 대신하면서 계속 이 시구를 반복해서 말하자 마침내 나머지도 기억이 났다. '그러나 두 가지 중에서 재빨리 한 가지를 결정했어요. 그대를 차지하거나 아니면 죽는 것.' 「펜테질레아」에 나오는 문장이었다. 이 문장을 외웠을 때 나는 스무 살이나 스물다섯이었음에 틀림없다. 이 문장을 남자에게 말해본 적은 한 번도 없었다. 그리고 나중에는 이 문장을 잊었다.

"저 다시 왔어요." 공룡 전시관을 지켜야 하는 나이 지긋한 부인이 내게 속삭였다. 나는 주말 인사를 하면서 다시 그녀에게 홀을 넘겨주었다.

'……아니면 죽는 것'을 나는 생각했다. 그러나 포기하지 않을 것이다. 더이상 포기하지 않을 것이다.

펜테질레아의 문장은 베아테에게서 들은 것이었다. 베아테는 배우가 되고 싶어 했고 연극학교의 입학시험을 위해서 클라이스트의 「펜테질레아」를 연습했다. 베아테 자신은 자기를 베아라고 칭했지만 다른 사람들은 모두 그녀를 아테라고 불렀는데 그녀가 이것에 대해 이의를 제기한 일은 한 번도 없었다. 아테를 어디에서 알게 되었는지는 이제 기억나지 않는다. 아마 누군가의 언니였던 것 같은데 그게 누구였는지 잊어버렸다. 아테가 폭이 좁은 검은색 코르덴 바지와 검은색 남성용 긴 스웨터 외에 다른 것을 한 번이라도 입었던 기억이 없다. 아테는 항상 옆쪽으로 가르마를 탄 검은 머리칼을 성냥 정도의 길이로 자르고 있었다. 그녀는 나보다 세 살 위였다. 내가 여전히 부모님의 침실 옆 아이 방에서 살고 있었을 때 그녀는 프렌츠라우어베르크에 있는 아파트 일층에서 혼자 살았다. 아테를 알게 된 직후에 나는 곰팡이가 잔뜩 핀 원룸 아파트로 이사했다. 바로 근처에 외부 화장실이 있는 집이었다. 우리는 일이 년 동안 거의 매일 만났다. 나는 대학에 다녔고 아테는 웨이트리스로 일했다. 둘이 만나면 그녀는 내 앞에서 어떤 역할을 연기했다. 아테는 그 역할을 연습해서 매번 바로 다음 입학시험에 합격하고 싶어 했다. 「펜테질레아」는 매년 그녀의 레퍼토리에 들어 있었다. 우리는 한 병에 5마르크짜리 불가리아 적포도주 '감차' 또는 '마브루트'를 마셨다. 나중에 우리가 아이를 낳으면 그 이름을 따서 여자애는 감차, 남자애는 마브루트라고 부르자고도 했다.

아테는 한 남자를 좋아했다. 그녀는 그를 알리라고 불렀다. 그가 열일곱 살에 낳은 아이에 대한 '알리멘트'*지불을 중단한 일로 전과가 있었기 때문이었다. 알리는 베를린 서쪽 출신으로 실업상태인 배우였는데 베를린을 가로지르는 장벽이 생겼던 밤에 아테의 침대에서 잤다. 그때 마침 베를린 샤를로텐부르크 지역 지방법원에서 양육비 미지급으로 인해 다시 그에 대한 소송이 진행 중이었기 때문에 다시 모아비트 감옥으로 가느니 차라리 장벽 뒤 아테의 집에 남겠다고 결정한 것이었다.

---

* 양육비.

하룻밤새 범죄의 낙인에서 자유로워진 알리는 서서히 야심을 나타 냈고, 아테의 도움을 받아 베를린 메트로폴 극장에 극작 보조로 일자 리를 구했다. 내가 아테를 알게 되었을 때는 알리가 아테의 주장대로 라면 천국 같은 행운의 삼 년을 보낸 후 막 아테의 집에서 나간 뒤였 다. 메트로폴 극장의 한 발레리나 때문이었다. 발레리나의 이름은 엘 리제였는데 아테는 그냥 릴리라고 불렀다.

알리가 남긴 것이라고는 닥스훈트 비슷한 노란색 개 파르지팔뿐이 었다. 파르지팔은 철사같이 꼬불꼬불 말린 꼬리에 너무 크고 멋진, 오 히려 양치기 개에게 어울릴 머리를 하고 있었다. 파르지팔을 데리고 전차에 타면 사람들의 당황스런 폭소가 터지지 않는 날이 없었다. 파 르지팔은 그것을 박수갈채로 느끼고 경련처럼 나선형의 꼬리를 움찔 거려 화답했다. 파르지팔은 어느 날 밤 알리가 극장에서 집으로 오는 길에 따라온 개였다. 베아테가 개를 돌봐주었고, 처음부터 그녀가 축 견세(畜犬稅)를 지불했는데 그것은 나중에 그녀의 법률적 주장에 유 일한 근거가 되어준 일이었다. 이사를 나간 지 몇 주 후 알리가 파르 지팔을 보러 아테에게 왔다가 집 주변에서 개를 산책시키게 해달라고 부탁했다. 그러고는 한 시간 후 전화부스에서 아테에게 전화를 해서 는 이제부터 개를 자기 집에서 키우겠다고 통보했다. 이제 곧 개가 메 트로폴 극장에서 공연되는 〈백마〉에서 어떤 역할을 맡게 되기 때문이 라는 것이었다. 나는 아테가 알리 때문에 우는 것을 본 적이 없었다. 알리 때문에 울지 않았다는 의미는 아니다. 어쨌든 내가 그것을 본 적 은 한 번도 없었다. 그런 그녀가 파르지팔 얘기를 꺼내면 곧바로 울음 을 터뜨렸다. 지금 생각하면 파르지팔이 납치당한 이후로는 우리가 파르지팔에 대한 얘기만 했던 것 같다. 그 이후 곧 〈백마〉의 초연이 있었다. 알리가 거짓말을 한 것이 아니었다. 정말로 파르지팔이 공연에 참여했고 등장할 때마다 박수갈채를 받았다. 어쨌든 메트로폴 극장에 있는 아테의 정보제공자들이 그렇게 보고했다. 아테는 그들로부터 알리가 공연이 끝나면 개만 몇 시간이고 수위실에 맡겨두고는 릴리와 다른 발레리나들과 함께 식당에 앉아 술을 마신다는 이야기도 듣게 되었다.

〈백마〉 공연이 있던 어느 날 저녁이었다. 아테는 〈백마〉가 언제 공연 프로그램에 들어 있는지 정확히 알고 있었다. 그날 저녁에 나를 포함한 아테의 친구 서너 명이 아테의 부엌 식탁에 모여 앉아 감차 혹은 마브루트를 마시고 있었다. 그러다가 누군가 공연이 끝난 후 파르지팔이 완전히 혼자 수위실에 앉아 있다면 알리가 납치했던 것처럼 파르지팔을 다시 데려올 수도 있을 것이라는 생각을 해냈다.

왜 내가 뽑혔던 것인지, 우리가 추첨을 했던 것인지, 아니면 아테의 나머지 친구들에 비해 내가 성실해 보였기 때문인지 이유는 모르겠다. 잘 알지도 못했던 라이너라는 친구가 나와 동행하도록 결정되었다. 그가 그날 저녁에 자기 어머니의 자동차를 쓸 수 있었기 때문이었다. 우리는 나치의 탄약고를 날려버리기 위해 출발하는 게릴라가 된 기분이었다. 그렇기 때문에 우리가 수위에게 알리가 개를 데려오라고 했다고 이야기하자마자 수위가 순진하게 의자다리에서 파르지팔을 풀어 우리 중 한 사람의 손에 개 끈을 쥐여주었을 때는 거의 실망스런 기분마저 들었다. 위험한 행동을 하고 있다는 것을 주위에 은근히 알리고 싶은 사람처럼 우리는 쫓기듯 극장 뒤쪽의 공터를 건너 우리 자동차로 달려왔다. 개는 우리 두 사람 사이에서 두 귀를 휘날리며 뛰었다. 마침내 아테의 팔에 안겼을 때 파르지팔은 기뻐서 소리를 질렀고 아테는 눈물을 흘리며 울었다. 파르지팔이 아테의 얼굴을 핥아 눈물을 닦아주었다. 정의와 사랑이 승리했고 우리가 그 일을 도왔기 때문에, 우리는 감동과 만족감이 충만한 마음으로 옆에 서 있었다. 이 순간은 칠십 년이나 팔십 년이 지난 지금도 내 생애의 가장 행복한 순간들 중 하나였다.

두 시간 후 알리가 전화를 했고 개를 당장, 아니면 늦어도 그다음 날로 돌려주지 않으면 조처를 취하겠다고 통보했다. 그래서 우리는 지체 없이 개를 베를린 밖으로 보내 알리의 손이 닿을 수 없는 곳에서 지내도록 해야 한다고 결정했다. 아테의 친구인 지그린데가 파제발크 근처 마을에 사는 자기 부모님에게 파르지팔을 보내자고 제안했다. 아테는 완벽하게 안전을 기하기 위해 우선 파르지팔의 털을 염색해야 할지를 고려했다. 지그린데는 다음 날 파르지팔을 데리고 부모님에게로 갔다. 아테는 염색을 포기했다. 동물 학대라는 비난을 피하기 위해서였다. 그리고 파르지팔의 자연스런 모습을 사랑했기 때문이었다.

그 작고 볼품없이 노란 개는 아테와 알리 외에는 누구에게도 가치가 있을 수 없었고, 그 두 사람에게도 단지 그것이 언젠가 그들 사이의 연결고리였다는 것과 지금은 둘 다 그것을 갖고 싶어 한다는 사실만을 구현하는 것이었다. 그런데 커다란 머리와 꼬불거리는 꼬리를 가진 그 개가 그사이 베를린 동쪽에 하나뿐인 오페레타 극장에서 대중의 사랑을 받는 존재가 되었고 그에 따라 돈으로 계산할 수 있는 가치를 지닌 분쟁 대상이 되었다. 메트로폴 극장은 법률고문 한스-쿠르트 바이어 박사를 통해 이 개에 대한 권리를 주장했다. 아테에게 서류가 배달되었다. 그 안에서 아테는 '피고'라고 지칭되었고 수요일 열한 시에 리텐 거리에 있는 베를린-중부 지방법원에 출두하라는 소환을 받았다. 아테는 변호사의 도움을 포기했다. 그녀 자신이 개를 돌보았고 처음부터 축견세를 지불했기 때문에 어느 누군가, 더구나 법정이 그녀의 도덕적 정당성을 의심하는 것은 있을 수 없는 일이라고 생각했기 때문이었다. 그녀는 존경하는 재판장님에게 보내는 상세한 편지에 그 사실을 적었고 이 사건의 증인으로 지그린데와 나의 얘기를 들어보도록 신청했다. 나는 아테가 검은색 코르덴 바지와 검은색 스웨터가 아닌 다른 것을 입은 것을 한 번 보았다. 법정에 등장하기 위해 그녀는 아는 여자에게 아주 우아한, 거의 새것이나 마찬가지인 닭 발자국 무늬 정장을 구입했다. 그리고 지그린데와 나에게도 정장을 입고 오라고 당부했다. 출발하기 전 우리는 복도에 있는 아테의 큰 거울 앞에 서서, 판사가 눈이 제대로 달렸다면 우리가 믿음직하고 성실한 인간들이라는 사실을 한순간도 의심할 수 없을 거라고 생각했다. 재판이 진행되는 동안 지그린데와 나는 복도에 있는 딱딱한 의자에 앉아 있어야 했다. 우리는 마음을 단단히 먹고 말없이 앉아 증인으로 불려갈 때를 기다렸다. 가끔씩 우리는 서로를 바라보았고 우리 중 하나가 '이런 세상에'라든가 '불쌍한 아테' 또는 '그래, 아테는 분명 해낼 거야'라고 말했다. 그러다가 지그린데가 호명되었는데 이 분 후 벌써 다시 내 옆에 와서 앉았다. 법정은 지그린데의 부모님 집 주소 외에 더이상 알려 하지 않기 때문이었다. 최소한 지그린데는 법정에 들어갔었고 미미하지만 그래도 증인으로서의 역할을 할 수 있었다. 그런데 나는 파르지팔을 납치했었음에도 불구하고 호명되지도 않았고 어떤 질문도 받지 않았다.

아테는 사흘 안에 개를 반환하라는 판결을 받았다. 아테가 왜 벌금을 겨우 13마르크 86페니히만 내야 했던 것인지는 모른다. 벌금이 13마르크 86페니히였다는 사실만 알고 있다. 아마 아테가 얘기한 바대로라면 아테와 알리 사이에 꼬리가 꼬불거리는 개의 납치 외에 다른 어떤 거래 관계가 있었다는 것을 이해한 여자 판사가 벌금의 나머지를 아테가 지불했던 축견세로 계산했을지도 모르겠다. 아니면 알리가 양심의 가책을 덜고 싶어 자발적으로 비용을 떠맡은 것일지도 모른다.

우리는 달콤한 샴페인 한 병을 마시며 우리의 패배에 건배했다. 아테는 안락의자의 등받이 위에 웅크리고 앉아서 한스-쿠르트 바이어 박사에 대해 격한 증오의 말을 늘어놓았다. 아테가 생각하기에 그 사람만이 이 이야기의 결말에 유일하게 책임 있는 사람이었다. 가소로운 공연 계획표와 보잘것없는 돈을 위해 이 이야기를 절도 사건으로 만들지 않았다면 한스-쿠르트 바이어 박사는 이 이야기에서 아무것도 찾을 것이 없었다. 이것은 아테와 알리에게만 관계된 것이고 따라서 절대로 법정에서 다루어지지도 않을 연애사건이었기 때문이다. 나의 실망이 아테의 불행과 비교될 수는 없는 것이었지만 나도 한스-쿠르트 바이어 박사에게 기만당한 기분이 들었다. 정말로 자부심을 느꼈던 나의 행동을 그가 하찮은 몇 문단으로 줄여버렸고 동시에 무효로 만들었기 때문이었다. 정의의 승리도 파르지팔도 사라지고 없었다.

며칠 후 지그린데와 나에게 아테가 밀랍을 빚어 만든 작은 인형을 보여주었다. 아테는 그것이 한스-쿠르트 바이어 박사라면서 이제 우리가 그를 죽일 것이라고 말했다. 아테는 그 의식을 말레이시아 식 죽음의 마법이라고 불렀다. 사실 이 의식을 위해서는 해당 범법자의 머리칼과 자른 손톱도 필요하지만 유감스럽게도 우리에게는 그것이 없으니 함께 모은 집중력과 강한 의지로 그것을 대신해야 한다고 아테가 말했다. 아테가 인형의 가슴에 바늘을 찔렀다. 우리는 한스-쿠르트 바이어 박사를 죽였다. 그리고 그는 정말로 몇 달 후에 죽었다. 신문 부고란에 실린 대로 갑작스럽게 사망했다. 나중에 우리가 들은 바로는 그가 어떤 치료제도 듣지 않는 이상한 열병에 걸렸고 며칠 지나지 않아 열병이 그의 목숨을 앗아갔다고 했다.

프란츠가 페를레베르크 선생님 같은 여자와 함께 스코틀랜드로 날아간 토요일에 나는 아테에게 갔다. 아테 생각이 떠오르자 내 안에서 강렬한 그리움이 일어나기 시작했다. 그것이 아테를 향한 그리움이었다고 주장하고 싶지는 않다. 그것은 오히려 지나간 시절에 대한 그리움이었다. 만성적 포기 이전의 시절, 모든 이상이 실현 가능한 것으로 보였던 시절, 보통의 출세와 보통의 결혼에 대한 기대가 아직은 혐오와 경멸을 불러일으켰던 시절, 절대로 그런 행동을 하지는 않을 것이지만 그래도 우리가 꼭 원하는 것을 정확하게 알았던, 시작의 시절에 대한 그리움이었다. 당시에 아테가 나를 알았다. 그녀는 과거의 나였던 인물을 아직 분명히 기억하고 있을 것이었다. 프란츠를 알게 된 이후로 나는 내가 그사이에 되어 있던 여자보다 과거의 나였던 인물에 더 가깝다는 느낌이 들었다. 내가 '전부가 아니면 무(無)', '그것이 아니면 죽음'이라는 격한 감정을 느꼈던 것은 아주 오래전의 일이었다. "……그대를 차지하거나 아니면 죽는 것." 그런 문장은 시작이 아니면 끝에 속하는 것이다.

*

아테는 정말로 배우가 되었다. 나는 그녀를 칠 년이나 십 년 동안 만나지 못했다. 가끔 영화 자막에서 더빙에 참여한 성우들 이름이 나올 때 그 가운데서 그녀의 이름을 보았다. 새로운 전화번호부가 생기면 아테를 찾아보았다. 그녀를 방문하려고 해서가 아니었다. 다만 아테가 여전히 존재한다는 것이 언젠가 정말로 그녀가 존재했음에 대한 확실한 증거였기 때문이었다.

그녀는 아직 같은 거리에 살고 있었다. 건물은 달랐고 이제는 1층이 아니라 5층에 살고 있었다. 그녀는 예전과 똑같아 보였다. 다만 좀 더 늙어 보일 뿐이었다. 그녀도 나처럼 나이 들어 보였다. 내 머리처럼 아테의 머리도 염색이 되어 있었다. "우와!" 아테가 말했다. "어서 들어와!" 오래된 안락의자가 창가 구석에 있었다. 아테는 부엌에서 잔을 가져왔다. "적포도주, 아니면 백포도주?" 아테가 물었다. 나는 감차와 마브루트를 생각했고 적포도주를 마시겠다고 했다. 나중에 아테가 말하기를 그때 내가 너무 정신없다는 인상을 주어서 그녀의 다른 여자친구처럼 내가 정신분열증이 아닌지 걱정스러웠다고 했다. 그 친구는 어느 날 갑자기 목소리들이 들려 폐쇄 정신병원에 감금되어야 했는데 몇 달 후에야 겨우 머리에 잔뜩 이가 생긴 채 그곳에서 다시 풀려났다.

우리는 파르지팔과 알리에 대해 얘기했다. 우리가 그 당시에 정말로 정상이었을까, 아니면 미쳤던 것일까라고 아테가 물었다. 나는 오랫동안 우리가 미쳤던 것이라고 생각했다고, 그렇지만 얼마 전부터는 우리가 절대적으로 정상이었다고 생각한다고, 우리가 원했고 행했던 모든 것이 옳았다고 믿는다고 말했다.

파르지팔은 오래전에 죽었으며 알리는 할리우드로 가는 길 어딘가에서 미적거리고 있고 어쨌든 절대 할리우드에 도착하지는 않았다고 아테가 말했다. 그렇지 않았다면 그가 편지를 썼을 것이라고 했다.

아테를 오래 처다볼수록 점점 더 그녀가 내 기억 속에서「펜테질레아」를 낭송하고 있는 아테에 가까워졌다.

정말 옛날 같아. 내가 말했다. 우리가 갑자기 이렇게 늙어 있다는 것만 다르지.

그때는 우리 모두 서른 살이 되면 죽고 싶어 했었지. 아테가 말했다.

나는 파마머리 아래 원망하는 눈초리를 한 이 젊지도 늙지도 않은 성도 없는 존재, 이 곰팡내 나는 쉰 살보다는 오히려 그 당시에는 일흔 살이 되는 것을 더 선명하게 상상할 수 있었을 거야.

그런데 지금은? 아테가 물었다.

그래, 지금은. 내가 말했다.

와인을 마시면서 우리는 마치 그것에 대해 무언가를 안다는 듯 노년에 대해서 얘기했다. 그때부터 사십 년이나 오십 년이 지난 지금 나는 노년이 무엇인지 안다. 노년에서 좋은 것이라고는 아무것도, 전혀 아무것도 찾을 수 없다. 노년에 대해 좋게 말하는 것은 모두 어리석은 말이거나 거짓이다. 예를 들어 생생한 몸이 부패하지 않고는 현명해질 수 없다는 듯 노년의 지혜에 대해서 얘기하는 것이 그렇다. 노인은 천천히 청력을 잃고 시력을 잃고 천천히 경직되고 멍청해진다. 이제는 누구와도 교제하지 않기 때문에 다른 사람들에게도 나 자신에게도 그것에 대해 증명하지는 않았지만 나도 멍청해졌다고 생각한다. 노년에 대해서 좋은 말을 할 수 있다면, 다만 두 가지 관점에서 노년이 죽음에 대한 준비로서 쓸모가 있다는 것뿐이다. 우리에겐 담보물들의 나사를 죄어 결국 어느 정도 그럴듯한 전기(傳記)로 만들 수 있을 때까지 우리의 기억들을 오랫동안 갈고 연마할 시간이 있다. 또한 우리는 지속되는 몰락과 함께 자기 자신이 귀찮아져서, 인생에서 가졌던 것들 가운데 가장 사랑스러운 것인 우리 자신으로부터 우리를 해방시키도록 어느 날엔가 죽음이 다가오기를 고대할 수 있다. 그러나 그것은 우리가 멍청해지는 속도보다 부패하는 속도가 더 빠를 경우에만 해당된다.

아테가 스웨터 소매를 어깨관절까지 밀어올리고 팔뚝 안쪽에 늘어지는 피부를 잡아당겼다. "이것 좀 봐." 그녀는 목소리에 혐오감을 담아 소리쳤다. "이것 좀 봐."

나는 한 번도 내 몸을 좋아한 적이 없어. 내가 말했다.

네가 그랬어?

아테가 자리에서 일어나 스웨터를 허리 위로 끌어올리고는 체념한 듯 자신을 내려다보았다. 나는 내 인생의 가장 아름다운 시간들에 대해 그에게 감사해. 그녀가 결연한 목소리로 말하면서 다시 우리의 와인 잔을 채웠다.

나도 내 남자에게 그래. 이제야 비로소 내가 말했다.

마침내 나는 프란츠에 대해 말할 수 있었다. 나는 브라키오사우루스 아래에서 그를 어떻게 만났는지, 그가 손등으로 내 뺨을 어떻게 스쳤는지 아테에게 이야기했다. 프란츠의 목소리에 대해서, 그의 담회색 두 눈에 대해서, 우리의 밤의 노래들에 대해서, 프란츠의 금발 아내에 대해서, 그리고 하드리아누스 방벽에 대해서 이야기했다. 또 할머니가 될 수도 있는 나이에 머리칼을 염색한 내게 어떤 일이, 생사를 건 사랑이라고밖에 말할 수 없는 어떤 일이 일어났다는 사실을 설명해줄 다른 어떤 사람도 알지 못했기 때문에 그녀에게, 아테에게 오직 그것에 대해 얘기하기 위해 온 것이라고도 말했다―그렇게 거센 격정을 비웃지 않을 거라 기대할 수 있는 사람은 아테뿐이었다―알리와 파르지팔과 한스-쿠르트 바이어 박사 때문에, 그리고 완전히 미쳤던, 아니면 미치지 않았던 그 시절 때문에, 그러나 무엇보다도 그 문장, '……그대를 차지하거나 아니면 죽는 것'이 떠올랐기 때문에 그녀에게 왔다고 말했다.

아테는 일어서서 턱과 왼쪽 팔을 허공을 향해 쭉 뻗으며 소리쳤다.

오트레레는 내게 위대한 어머니였다.

그리고 백성들이 나를 환영하는구나. 펜테질레아를.

그러더니 아테는 다시 안락의자에 털썩 주저앉았다. '생사를 건' 사랑이라고 진지하게 말하는 거야? 그녀가 물었다.

정말 진지해.

지금껏 그 남자 없이 살았잖아.

충분히 불행했지.

내 말은 그래도 그때 네가 죽고 싶어 하지는 않았다는 거야. 대체 왜 그랬을까?

뭐라고?

나는 왜 죽고 싶어 하지 않았었는지 자문해본다.

하지만 그것이 삶이었다고 할 수도 없어.

그래, 그래. 아테가 말했다. 나도 알지. '너무나 고통스럽다. 내 인생의 유일한 기쁨이었던 것을 잃어버렸기 때문이다. 내가 주위의 세상들을 만들어냈던 활기차고 성스러운 힘, 그것이 사라져버렸다.' 괴테의 베르테르야.

그렇지? 내가 말했다. 그 말이 맞아. 그가 옳아. 나는 더이상 브라키오사우루스에 대해서조차 관심을 가질 수가 없어. 매사추세츠 주 사우스해들리에도 가지 않았지. 그 말이 맞아. 내 인생의 유일한 기쁨, 그것이 사라진 거야.

내 인생의 예전의 기쁨들이 지금은 사라진 것 같지만 그래도 내가 그것들을 기억한다는 말을 들으니 안심이 된다고 아테가 말했다.

아테는 와인에서 작은 파리 한 마리를 건지더니 손가락으로 튕겨 카펫 위로 떨어뜨렸다. 나는 마치 내 인생에서 이미 지나가버린, 의심 없이 자신의 책임 없이 빠져들었던 어떤 순간으로 되돌아간 것 같은 느낌이 들었다. 그리고 수십 년이 지난 지금 똑같은 교차로에서 다시 한 번 결정을 내리고 다른 방향을 선택하는 것이다.

그런데 프란츠 말이야. 그 사람도 너를 사랑하니? 아테가 물었다.

금요일이었다면 나는 그렇다고 말했을 것이다. '그래, 프란츠도 나를 사랑해'라고 말했을 것이다. 하지만 그사이 토요일이 되었고 내 머릿속에는 영상들이 들어 있었다. 여권 심사대의 좁은 통로에 프란츠가 서 있고 그 뒤에 그의 아내가 서 있다. 그녀가 프란츠의 왼쪽 팔을 스치며 두 개의 여권을 밀어 넣는다. 팔꿈치로 아내를 밀치는 실수를 한 뒤 그녀를 향해 미소 짓는 프란츠. 그래, 무엇보다도 그것, 그 미소. 미친 듯이 뛰는 내 심장은 나와 함께 곧바로 죽음을 향해 질주할 것 같은데 그는 그렇게 스쳐가는 부드러운 미소를 지을 수 있었다. 나에 대한 생각이 그의 입가를 끌어당기거나 눈 주위를 떨리게 하는 일은 전혀 없었다. 그는 나를 잊고 있었다. 이 미소는 치유될 수 없는 상처처럼 내 기억 속에서 벌어져 있다. 그 이후로 프란츠의 아내가 내게 여자로 여겨졌다.

그것은 분명 다른 방식의 사랑일 거야. 그것이 있어야 살아갈 수 있는 사랑. 내가 아테에게 말했다.

그런 것은 없어. 네가 그것으로 파멸할 한 가지 종류의 사랑뿐이지. 아테가 말했다. 알리 이후에 나는 죽은 것이나 마찬가지였어. 그 당시 나는 침대 위에 쪽지를 하나 걸었지. 쪽지에는 이렇게 적어두었어. "밟는 사람이 있다면 그것은 나다. 밟히는 사람이 있다면 그것이 너다." 나는 그것을 고수했어. 어쨌든 생활에서는 그랬지. 무대 위에서는 모든 행복과 모든 파멸을 체험했어. 월요일부터 금요일까지, 그리고 주말에는 심지어 하루에 두 번씩 사랑으로 인한 모든 죽음을 경험했지. 내가 사랑에 대해서 모르는 것은 많지 않아. 사랑은 비극적으로 끝나거나 진부하게 끝나거나 둘 중 하나야. 어떨 것 같니? 너는 비극적인 쪽으로 결정했니?

너는?

어떤 쪽도 하지 않겠다고 결정했지. 비극적으로도 진부하게도, 그냥 그렇게 하지 않겠다고만 결정했어. 아테가 말했다.

열려 있는 창문을 통해 햇볕이 따뜻하게 카펫과 가구들과 우리들 위로 넘쳐들었다. 그리고 나는 아테와 내가 노란색 빛 속에 갇혀 있다는 생각을 했다. 서로 등을 맞대고 다리는 반대 방향으로 뻗은 채 똑같은 죽음에 깜짝 놀란 호박(琥珀) 속의 두 마리 곤충처럼······

효과를 승인받지 못한 수면제처럼 몽롱한 슬픔이 내 감각을 마비시키는데도 기분은 좋았다. 전적으로 나의 일부인 고통, 그것이 내게 정해져 있거나 내가 그것을 위해 정해져 있는 고통에 기꺼이 나를 맡긴 채 그렇게 아테 옆에 앉아 있는 일에 잘못된 점은 전혀 없었다. 다른 사람들이 하느님이라는 이름을 생각하듯 나는 혼자서 계속 프란츠라는 이름을 생각했다. 행복과 불행, 구원을 위해서 내가 가진 것은 오직 이 한 단어, 프란츠뿐이었다. 오늘까지도 내내 그러했다.

*

다른 때는 프란츠가 누워 있던 식육식물들 사이에 나 혼자 누워 에든버러 시가지 지도를 펼쳤다. 오전에 구입한 두 권의 책 가운데 하나에서 에든버러 인구가 45만 2천 명이라는 것을 읽었다. 그러니까 프랑크푸르트 인구보다 적고 포츠담 인구보다 많다. 지금이 열시니까 에든버러는 아홉시다. 지금까지 그들은 산책을 했을 것이다. 로열마

일을 올라갔다 내려오고 성에서 홀리루드하우스로, 또는 홀리루드하우스에서 성으로 갔을 것이다. 내일 일요일에는 아침식사 후 곧바로 박물관으로 가겠지. 하지만 지금은 올드타운에서 레스토랑을 찾고 있을 것이다. 아마 값이 싸니까 중국식당을 찾고 있을 것이다. 어쩌면 간이음식점에서 파는 피시앤칩스로 만족할지도 모른다. 그러고는 그렇게 번 시간을 이용해서 손에 봉투를 들고 톨부스 교회나 세인트 자일스 대성당을 구경할지도 모르겠다. 아마 그럴 것이다. 간이음식점에서 파는 피시앤칩스로 만족할 것이다. 기름기가 묻은 손은 프란츠의 아내가 비행기에서 세심하게 챙겨온 물수건으로 닦는다. 그리고 프란츠는 아내의 좁은 어깨에 팔을 두른다. 나는 그녀의 어깨가 좁은 것을 보았다. 걸어가면서 그녀가 그에게 몸을 기대고 프란츠는 여권 심사대에서의 미소처럼 부드럽게 그녀의 이마에 키스한다. 아주 작은 하얀 점무늬가 있는 암청색 원피스를 입은 여자가 그들을 향해 다가온다. 그 여자는 나를 닮았지만 프란츠는 그녀를 보지 않는다. 아니 다시 한번. 아주 작은 하얀 점무늬가 있는 암청색 원피스를 입은 여자가 그들을 향해 다가온다. 그 여자는 나를 닮았다. 프란츠가 한 걸음 정도 멈춰 서서 그녀의 뒤를 바라보는 동안 어깨에 프란츠의 손이 놓여 있던 아내는 천천히 계속 걸어가고 그렇게 그를 끌고 간다.

나는 내 집에서 북서쪽이 어디인지 방향을 찾는다. 이슬람교인이 기도를 위해 메카를 향하듯 이마를 스코틀랜드로 향한 채 침대에서 무릎을 꿇고 내 손을 에든버러 시 위에 놓고 눈을 감는다. 프란츠. 내가 말한다. 프란츠. 그리고 내가 내 안에서 보낼 수 있다고 여기는 것을 베를린을 넘어 브란덴부르크와 메클렌부르크를 통해 발트 해를 건너 스코틀랜드 에든버러로 송신한다. 그것은 프란츠에게 가 닿을 것이다. 오렌지주스 한 잔을 앞에 둔 그의 아내와 기네스 한 잔을 마시는 프란츠가 앉아 있는 그 술집에 닿을 것이다. 나는 바이오전류와 초심리학적 현상들에 대해 예전에 읽었던 모든 것을 믿을 준비가 되어 있다. 예전에 나 자신의 뇌 안에서 십오 분 동안 전류가 차단된 적이 있었기 때문이다. 전기 신호가 공중을 통해 대륙을 넘어 수취인에게 가는 길을 찾는 것이라면 왜 내 사랑의 전류가 그렇게 프란츠를 찾지 못하겠는가. 지금 막 프란츠는 한 번도 덧칠된 적이 없는 술집의 나무 널빤지에 대해서, 그리고 누런 양피지를 바른 벽걸이 등불에 대해서 아내에게 설명을 해주고 있다. 그것은 프란츠가 독일과 전후 시기와 전통의 단절에 대해 신중하게 언급하는 계기가 될 것이다. 그러나 그때 눈에 보이지 않는 빛이 그의 가슴 한가운데를 맞추고 그를 침묵하게 만든다. 그는 몇 초 동안 내 이름 외에 다른 아무것도 생각하거나 말할 수 없다. 내가 책에서 읽은 적이 있는 오하이오 출신의 소녀처럼 프란츠가 지금 내 소리를 몸으로 듣고 본 것이다. 오하이오의 소녀는 그녀의 애인이 다리가 으깨진 채 바위틈에 누워 그녀를 불렀을 때 애인의 소리를 들었다. 그리고 그녀가 그의 소리를 들었기 때문에 그는 구조될 수 있었다.

그다음에는 내가 두 사람을 떠나야 했을 것이다. 텔레비전을 보며 아는 사람들을, 코작이나 데릭이나 콜롬보를 찾아야 했을 것이다. 아테에게 전화해서 이마를 스코틀랜드로 향하고 주문 같은 것을 외워 프란츠가 그 소리를 듣는 것이 가능하다고 여기고 있으니 내가 미친 것 같다고 얘기할 수도 있었을 것이다. 만약 그날 저녁에, 그리고 그들이 여행하던 날들의 저녁 내내 내가 호텔방으로 그들을 따라가지 않았다면 나와 프란츠 사이의 이야기에 다른 결론이 났을지, 프란츠가 그 가을날 밤 영원히 나를 떠나지 않았을 것인지 지금도 스스로에게 묻곤 한다.

그러나 나는 그들을 따라갔다. 그들이 옷을 벗거나 샤워를 할 때, 벌거벗거나 반쯤 벗은 몸으로 좁은 호텔방 안을 돌아다닐 때 나는 그들을 지켜보았다. 나는 프란츠의 아내를 관찰했다. 프란츠가 욕실에 있는 동안 그녀는 복부근육을 팽팽히 하고 손을 배꼽과 음부 사이에 평평하게 놓고 자신의 모습을 옆쪽으로 거울에 비춰보았다. 자아도취적이라기보다는 치마가 허리에 꽉 끼는지 아닌지 살펴보려는 것처럼 정돈하는 모습이었다. 그녀의 벗은 몸을 볼 때 내게 일어나는 구토를 계속 유발시키기 위해서 나는 그녀에게 옷을 벗으라고 줄곧 강요했다. 그녀는 골반이 넓고 허벅지 사이가 너무 벌어져 있었고, 봉오리일 때 시들어버린 꽃처럼 가슴이 작았다. 그녀의 몸은 특별히 아름답지도 특별히 추하지도 않은데 왜 그것이 내 안에서 이런 본능적인 구역질을 유발하는 것인지 그 이유를 밝힐 수 없었다. 내 몸이 그렇듯이 그녀의 몸에도 노년의 신호들이 나타나 있었다. 그러니 동정심과 이기적인 관대함을 베푸는 것이 자연스런 일이었을 것이다. 그러나 그녀의 몸에서 나를 자극하는 것은 불완전함과 몰락이 시작되는 흔적들이 아니라 그 몸의 이질적 본질이었다. 어떤 몸을 여성이라고 증명하는 모든 것이 그녀의 몸에 있었다. 유방, 풍성한 음모의 곧은 끝부분, 밤에 내가 그들을 지켜보는 동안 프란츠가 그곳을 통해 그녀의 몸속으로 침입하는 허벅다리 사이에 갈라진 점액성의 틈이 있었다. 나도 가지고 있는 모든 것을 그녀의 몸이 갖고 있는 것이었다. 그런데도 나는 그녀의 몸을 나와 같은 여성이라고 인정하기를 거부했다.

프란츠가 그녀 위에 무릎을 꿇고 조심스럽게 그녀의 머리 위로 잠옷을 벗기는 동안 그녀는 아이처럼 누워 그가 하는 대로 내버려두고 있는 것을 내가 처음으로 지켜봐야 했을 때, 그 순간 나를 떠올린다고 한들 그가 내게 그랬듯 그녀의 몸속으로 가라앉는 것은 막을 수 없다는 사실이 명백해졌을 때, 욕망에 굶주린 그의 성기를 받아들이기 위해 벌어지는 것이 누구의 다리든 상관없다는 것이 분명했을 때, 성교가 이미 피할 수 없는 일이었을 때, 나는 마지막 배반을 기다렸다. 그가 나와 하는 것과 똑같이 그녀와 성행위를 하는 것을 기다렸다. 나는 프란츠가 내 집에 있을 때 덮고 있는 이불이 프란츠이기라도 한 것처럼 이불을 끌어안았다. 이불을 허벅다리 사이에 끼고 아직도 프란츠의 냄새가 남아 있는 베개에 내 얼굴을 밀착시켰다. 그리고 그의 창백한 몸이 아내 위에서 위아래로 움직이는 모습을 지켜보았다. 그녀의 신음 소리는 그녀의 몸이 일으키는 것과 비슷한 구역질을 내 안에 일어나게 했다. 프란츠가 금발 아내의 배를 세차게 밀어댈 때 나는 손으로 내 성기를 누른 채 울부짖기 시작했다.

화요일에 프란츠가 뉴캐슬에서 전화를 했다. 토요일에 피시앤칩스를 먹었냐고 내가 물었다. 프란츠는 피시앤칩스를 토요일에 먹었는지 일요일에 먹었는지 기억하지 못했다.

그녀랑 같이 자? 내가 물었다.

아니. 프란츠가 말했다.

그녀랑 같이 잔다면 최소한 나를 속이지는 마.

우리는 오늘 온종일 하드리아누스 방벽에 있었어.

당신들. 당신들. 당신들이 오늘 함께 잤느냐고 묻는 게 아니잖아.

거기는 1마일마다 작은 성채가 있고 500미터마다 탑이 서 있어. 프란츠가 말했다.

프란츠. 내가 말했다. 프란츠. 당신이 오늘밤 다시 그녀랑 같이 자고 싶다면 내 생각을 해야 할 거야. 그러면 할 수가 없겠지. 당신의 그 빌어먹을 성기를 세울 수 없을 거라고.

프란츠는 아무 말이 없었다. 나는 사과하면서 그렇게 상스러운 문장을 내 평생 아직 한 번도 말한 적이 없었다고 맹세했다. 내가 제대로 기억하고 있다면 그 시점에 그것은 진실에 부합하는 말이었다.

입술로 급히 파이프를 빨아들이는 소리 외에 프란츠는 한동안 아무 소리도 내지 않았다. 그다음 그가 말했다. 하드리아누스 황제의 전기 작가가 이 방벽을 로마인과 야만인 사이의 경계라고 명명했지.

우리는 다시 잠깐 동안, 영국식 0.5파운드나 1파운드어치만큼 말이 없었다. 그리고 프란츠가 다시 전화하겠다고 말했다. 내가 '언제'라고 물었고 그는 '며칠 있다가'라고 말했다. 그러고는 수화기를 내려놓은 그는 뉴캐슬이라는 단어 뒤로 사라졌다.

뉴캐슬어폰타인은 하드리아누스 방벽의 동쪽 끝에 위치해 있고 칼리슬은 서쪽 끝에 있다. 그 사이에 있는 비교적 큰 지역들의 이름은 코브리지, 헥섬, 헤이든브리지, 홀트휘슬, 브램프턴이다. 나는 여행안내서의 뉴캐슬 부분에서 일곱 개의 호텔을 찾았다. 쪽지에 그 전화번호들을 적어 전화 옆에 쪽지를 놓았다. 내가 프란츠에게 무슨 이야기를 하고 싶은 것인지는 몰랐다. 다만 그가 보기에 내가 야만인이라는 것은 알고 있었다. 단 하나의 문장 때문에 그는 나를 야만인으로 규정했다. 프란츠와 그의 아내 같은 문명화된 로마인은 방벽을 통해 이런 야만인으로부터 자신을 지켜야 했다.

적절하지 않은 순간 전화로 부부의 호텔방에 침입할 위험이 있었지만 그것도 프란츠에게 그의 오류를 즉시 설명해주고 나는 야만인이 아니라고 말해줘야 한다는 압박감을 능가하지는 못했다. 우리의 대화에 혐오감을 느낀 프란츠가 야만인인 나를 사랑했던 것은 눈이 멀었던 것이라고 후회하기 시작했을지도 모른다는 생각, 그래서 작은 발을 가진 금발의 페를레베르크 선생님이 그의 문명성의 진정한 동반자라고 깨달을 수도 있다는 생각은 내 계획이 어리석은 짓이라고 생각했던 나의 마지막 감각마저 앗아갔다. 처음 두 개의 호텔은 우선 제외시켰다. 너무 비싼 호텔이었기 때문이다. 나는 아직 한 번도 영국에 전화를 해본 적이 없었다. 낯선 방식으로 이중으로 따르륵 소리를 내는 신호음이 내게는 전문가들 사이의 인사처럼 무언가를 약속하는 것으로 들렸다. 나는 프란츠 가까이에 있었다. 여자의 목소리가 어떤 말을 했지만 나는 마지막 두 음절밖에 알아듣지 못했다. 앞선 음절들의 의미가 이 두 마디로 통하는 것 같았다. "······헬프 유?"

"익스큐즈 미, 아이 원투 스피크 투 미스터······"

나는 이 문장을 쪽지에, 전화번호 아래에 적어두었다.

컴퓨터 키보드가 약하게 달각거리는 소리 뒤에서 들리는 뉴캐슬 호텔 홀의 소음 일부에 내가 열심히 귀를 기울이고 있던 잠시의 시간이 지나고, 친절하고 영국적인 어떤 말이 들렸다. 그 말에서 들리는 유감스러워하는 어조 외에 '쏘리'와 '낫'이라는 단어 역시 프란츠의 부재를 알려주었다.

실패가 거듭될 때마다 프란츠를 찾아야 한다는 열정은 더욱 커져갔다. 나는 야만인이 아니야. 그 말을 해야만 했다. 프란츠는 내가 닿을 수 없는 곳에 진을 치고 숨어 있고, 나는 내가 유일하게 속해 있던 프란츠에게 추방된 존재라는 생각이 다른 모든 생각을 몰아냈고 지독한 고독의 감정밖에는 남겨두지 않았다.

부모님이 어느 생일파티에 가시면서 방을 청소하지 않았다는 이유로 벌을 주기 위해 나를 집에 혼자 남겨두었을 때 내 나이가 일곱 살인가 여덟 살이었다. 부모님은 나를 집에 두고 문을 잠갔다. 부모님은 내가 그 감금상태를 벗어나기 위해서 창밖으로 뛰어내릴 수도 있다는 염려는 어째서 하지 않았던 것인지 나는 오늘날까지도 스스로에게 묻곤 한다. 우리는 4층에 살았다. 나는 소리를 지르며 울부짖었고 몸이 떨릴 정도로 심하게 흐느껴 우느라 거의 숨이 막힐 지경이었다. 나는 현관문 앞에 누워 문아래 틈으로 계단을 향해 큰 소리를 지르며 나의 고독을 울부짖었다. 밤늦게 집에 돌아온 부모님은 문 뒤에서 잠들어 있는 나를 발견했다.

문의할 수 있었던 마지막 호텔의 수위도 '쏘리'라는 말로 안내를 시작했을 때 나는 내가 야만인이 아니라고 전화로 울부짖었다. 뉴캐슬에서 그것을 알아야 한다고, 특히 독일에서 온 한 남자가 그것을 알아야 한다고, 그 남자의 이름은 프란츠라고 울며 소리쳤다. 뉴캐슬의 수위가 벌써 전화를 끊었을 때도 나는 여전히 울부짖고 있었다. 다음 며칠 동안 하드리아누스 방벽을 따라 위치한 모든 도시들에서 프란츠를 찾아보았다. 그리고 정말로, 헤이든브리지에서 그를 발견했다. "원 모먼트 플리즈." 프런트의 여자가 말했다. 프란츠나 그의 아내가 수화기를 들 수 있기 전에 내가 전화를 끊었다. 그럼에도 불구하고 나는 그 뒤 며칠 동안에도 여행안내서에 홀트휘슬과 브램프턴 부분에 적혀 있는 모든 호텔들에 전화를 걸었다. 그러나 다시 한번 프란츠를 발견하지는 못했다.

프란츠가 돌아오기로 예정된 날 이삼 일 전에 아테가 개납치 사건에 연루되었던 모든 친구들을 저녁식사에 초대했다. 나의 방문으로 인해 그녀는 그 시절의 친구들을 찾아봐야겠다는 자극을 받았을 것이고 최소한 지그린데와 라이너를 찾아냈을 것이다. 이상하게도 이 두 사람도 나와 비슷하게 내적으로도 외적으로도 해체 상태에 있다고, 다만 지그린데는 벌어진 상황을 감내하는 반면에 라이너는 그 스스로가 고의적으로 그런 상황을 초래했을 것이라고 아테가 말했다. 어쨌든 아테는 기묘한 저녁을 기대하고 있다고 했다.

아테는 러시아 식 양배추 수프를 내놓았다. 그녀는 그 당시에도 우리를 위해 자기가 이 요리를 했었다고 주장했다. 우리는 지친 귀향자들처럼 탁자 주위에 앉아 각자 다른 사람의 얼굴에서 자신의 나이를 탐색했다. 지그린데가 야윈 팔을 뻗어 수프 국자를 집었다. 그녀의 팔 안쪽에서는 힘줄 외에 지렁이같이 두툼한 파란 핏줄도 두드러지게 나타났다. 그녀는 반년 전 남편이 그녀를 버리고 떠난 후 몸무게가 30파운드 줄었고 그래서 아직도 몸무게가 85파운드밖에 나가지 않으니 이 맛있는 수프를 반드시 2인분은 먹어야 한다고 말했다. 갑작스럽게 살이 빠져 지그린데의 피부에 무의미한 주름들이 생기기는 했지만 부드럽게 늘어지는 여름 원피스를 입은 그녀의 야윈 몸매는 늙어가는 여인이라기보다는 오히려 사춘기 이전의 소녀를 연상시켰다. 어느 날 남편의 젊은 시절 사랑이 집 앞에 나타났다고 지그린데가 이야기했다. 열여덟 살에 부모님과 함께 갑자기 함부르크로 사라졌다가 나중에 스웨덴 남자와 결혼해서 예테보리 근처에서 살았던 여자였다. 처음에 지그린데는 그녀의 등장이 그저 반가워할 일인 줄만 알았고 남편과 이 레나테라는 여자가 자주 만나고 심지어 레나테가 베를린에 작은 집을 얻었을 때도 여전히 순진하게 생각했다. 그저 레나테가 나타난 이후로 남편이 거의 잊고 있던 성적 정열을 가지고 그녀, 지그린데에게 관심을 보이는 것이 이상하다고 생각했을 뿐이었다. 가끔은 남편의 격렬함 속에서 절망이 느껴진다는 생각을 하긴 했지만 지그린데는 이 레나테라는 여자에게 고마운 마음까지 들었다. 물론 그녀도 지금은 알고 있다. 당시 남편은 레나테를 향한 자신의 욕구를 지그린데를 통해 달래보거나 이식될 수 있는 기관인 것처럼 그녀에게로 옮겨보려고 애썼던 것이었다. 그러나 그의 정열은 어쨌든 더이상 그녀를 향한 것이 아니었다. 지그린데가 결혼생활에서 힘들면서도 활기찬 시기라고 느꼈던 몇 달이 지난 뒤에 남편은 레나테에 대한 사랑을 털어놓았다. 그래서 결혼생활에서 실질적인 일들을 처리하곤 했던 지그린데가 모두를 위한 최선의 방법을 선택했다. 이 사랑의 발작이 가라앉을 때까지 그녀의 남편이 레나테의 작은 집으로 가는 것이었다.

너희들 이해하겠니. 지그린데가 말했다. 나는 무슨 수술처럼 우리가 그것을 그저 빨리 해치워야 한다고 생각했었어. 그녀는 마치 누군가가 재미있는 이야기를 해주었다는 것처럼 웃었다. 아테와 라이너 역시 웃고 있는데, 나는 항상 좋아했던 지그린데의 모습에서 페를레베르크 선생님과의 유사성을 찾고 있었다.

자기가 레나테에게 가는 것이 정말 최선의 방법이라고 생각하느냐
고 그가 또 물었어. 그래서 내가 당신은 반드시 그리로 가야 한다고
말했지. 당신이 그렇게 사랑에 빠져 있는데 내가 당신과 함께 무엇을
하겠느냐고 말이야. 내가 그의 짐까지 싸주었어. 지그린데는 너무 웃
느라 수프가 목에 걸려 얼굴 위로 눈물이 흐를 때까지 기침을 해댔다.

당시에 내가 생각했을 것이라고 지금 믿고 있는 생각들이 있다. 그
때 그것을 내가 생각하지 않을 수는 없었다고 여겨지기 때문이다. 그
런데 그날 저녁 이미 그 생각을 했었는지는 모르겠다. 아테가 발작을
멈추게 하려고 손을 평평하게 펴서 지그린데의 어깨뼈 사이를 두드렸
는데도 지그린데는 웃느라 거의 숨이 막힐 지경이었다. 그녀의 어깨
뼈는 원피스의 얇은 옷감 아래에 뾰족한 작은 날개처럼 돌출되어 있
었다. 지그린데가 죽어가는 목소리로 억지로 24라는 숫자를 말했다.
24, 24. 그리고 마침내 그것을 설명하는 명사를 덧붙여 말할 수 있었
다. 24년. 그 말에 이어 아테가 말했다. 그래, 긴 시간이지. 위로할 수
없이 큰 슬픔을 드러내지 않으려는 지그린데를 보고 나는 애를 썼지
만 마음에 동정심이 일지 않았다. 그런 나의 태도에 대해 내가 왜 깊
이 생각해보지 않았는지 모르겠다.

나는 그 당시에 지그린데가 일요일에 가끔 다녀오는 평평하고 건조
한 지역을 좋아했듯이 지그린데를 좋아했었다. 그곳에 다녀오면 그녀
는 아테의 부엌에서 일회용 유리병에 담긴 기름기가 희끗희끗한 베이
컨과 간 소시지를 신문지에서 풀어놓았다. 우리는 베이컨을 흑빵에
얹고 고추냉이를 듬뿍 발라 먹었다. 어쩌면 우리에게 그것이 정말로

맛있었을지도 모르겠다. 어쩌면 고추냉이의 매운맛 때문에 우리가 내뱉게 되는 신음과 한숨 소리 때문에 그저 그것을 먹었을지도 모르겠다. 우리는 각자 자기 기질에 따라 각자의 음정대로 거리낌 없이 신음을 내고 한숨을 쉬었다. 우리는 숨이 멎을 듯 기분 좋은 상태로 눈물을 쏟으면서 서로 황홀해했다. 아테의 부엌은 바로 계단 쪽에 접해 있었다. 지나다가 우리가 내는 소리를 들은 사람이 있었다면 우리의 방탕한 돌림노래가 베이컨과 고추냉이를 순진하게 즐기는 소리라고 추측하지는 않았을 것이다.

황홀한 베이컨 제의(祭儀) 때문에라도 나는 항상 즐겁게 지그린데를 기억했었다. 그리고 레나테라는 여자가 특별한 양초 불빛과 스산한 성가대 음악 속에 지그린데의 눈먼 남편에게 해주었다는 전신마사지를 포함하여 지그린데 곁에서 영원히 사라져주기를 바랐다. 지그린데나 그녀의 남편, 또는 이 레나테라는 여자가 어떻게 되든 나와는 상관없는 일이었다. 그럼에도 불구하고 나는 지그린데의 남편이 지그린데와 함께 하드리아누스 방벽이나 다른 어디로 여행을 가는 대신 레나테의 작은 집으로 갔다는 것을 공정함의 뒤늦은 성취라고 느꼈다. 그것이 만족감으로 내 마음을 채웠고 심지어 고소하다는 마음까지 들었다.

아테가 망할 놈의 남자들이라든가 그와 비슷한 말을 했지만 지그린데도 나도 아테의 말에 동조하지 않았다. 우리 둘은 아직도 희망을 품고 있었다.

나는 나중에도 지그린데를 자주 떠올려야 했다. 프란츠가 나를 떠나기 전 누군가 지그린데의 이야기가 끝났다고 말해주었다. 그 결말에 죽음이 어떤 작용을 했다. 남편이 그녀에게 돌아왔고 레나테가 죽었거나, 남편이 돌아오지 않았고 지그린데가 죽었다. 내가 제대로 기억하고 있다면 남편은 죽지 않았다. 어쩌면 그가 죽었을지도 모르겠다.

그후 프란츠와 나 사이에 모든 것이 끝났을 때 나는 지그린데의 남편이 그녀에게 돌아왔기를 기원했다. 그러나 정말로 그녀를 위해 그것을 빌어주어야 하는 것인지 확신은 없었다. 아테의 집에서 만났던 그날 저녁 수프를 다 먹고 마지막 적포도주 병을 땄을 때 지그린데가 했던 이야기 때문이었다. 그녀는 포메른 지방 특유의 무미건조한 말투로 한 가지는 꼭 알고 싶다고 말했다. 그녀는 이십 년 동안 배에 습진이 있어 고생했었는데 반 년 전부터, 즉 남편이 사라진 것과 동시에 습진이 사라졌다는 것이었다. 그 이유가 뭘까?

지그린데는 나보다 좋은 사람이었던 것 같다. 나는 지그린데가 남편을 잃고 슬픔에 빠져 있는 것이 한편으로는 고소하다고 생각했는데, 그녀는 프란츠에 대한 나의 사랑을 그렇게 나쁘게 생각하지 않았다. 그녀가 아직 살아 있다면 지금도 나보다 좋은 사람일 것이다. 그녀는 손자들과 증손자들에게 관심을 가질 것이고, 힘이 더 남아 있다면 이웃들을 위해 장을 봐주고 요리를 해줄 것이다. 그런데 나는 희미하게 딸만을 기억하고 있고, 가끔 벽을 통해서 음악 소리나 사람의 목소리를 듣지 못한다면 이웃집에 사람이 사는지 쥐가 사는지조차도 모를 것이다. 나는 평생 너무 확고하게 자연을 신봉하느라 충분히 좋은 인간이 될 수 없었다. 아무리 클로드 로랭의 그림이라 해도 바다를 그린 그림을 보면서 바다 자체에 대해서보다 더 깊은 감동을 느낄 수 없었다. 자연의 기술적 독창성은 제쳐두고라도 내게는 인간을 포함한 자연 전체가 항상 능가할 수 없는 예술작품으로 여겨졌다. 비교할 수 있는 어떤 것이 자연 안에 이미 존재하지 않았다면 아무리 재능이 뛰어난 구조역학 전문기사라도 브라키오사우루스의 뼈대를 고안할 수 없었을 것이다. 모든 것이 모방이다. 콘센트에서 마이크로칩에 이르기까지 모든 것이 모방일 뿐이다. 바퀴조차도 그렇다. 구(球) 모양이 없다면 바퀴도 없다.

지금도 나는 피 흘리는 동물을 보면 우리 모두의 몸에도 똑같은 즙이 흐르고 있다는 것, 우리 모두 태어날 때 탯줄에 매달려 있었다는 것, 우리 모두 같은 방식으로 태어난다는 것을 생각하며 놀라곤 한다. 마이크로코스모스는 그 자체로 하나의 신비다. 나는 나의 동물성을 결코 잊을 수 없었다. 나이가 들어갈수록 문명이 내게는 점점 위로가 되지 못했다. 일찍이 내가 문명을 무시했었다는 의미는 아니다. 그것은 사람이 치아가 다 빠진 후에 의치를 무시하지 않는 것과 같다.

인간의 동물적 가치에 대해서 프란츠와 나는 한 번도 의견이 일치한 적이 없었는데 나는 그것이 이상하다고 생각했다. 나는 항상 여자보다 남자가 더 동물적이라고 생각했기 때문이다. 신체의 강인함과 남아 있는 털만 보아도 그랬지만, 남자들의 뚜렷한 충동성이 그런 생각을 굳혀주었다. 프란츠는 그 말에 이의를 제기했다. 자기가 관찰한 바로는 여자들의 충동성은 출산에서 성취된다는 것이었다. 게다가 문명의 발전에서 이 털 많고 곰처럼 강한 충동적 행위자들이 복숭아 같은 피부를 가진 여자들과는 비교할 수 없이 큰 몫을 차지한다는 것이었다. 그것에 대해서는 반박할 말이 없었다. 그리고 나보다 프란츠가 이 전체적인 조직을 덜 의심스러워하는 이유도 그것이 설명해주는 것 같았다.

지그린데는 주위의 모든 것을 신이 내려준 생명처럼 다룸으로써 모든 사물과 모든 생활 상태를 자연으로 되돌릴 수 있는 사람들 가운데 하나였다. 자연 속 나뭇가지와 풀밭 사이 어딘가에서 발견한 것이라면 녹음테이프를 가지고도 제비가 둥지를 짓는 것처럼, 집에서 기르는 고양이들이 나무껍질로 덮인 나무둥치 대신 가구 자체를 이용해서 발톱을 가는 것처럼, 지그린데 같은 인간들은 조립식 공동건물이나 진흙으로 지은 오두막이나 성이나 무엇이든 자신과 새끼들을 위한 동굴로 인식할 수 있다. 그들은 도로를 숲길처럼 자연스러운 것으로 여기고, 냉동고에서 꺼낸 진공 포장된 고기 한 조각을 막 사냥한 동물인 것처럼 집으로 가져온다.

아마 시골에서 성장한 사람들은 도시 아이들과는 다른, 좀 더 강한 법칙을 따르도록 배웠을 것이다. 반면에 도시 아이들은 눈을 뜨자마자 어머니들이 밀어주는 유모차를 타고 거리를 돌아다니며 삶의 변화무쌍함과 비지속성을, 오직 인간의 손으로 만들어진 것을, 바로 신의 부재를 경험하게 된다. 내가 태어났을 때는 전쟁 중이었다. 내가 일찍 죽을 때까지 전쟁이 지속되었다면, 한지 페스케와 내가 독을 먹고 죽은 쥐를 보통 장난감으로 생각했던 것처럼 나는 전쟁을 자연스런 삶으로 여겼을 것이다. 대부분의 사람들처럼 나도 나중에 쥐를 무서워했다. 아마 지그린데도 쥐를 무서워했을 것이다.

그 토요일에, 프란츠가 하드리아누스 방벽에서 돌아오기 이삼 일 전 아테의 집에서 우리가 만나지 않았다면, 그리고 내가 지그린데가 불행하기를 바라지 않았다면 아마 나는 지그린데를 잊었을 것이다. 지그린데가 불행하기를 빌었던 것은 프란츠의 아내가 행복하지 않기를 바랐기 때문이었다.

우리가 왜 하나는 잊고 다른 하나는 기억하는 것인지 누가 알겠는가. 만일 지그린데가 없었다면 라이너와 나 사이의 미친 동맹도 생기지 않았을 것이고, 어쩌면 프란츠가 나를 떠나지 않았을지도 모른다. 그랬다면 내가 지그린데를 잘 기억하고 있을 수도 있다.

라이너는 아테의 집에서 만남이 있기 몇 주 전에 15년간의 결혼생활을 끝내고 바트홈부르크에 있는 부부 공동의 집에서 이사를 나와 베를린으로 돌아왔다. 그가 말한 것처럼 특별한 이유는 없었다. 아마 그 기이한 시대가 끝날 때까지는 자신의 아내 앙케를 떠나서는 안 된다고 생각했기 때문이었을 것이다. 그들이 처음 만났을 때 뒤셀도르프 출신인 앙케는 베를린의 서쪽에서 대학에 다니고 있었다. 그녀는 라이너를 장벽 뒤의 포로 상태에서 해방시켜주었다. 앙케는 탈출구호기관에 그의 탈출을 위탁했고, 할머니에게 받은 유산으로 필요 자금을 지불했다. 그들은 라이너를 통과무역수화물로 위장하여 메르세데스 자동차 트렁크에 숨기고 베를린에서 함부르크로 수송했다. 앙케는 함부르크에 사는 한 여자친구의 집에서 시원하게 냉장한 여러 병의 샴페인과 큰 접시에 담긴 게를 준비하고 그를 기다렸다. 두 사람은 어떤 생일파티에서 알게 되어 사랑에 빠졌다. 나중에 생각해보니 그저 희미한 것이기는 했지만 도주에 대한 기대감이 그가 사랑에 빠지는 데 적지 않은 영향을 주었던 것 같다고 라이너는 말했다. 라이너가 말했던 것처럼 그를 동쪽에서 빼내갈 수 있는 능력이 그녀에게 있었다.

최소한 그 능력이 앙케를 다른 모든 사람보다 더 아름답게 보이게 하고 그녀의 목소리를 더욱 약속에 찬 소리로 들리게 하고 그녀의 움직임을 더 매력적으로 보이게 했을 것이라고 그는 말했다.

나중에 초기의 열정이 약해져 오히려 남매간의 애정으로 변했을 때 라이너의 마음속에서 가끔씩 앙케와 헤어지고 싶다는 소망이 일었지만 그는 그녀에게 감사하는 마음으로 그 소망을 억제했다. 앙케가 그를 구해낼 수 있는 사람이었기 때문에 그녀를 사랑했던 것은 아닐까 라고 생각했던 그의 자기 의혹이 맞는 것이었다면 그것에 대해 속죄해야 한다는 생각도 없지 않았을 것이다. 그 기이한 시대가 끝날 때까지 그랬다. 그 이후로는 그녀가 없어도 자유라고, 그 이후의 시간에 대해서는 더이상 그녀에게 빚진 것이 없다고 그는 말했다. 이제 나는 자유로워.

그런데 앙케는? 아테가 말했다.

그래, 앙케는. 라이너가 말했다. 그는 말없이 빈 수프 접시를 응시하고 있는 지그린데를 불안한 시선으로 스쳐갔고 그다음 나를 보고 그가 구하던 동의를 찾았다. 행운을 빌게. 내가 말했다.

그 모든 이야기가 나의 이야기였다. 앙케와 라이너는 프란츠와 그의 작은 금발 아내와 마찬가지로 부당하게 존재하는 호문쿨루스였다. 앙케는 그녀를 위해 정해진 남자가 아닌 사람을 술수를 써서 납치했던 것이다. 정신 나간 갱단이 프란츠와 나 사이에 장벽을 쌓아서 우리가 만날 수 없었던 것처럼, 앙케가 할머니의 유산으로 라이너를 사들였기 때문에 어디선가 어떤 여자는 라이너 없이 살아야 했을 것이다. 앙케가 지금 불행하다면 그것은 오직 수십 년 동안 그녀가 편취했던 행복 속에 살았기 때문이다. 그때 나는 그것에 대해서 그렇게 생각했다.

라이너가 나를 집까지 태워주었다. 그는 광고회사인지 음악대행사인지 여행사인지에서 일하고 있었는데 불필요하게 비싼 자동차에 낭비할 만큼 충분히 돈을 버는 것 같았다. 그는 운동을 하는 것처럼, 최소한 조깅을 하는 것처럼 보였다.

우리가 어떻게 파르지팔을 납치했었는지 기억하느냐고 내가 물었다.

자동차 트렁크에 숨어 탈출한 일을 제외하면 파르지팔 납치가 인생에서 자기가 했던 일 중에 가장 멋진 일이었다고, 다만 그 일에 아무런 성과가 없었던 것이 유감스럽다고 그가 말했다.

내가 라이너에게 한스-쿠르트 바이어 박사의 죽음에 대해서 무슨 이야기를 했던 것 같지는 않다.

너라면 여전히 개들을 납치하겠니? 그가 물었다.

살다 보니 다시 그렇게 되었어. 내가 말했다.

콜비츠 광장에 있는 한 술집에서 우리는 와인 한 잔을 더 마셨다. 술집 안에서 서른 살이 넘어 보이는 사람은 우리밖에 없었다. 나는 그 시간 내내 프란츠를 생각했다. 술집에서 라이너 옆에 앉아 프란츠의 살갗을 생각했다. 프란츠의 살갗은 특별한 온도를, 묘사할 수 없는 무언가를 갖고 있었고 그것이 내게 닿자마자 나를 말없는 환희의 상태로 옮겨놓았다. 내 딸이 갓 태어났을 때 체온과 비슷한 온도의 물에 담그자 즉시 울음을 멈췄다. 그러고 나서 아직 훤히 다 보이지 않는 눈으로 아기는 말없이, 지극히 만족스럽게 세상을 바라보았다. 그것은 분명 어머니의 양수 안에 있던 안온한 시간에 대한 기억이었을 것이다. 프란츠에게 안겨 있을 때 내가 무엇을 기억할 수 있었을지 모르겠다. 그것은 아마 천국에 대한 기억이었을 것이다.

밤 한시였다. 프란츠가 지금 아내 옆에 누워 있는 칼리슬이나 브램프턴은 두시였다. 프란츠는 벌거벗고 있고 팔 하나는 자고 있는 아내 위에 놓았다. 두세 시간 전에 그는 그녀를 두 팔에 안았을 것이다. 그는 그녀의 눈과 입과 작은 가슴에 키스했을 것이다. 그러고 나서 아마 잠깐 나를 생각하면서 무릎으로 그녀의 다리를 벌렸을 것이다. 나는 라이너에게 내 집에 같이 가겠느냐고 물었다. 사실 거의 알지도 못하는 남자와 함께 편하게 침대로 가기에는 나 스스로 너무 늙었다고 느꼈을 것이다. 그 남자가 나를 너무 늙었다고 여길까봐 걱정은 해야 했을 것이다. 그렇지만 적어도 라이너와 나는 젊었을 때 함께 개를 납치했던 사이였다. 그리고 또 우리는 그날 저녁 무정하게 행복을 찾는 사람들로서 서로 동맹이 이루어졌는데, 아마 이것이 결정적이었을 것이다. 나는 라이너에게 앙케를 떠날 수 있는 권리를 인정했고, 그는 그 이유를 알고 있었다. 나는 라이너가 프란츠가 아니라는 것 외에는 다른 아무것도 느낄 수 없었다. 내가 라이너를 안은 쾌감은 단지 프란츠가 벌거벗은 몸으로 아내 옆에 누워 있는 동안 내가 벌거벗은 몸으로 한 남자 아래 누워 있었다는 쾌감뿐이었다. 프란츠가 저녁마다 내게 했던 일을 마침내 나도 한 것이었다. 나는 프란츠에게 그날 저녁에 대해서 이야기하는 모습을 상상해보았다.

*

뉴캐슬에서 전화를 건 이후로 프란츠는 다시는 내게 전화하지 않았다. 그 이후 나는 거의 집을 떠나지 않았었다. 아마 휴가를 받았거나 진단서를 끊었을 것이다. 그러고는 한 시간 한 시간 전화 옆에 앉아서 기다렸다.

기다림이 길어질수록, 프란츠가 도움닫기를 하고 정확한 점프 지점을 놓쳐서는 안 되는 높이뛰기 선수처럼 정확하게 측정된 걸음걸이로 다시 내 집 문으로 들어서는 모습을 상상하면 상상할수록, 그가 돌아오지 않으리라는 생각이 점점 더 뚜렷해졌다. 그러나 나는 그가 돌아오기를 기다리는 것 외에는 다른 아무것도 하지 않았다.

프란츠가 돌아오기로 되어 있었던 일요일에 나는 침대에 누워 있었다. 그날이 너무나 많은 위험을 내게 숨기고 있는 것 같아 그저 누워서 저항 없이 몸을 맡기고, 말하자면 솜털이불을 몸에 두른 채 될 대로 되라는 심정으로 나 자신을 위험에 내던지고 있었다. 다시 만나지 못할 것이 두려운 만큼 다시 만나는 것도 두려웠다. 나는 무언가 끝났다는 것을 알았고, 다만 이제는 그것이 증명되기만 하면 된다는 것을 알고 있었다. 그것을 알고 있지만 알고 있기를 원하지 않을 뿐이었다. 나는 뉴캐슬과 헤이든브리지와 브램프턴과 칼리슬에서의 밤이 지나는 동안 너무 많은 것을 보았다.

아테에게 전화를 했다. 아테가 내게 전화를 걸었을 수도 있다. 아테는 나에 대해 곰곰이 생각을 해보았다면서, 내가 이 남자에게 계속 바라고 있는 것을 얻지 못할 것이라고 말했다. 이 세상에서는 그것을 그

142

무엇으로부터도, 그 누구로부터도 얻을 수 없기 때문이라는 것이다. 그러므로 나 역시 프란츠에게 그것을 얻을 수 없다고 아테는 말했다.

그러나 이십 년이나 삼십 년 전 더이상 누구에게도 짓밟히지 않겠다고 적혀 있는 쪽지를 침대 위에 걸어두었던 아테가 알면 무엇을 알았겠는가. 이 세상에서는 가질 수 없는 것이라고 아테가 주장하는 그것이 그래도 가질 수 있는 것이라고 한다면 아테는 그저 몇 번의 발길질을 피하기 위해 자발적으로 그것을 포기했을 거다.

나는 아무 말도 하지 않았다. 아테도 무언가를 씹는 소리밖에 내지 않았다. 전화기를 통해 동떨어진 채 더 크게 들리는 그 소리가 나를 화나게 했다.

뭘 먹고 있니?

닭고기 한 조각.

닭고기를 먹으면서 나한테 사랑이 우스운 거라고 설교하는 것이 역겨운 일이라고 생각하지 않니?

우습다고 말한 적 없는데.

말뜻이 그런 거잖아. 위대한 사랑에는 팽팽한 피부와 청춘의 매력이 속해 있으니 나 같은 늙은 할망구는 제발 자제해라, 우리에게는 사랑의 유전자가 그저 종족번식의 목적을 위해 부여되어 있으니 그저 내게는 기껏해야 환각작용을 하는 추억이 중요할 수 있다는 거잖아. 그리고 그런 할망구를 사랑하는 남자는 분명 변태거나 유산을 노리는 사기꾼이라는 거지. 하지만 내 경우에는 유산으로 물려줄 것이 아무것도 없으니까 후자는 문제가 되지 않지. 네 생각이 이런 거잖아.

아테가 웃었다. 네가 그렇게 생각하니까 다른 사람들이 그렇게 생각한다고 생각하는 거야.

가끔은 그렇지. 내가 말했다.

왜 성인이 된 사람들이 자발적으로 자기를 노예로 만들려고 재촉하는지 궁금하네. 아마 너는 자유에 대한 두려움이 있는 것 같아.

아테. 내가 말했다. 펜테질레아만 있는 게 아니야. 순종적이지만 역시 고집 센 '케트헨 폰 하일브론'도 있어. 케트헨도 비슷하게 결론이 나지. "……그대를 차지하거나 아니면 죽는 것." 그 문장은 너한테서 들은 거야.

내 말 좀 들어. 너는 얻을 수 없어.

그러면 너는? 너는 무엇을 얻는데?

최소한 이성을 잃지는 않지.

미친 사람들, 그리고 사랑에 빠진 사람들과는 싸우지 말라.

누가 한 말인데?

러시아 속담이야. 게다가 나는 프란츠를 기다리는 중이야.

아테는 사랑이 아마 믿음의 문제, 일종의 종교적 광기일 것이라고 말했고, 나는 사랑이 우리 안에 마지막으로 남아 있는 자연이며 인간에 의해 만들어진 질서 전체는 그저 그것을 길들이기 위해서만 존재하는 것이라고 말했다. 나는 프란츠를 사랑하게 된 후로 왜 내가 살아 있고 왜 언젠가는 죽어야 하는 것인지를 매일 물을 필요가 없게 되었다고 아테에게 말했다.

너는 늙어가는 것을 두려워할 뿐이야. 아테가 말했다.

우리의 대화가 어떻게 끝났는지 기억이 나지 않는다. 내가 프란츠를 기다리고 있는 중이었고, 그래서 전화를 대기 상태로 두려고 했기 때문에 전화를 끊었던 것 같다. 사랑이 믿음의 문제라는 아테의 주장에 대해 나는 그 뒤에 자주 생각해보았다. 아마 아테가 옳았을 것이다. 우리의 자연성에 대한 모든 고백은 믿음의 문제다. 그러나 인간에 대한 자연의 힘을 부정하는 사람도 불신으로 위장하고 다가오는 자신의 소망과 믿음밖에는 내세울 것이 없다.

프란츠가 오후 세시에 전화를 했다. 통화가 가능할 것으로 내가 생각했던 것보다 한 시간 이른 시각이었다. 더웠는데도 나는 그때까지 거위털 이불 아래 파묻힌 채 침대에 누워 계속 똑같은 구원의 십 초를 끝없이 연속적으로 경험하고 있었다. 복도, 문, 프란츠, 프란츠의 입, 팔, 그의 피부. 그리고 다시 처음부터, 복도를 지나 문을 향해, 이번에는 급하게 집 안으로 걸어 들어오는 프란츠의 발걸음, 프란츠의 팔, 여름 더위를 축축하게 발산하는 그의 피부. 나는 계속 영상들을 떠올리려 했다. 탁자에 앉아 있는 프란츠와 나, 기타를 들고 있는 프란츠, 식육식물들 사이에 있는 프란츠와 나. 아니면 문장들, 우리가 말할 문장들, 최소한 단어들을 찾으려고 해보았다. 그러나 그 대신 계속 다시 그저 복도, 문, 프란츠, 피부뿐이었다. 나는 그 이상은 알지 못했다.

그는 네시에 왔다. 그가 오기 전 나는 복도를 지나 문을 열기 위해 내달리는 내 모습을 백 번이나 상상했다. 그런데 그가 도착하자 나는 전혀 걷고 싶지 않은 것처럼 그렇게 천천히 걸어갔다. 프란츠가 종이를 펼쳐 꽃을 꺼냈다. 파란색 아이리스와 데이지였다. 그는 휴가에서 돌아오는 사람답게 갈색으로 그을린 얼굴에 긴장이 풀린 모습이었다. 그가 웃는 것이 내 마음을 아프게 했다. 자기가 나에게 두 주일 동안의 고문을 요구했던 사람이 아니라는 듯, 나를 베를린에 남겨둔 채 다른 여자와 자발적으로 하드리아누스 방벽으로 가서 다른 때 내게 했던 대로 밤이면 밤마다 그 여자에게 잠기고 그 여자 안으로 가라앉았던 사람이 아니라는 듯, 나를 야만인이라고 칭하고 그 이후로 다시는 전화하지 않았던 사람이 아니라는 듯 그는 웃었다. 그는 자기가 나의 구원자인 것처럼 웃고 있었다.

나는 꽃을 꽃병에 꽂았다. 프란츠는 그전에 줄기를 자르라고 고집했다. 나는 와인과 잔을 가져왔다. 우리는 서로 포옹하지 않았다. 나는 그에게 잘 지내느냐고 물었을 경우 나올 수 있는 그의 대답에 대해 내가 어떻게 대응할 것인지 생각해보았다. 그는 어색한 상황을 바로 잡아보려고 애쓸 것이다. 그러므로 아마 '이젠 다시 잘 지내지'라고 말할 것이다. 그러면 나는 나와 떨어져 있을 때는 그가 잘 지내지 못했다는 결론을 끌어내려 할 것이다. 아니면 그는 '이제 괜찮을 거'라고 생각했었는데'라고 말할 것이다. 그 말은 그가 부푼 마음으로 나를 만날 날을 고대했지만 비난에 찬 나의 냉담함을 마주하니 즐거운 마음이 외면받는 느낌이라는 것을 의미했다. 그가 첫번째 대답을 했다면 나는 그것을 거짓말이라고 생각했을 것이다. 그건 프란츠가 여행을 중단하지 않았기 때문이었다. 내게 매일 전화하지도, 매일 편지를 쓰지도 않았기 때문이었고, 그가 건강하고 편안해 보이고 나처럼 창백하고 괴로운 모습이 아니었기 때문이었다. 그리고 내가 이 여행에 대해 너무 많이 알고 있기 때문이었다. 두번째 대답을 했다면 나는 격분했을 것이다. 그것은 불편한 분위기에 대한 책임을 내게 전가하는 것이기 때문이었다. 그러나 그는 그저 여행은 좋았다고 말하면서 내가 정확하게 알고 있는 에든버러에서 뉴캐슬을 거쳐 칼리슬로 가는 길을 묘사하려고 할지도 모른다. 내가 견뎌낼 수 있을 만한 대답은 없었다. 프란츠는 파이프를 채웠고 그러면서 난처해하는 작은 소리들을 호흡으로 내쉬었다. 분명 프란츠도 단순한 질문들의 예측할 수 없는 위험을 따져보았을 것이다. 어떻게 지내? 좋지 않아. 그러면 그는 '왜?'라고 물어야 했을 것이다.

우리는 오랫동안 말이 없었다. 그러다가 프란츠가 짐도 채 풀기 전에 빤한 핑계를 대고 곧바로 내게 온 것이라고 말했다.

프란츠가 심연에서 나를 끌어올리기 위해서 그 문장을 밧줄처럼 내게 던졌다는 것을 이해하기는 했지만, 그것 역시 하지 말았어야 할 말이었다. 내게 오기 위해 거짓말이 필요했다는 것, 그리고 거짓말을 요구할 권리를 가진 누군가가 있다는 것을 나는 힘들지만 견뎌냈다. 그러나 그의 거짓말 솜씨에 감탄하면서 프란츠가 그 작은 금발 여자에게 속해 있다는 사실을 받아들이라는 것은 내게 요구해서는 안 될 일이었다.

그녀가 그사이에 당신 가방을 풀었겠지. 내가 말했다. 이 말에 프란츠는 자리에서 일어나더니 회백색 시선으로 나를 바라보면서 어깨에 양복 상의를 걸치고 문으로 걸어갔다. 그때 처음으로 우리는 포옹했다.

벗어나려고 시도할 때마다 더 갑갑하게 목을 죄어오는 뱀에 휘감긴 것처럼 우리가 그런 무언의 상태에 사로잡힌 것은 처음 있는 일이었다. 나는 위험을 예감했었는데도 스스로 그것을 재촉했다. 여기 앉아 있는 오십 년, 또는 십오 년 전부터 나는 스스로에게 거듭 묻곤 한다. 하드리아누스 방벽으로 떠났던 프란츠의 여행을 왜 내가 비 때문에

망친 어떤 여름날처럼, 질병처럼, 또는 다른 불쾌한 일처럼 받아들일
수 없었던 것인가. 전에 그가 다른 침대에서 다른 여자 옆에서 잠들기
위해서 밤 열두시 반에 내 침대에서 일어날 때 그것을 감수했던 것처
럼 그렇게…… 아마 여행이 아니었더라도 모든 일이 똑같이 일어났
을 것이다. 순수한 감사의 시간은 이미 지나갔을 것이다. 시간이 흐르
는 동안 나는 그것을 어쨌든 그렇게 해석했다. 순수한 감사의 시간은
사랑의 첫 단계이다. 어떤 사랑이나 그럴 것이다. 어떤 사람이 우리를
변화시키는 데 성공한다. 우리가 원했던, 또는 심지어 우리 안에 파묻
혀 깨어나지 않은 채 숨어 있던 특성들이 우리가 사랑에 빠지는 순간
우리가 더불어 사는 데 익숙해 있던 다른 특성들을 몰아낸다. 우리는
스스로를 다시 인식하게 된다. 우리는 더 아름답고 더 부드럽고 현명
하다. 우리는 우리의 소심함과 우리의 악의에서 구원된다. 우리는 가
장 사악한 적도 용서할 수 있을 것 같은 기분이다. 우리의 행복으로
모든 나무와 모든 거리와 모든 순간을 환하게 비추고 그때까지 발견
하지 못했던 그것들의 아름다움에 대해 경탄한다. 우리는 하늘과 비
와 바람과 우리 자신이 하나가 된 것처럼 느낀다. 우리는 마침내 이
세상에 속해 있고 또 마침내 이 세상에 속해 있지 않다. 프란츠를 만
난 후 시 한 편이 몇 주일 동안 내 심장처럼 내 몸 안에서 고동쳤다.
"하늘이 대지에 고요히 입 맞춘 것 같았네. 대지는 아른거리는 꽃들
속에서 이제 하늘을 꿈꾸어야 하리./나의 영혼은 날개를 활짝 펼치
고/집으로 날아가듯 먼 나라들을 날아다녔네." 우리에게 마법을 걸
어 지금의 존재가 되도록 만든 사람에게, 예전부터 항상 되고 싶었던
존재가 되도록 만든 사람에게 우리는 감사하는 마음을 갖게 된다. 그

래서 우리가 줄 수 있는 것이라면 무엇이든 주고 싶다. 아무런 조건 없이 그 사람을 섬기고 싶어 한다. 그가 우리에게 이루어준 기적을 위해서라면 우리의 생명이라도 내놓을 것이다. 우리를 변화시킬 수 있는 사람이 왜 그 사람이었는지 묻지 않는다. 그가 그 사람이었다. 우리는 우리의 인생을 고쳐 쓴다. 인생이 우리에게 뒤늦게 목표를 드러냈기 때문이다. 우리 안에서 그것을 느끼기 때문에 우리가 은밀하게 우리의 창조자라고 일컫는 그 사람과 만난 순간을 우리는 신성하게 여긴다. 세월이 흐르면서 사랑에 대해 생각할 수 있는 모든 것을 생각해본 끝에 나는 바로 그것이 우리가 느낄 수 있는 가장 진정한 느낌이라고 믿고 있다.

어떤 일이 일어날 때까지, 사소하고 하찮은 일이지만 그것으로도 우리를 놀라게 하고 우리의 무방비 상태를 인식시키기에는 충분한 어떤 일이 일어날 때까지. 그러다가 이유 없이 약속시간에 늦게 오고 전화가 오지 않고 우연히 사진 한 장이 발견된다. 그것으로 불안의 시간이 시작된다. 우리가 배반당했다고 생각되는 그 한 시간이면 우리가 가장 두려워하는 상황에 처해 있다는 것을 파악하기에 충분하다. 어떤 사람은 연필처럼 얇은 산꼭대기에서 거의 바닥에 닿지 못한 채 손으로 하늘을 움켜쥐고 발끝으로 서 있는 느낌을 받을 것이다. 산들바람만 불어도 그 사람을 절벽으로 내팽개칠 수 있다. 또 어떤 사람은 천장이 대성당처럼 높은 수영장의 미끄러운 타일 위를 걸으며 한 걸음 걸을 때마다 눈에 보이지 않는 관객들의 큰 웃음소리가 메아리치는 가운데 넘어질 상황에 처해 있다. 나 자신은 백 개의 문이 닫혀 있는 둥근 방 안에 있었다. 누구에게나 자신의 악몽이 실현된다. 우리가 우리 자신을 넘겨주었다.

그러나 그때 연인이 온다. 시간을 놓쳤지만 그래도 그가 온다. 전화가 오지 않은 것은 전화 고장으로 밝혀진다. 우연히 발견된 사진은 하찮은 것으로 입증된다. 우리가 두려워했던 일은 우리에게 일어나지 않았다. 그러나 그 일이 일어날 수도 있다는 의혹은 우리를 떠나지 않는다. 프란츠가 여행을 떠나야 한다고 말했을 때 예언이 실현되었다.

프란츠가 돌아오지 않을 것을 알게 된 후로 비로소 나는 그에게 다시 감사할 수 있었다. 그 이후로 나에게는 다시 선택의 여지가 있다. 나는 그 세월 동안 내내 여기 내 방에 앉아서 프란츠를 사랑하는 것 외에 아무것도 하고 싶지 않았다. 몇 년이 아니라면 아마 통틀어 몇 달을 프란츠를 애도하며 울며 지냈을 때조차도 그것은 나의 자유로운 의지였다.

*

창백한 피부를 가진 동물처럼 아름답게 프란츠가 식육식물들 사이에 누워 있다. 그의 피부를 쓰다듬으면 나 자신을 쓰다듬는 것처럼 느껴진다. 가끔 프란츠와 나 사이를 구분할 수 없다.

내가 야만인이야?

몰라. 아마 그럴 거야. 프란츠가 말한다.

비로마인은 모두 야만인인가?

모든 로마인이 보기에는 비로마인이 모두 야만인이지.

당신은 로마인이고?

물론 그렇지.

그런데 나는 아니고?

몰라. 아마 반은 로마인일지도 모르지.

프란츠는 아버지의 혈통을 이어 로마인이 되는 것인지 어머니의 혈통을 이어 그렇게 되는 것인지 모르지만 로마인이 되기 위해서는 로마인처럼 되면 충분하다고 생각한다.

우리는 몇 시간 동안 온전히 우리 육체의 신비 속으로 빠져들 수 있었다. 우리는 서로에게 유일무이한 존재임을 확신했다. 프란츠는 청춘의 사랑을 제외하고는, 아니 어쩌면 그녀까지도 포함해서 어떤 여자도 나만큼 사랑하지 않았다고 말했고, 나는 프란츠가 없다면 더이상 살고 싶지 않다고 말했다. 프란츠는 말로 할 수 없는 아주 진부한 이야기를 부끄러움 없이 얘기하고 게다가 그것을 믿는다는 것이 놀랍다고 말했다. 나는 프란츠의 갈비뼈와 골반 사이의 움푹한 부분에 키스했다. 프란츠의 그곳은 소녀처럼 부드러웠다. 나는 프란츠에게 왜 야만인처럼 보이는지 알고 싶었다.

인생 행로가 그 기이한 시대에 예속되어 있던 사람들과 갑자기 그들과 함께 살게 된 다른 모든 사람들 사이에 널리 퍼져 있는 몰이해를 두 그룹 사이의 문화적 차이로 일반화시켜 설명하지 않았다면, 하드리아누스 황제의 전기 작가에 대한 그의 언급이 아마 나를 덜 자극했을 것이다. 그 시대를 살지 않았던 사람은 그 기이한 시대를 흔히 시간의 홈과 비슷한 것으로 생각하면서 그 시대를 산 사람들이 그 안으로 빠져 들어가 세계의 진보를 몇십 년 동안 놓쳤다고 상상했다. 나는 우리 박물관의 유리 천장 아래 서 있는 나의 거대한 친구 앞에서 그런

쓸데없는 이야기를 특별히 심각하게 받아들일 수 없었다. 사람들이 어떤 그룹에 속했는가에 따라서 자랑하거나 부끄러워하는 그 차이라는 것은 거의 언급할 가치도 없을 정도로 매우 작은 것이었기 때문이다.

어쨌든 그 차이라는 것은 소도시 사람과 대도시 사람 사이의 차이보다도 더 뚜렷하지 않은 것이었고 단지 좀 더 익숙하지 않은 것뿐이었다. 그리고 프란츠와 나 사이의 모든 차이는 기이한 시대에 살았던 내 인생에서 이유를 찾을 수 있는 만큼 그가 소도시 출신이라는 데서도 그 이유를 찾을 수 있었을 것이다. 그럼에도 불구하고 프란츠는 교회 찬송가에 대한 지식 이상의 것이 내게 결여되어 있다고 생각했을 것이다. 그 앞에서 스탈린 찬가를 불렀을 때부터 프란츠가 내게 배반의 혐의를 두었던 것처럼, 내 결혼생활이 슬며시 눈에 띄지 않게 해체되는 것을 보고 그는 무엇보다도 그 기이한 시대를 지나오면서 기독교식 품성이 몰락한 결과로 받아들이려 했다. 그에 대한, 프란츠에 대한 나의 진심이 중요한 것이 아니라 내 남편에 대한 나의 부정이 문제였다.

나는 프란츠가 하드리아누스 방벽으로 여행을 떠났던 날 이후의 시간을 기억하고 싶지 않다. 그것은 나를 너무 지치게 만든다. 지금도 나는 지쳐가고 있다. 나는 대개 이 부분에서 기억을 중단하고 차라리 다시 처음으로 돌아가서 생각했다. 그러므로 내 기억 가운데 이 부분은 정돈되어 있지 않고 별로 정확하지도 않다. 또한 많은 것은 사건이 일어난 순간에, 또는 그 직후에 벌써 잊어버렸다. 단 하나의 영상 외에는 내 기억에 남아 있지 않은 며칠이 있다. 프란츠가 빨간 벽돌담에 기대어 서 있다. 그는 암청색 셔츠를 입고 있는데 위쪽 단추를 풀어 놓았다. 그의 오른쪽 귀 위에 작은 머리카락 하나가 깃털처럼 서 있다. 프란츠가 나를 바라본다. 태양 때문에 눈이 부신 듯 두 눈은 반쯤 감겨 있다. 그는 쭉 뻗은 집게손가락으로 위쪽을 가리킨다. 그가 가리키려고 했던 것이 구름이었는지 교회 탑의 박공 창이었는지조차도 나는 알 수가 없다. 다만 그가 그렇게 거기 서 있었고 일요일이었다는 것만은 알고 있다. 우리는 나중에 다투었던 것 같다. 아, 노곤해진다. 하지만 이번에는 편안한 기분이다.

프란츠가 돌아온 후에 일어났던 사건들을 순서대로 내가 다시 체험할 수도 없는 일이고 그것이 중요하지도 않다. 우리 집 전체가 불에 탈 경우 가구와 그림과 책, 그리고 우리 삶이 구체화되었던 다른 모든 것들이 어떤 순서로 재가 되는지는 중요하지 않은 것과 마찬가지다. 사실 아무것도 달라진 것이 없었다. 프란츠는 일주일에 두 번, 종종 세 번까지 나를 찾아왔다. 프란츠가 막시류 부서에 책임을 지고 있는 우리 박물관의 개조가 여전히 끝을 맺지 못하고 있어서 프란츠 아내의 의심을 사지 않고 일요일의 만남도 지속될 수 있었다. 그런데도 예기치 않게 닥쳐왔던 나의 행복은 그만큼의 불행으로 바뀌었다. 프란츠가 이십 년이나 이십오 년 동안 그랬던 것처럼 아내와 함께 여행을 떠났던 이후로, 무엇보다도 그녀를 향한 그의 부드러운 미소를 내가 본 이후로, 나는 그가 나를 사랑하는 것인지 의심했다. 나는 끊임없이 고백을 요구했다. 그러나 그 고백도 나를 오래 진정시키지는 못했다. 프란츠가 그 말을 하기까지 기다리는 시간이 오히려 더 길었다. 프란츠가 나를 사랑한다고 맹세해도 나는 몇 분 후 다시 그 말을 듣고 싶어 했다. 그때는 몇 시간 동안이나 똑같은 문장을 계속 주고받고서도 그것을 정상적인 대화라고 여겼을 것이다. 더욱 좋지 않았던 것은 사랑을 고백하는 프란츠의 말을 받아서 내가 그의 거짓말을 책망하는 비꼬는 웃음으로 답하거나 '아, 그렇겠지!'라고 대답하는 것이었다.

그는 나를 두고 가지 말았어야 했다. 밤마다 작은 금발 여자 옆에 눕지 말았어야 했다. 더구나 우리가 유일하게 살아 있는 하나의 식물처럼 서로 뒤엉켜 있은 다음에는, 그와 내가 아직 열기와 정자에서 나오는 똑같은 야생의 냄새를 발산했을 때는, 그의 손에 아직 내 머리칼과 내 피부가 남아 있을 때는 그러지 말았어야 했을 것이다. 내가 남편을 떠났던 것처럼, 남편이 그저 눈에 띄지 않게 내 인생 밖으로 사라졌던 것처럼 프란츠는 그녀를 떠나야 했을 것이다.

나는 거의 잠을 자지 못했다. 그 여자의 벌거벗은 모습, 벌어진 허벅지, 열린 성기가 나를 계속 따라다녔다.

아테는 내가 미쳤다고 생각했다. 프란츠는 젊은 남자가 아니니 아무리 잘 봐주려 해도 그가 그렇게 무절제한 성적 이중생활을 감당할 것 같지 않다고 아테는 말했다.

너는 그 남자의 최고의 것을 갖고 있잖아. 아테가 말했다. 그는 너를 사랑하고 너를 갈망하고 네 마음에 들고 싶어 해. 대체 왜 그 나머지를 갖고 싶어 하는 거니? 꼭 그의 셔츠를 다림질하고 그의 기분이 안 좋을 때 받아주고 그의 의미를 인정해주고 그의 사장을 위해 요리를 하고 싶은 거야? 다른 여자가 그런 걸 대신 해주니 오히려 좋아해야지. 그는 그녀 옆에서 자지만 너와는 함께 자잖아.

그와 함께 살고 싶어. 내가 아테에게 말했다.

154

당신이랑 같이 살고 싶어. 내가 프란츠에게도 말한다. 그래, 좋을 거야. 프란츠가 말한다. '나도 그러고 싶어'라고 말할지도 모른다. 그런데 그러면서 그의 담회색 두 눈에는 이 세상이 내가 원하는 대로, 프란츠가 원하는 대로 돌아가지는 않는다고 말하는 체념의 분위기가 스쳐간다.

프란츠는 아버지 없이 자랐다. 우리 세대의 많은 아이들이 아버지 없이 성장했다. 나에게는 아버지가 한 명 있었지만, 만약 나도 아버지 없이 자랄 수 있었다면 그런 운명의 섭리에 나는 오히려 감사했을 것이다.

그러나 프란츠에게서 아버지를 빼앗아간 것은 신성한 죽음이 아니었다. 그의 아버지는 전쟁에서 살아남아 오명을 남겼다. 전쟁이 일어날 때까지 울름의 한 김나지움에서 그리스어와 라틴어 교사로 일했던 프란츠의 아버지가 그의 가족에게서 사라진 것은 스탈린그라드 근교의 집단묘지나 시베리아 포로수용소에서가 아니었다. 그는 독일어와 프랑스어 교사였던 루치에 빙클러의 품속으로 사라졌다. 프란츠의 아버지는 잠깐 영국의 포로가 되었다가 돌아온 후 루치에 빙클러의 집으로 들어갔고 얼마 후 그녀와 결혼했다. 그때까지 보수적인 성향을 가진 진지한 남자로 살았던 그가 프란츠 어머니 말대로 그런 수치스런 일을, 그런 범죄행위를 저질렀다는 것을 아무도 믿지 못했다. 이혼할 때 그는 이렇게 설명했다고 한다. 너무나 쉽게 찢겨나가는 동료들의 몸을 보면서, 짐승 같은 죽음의 한가운데서, 줄곧 자신의 죽음을 기다리며, 그는 생명의 영상에 매달려야 했다. 그때 그의 마음속에 떠오른 것은 젊은 동료 루치에 빙클러의 영상이었다. 자기 아내의 영상도 아니고 뜻밖에 아이들의 영상도 아니고, 그것은 루치에 빙클러의 영상이었다. 그 이후로 그는 그녀에게 편지를 썼고 그녀가 그에게 답장했다. 그리고 그는 만일 이 전쟁에서 살아남는다면 자신의 생명의 비전을 따를 것이라고 맹세했다. 그는 아내와 아이들에게 큰 죄책감을 느꼈지만 그들에게서 자기가 빼앗은 것은 그들이 1밀리미터만큼씩 육 년 동안 매일 잃어버릴 뻔했던 것 이상은 아니라고 말했다.

하지만 그 말은 틀렸어, 라고 프란츠가 말한다. 그의 어머니는 당시 거의 아무도 이해하지 못하는 불행을 겪었던 것이라고 프란츠는 말한다. 손버릇이 지독히 나빴던 술주정뱅이의 미망인조차도 남편은 그럴 만한 사람이었다는 듯 죽은 남편을 애도하면서 결혼생활의 고통을 추후에 지워갈 수 있었다. 그러나 남편이 돌아왔어도 자신에게 오지 않은 여자, 평화 시기의 평범한 불행을 지닌 여자는 남편이 돌아온 행복한 여자에 속하지도 않았고 또 남편을 애도하는 전쟁미망인에도 속하지 않았다. 그녀는 상복을 입을 권리조차 없었다.

프란츠의 어머니는 잡화점의 판매원 일자리를 얻었다. 아버지에 대해서는 더이상 얘기해서는 안 되었다. 약간의 유산이 어머니와 세 자녀에게 약간의 서민적 유복함을 보장해주었다. 딸들에게는 피아노 수업, 프란츠에게는 대학공부가 그것에 속했다.

세 자녀 중 막내였던 프란츠는 자라면서 아버지와 매우 닮아갔다. 그를 오랫동안 보지 못했던 친척들이 당황해하며 그에게서 시선을 돌리고 서로 은밀하게 무슨 얘기를 속삭이거나 체념한 듯 한숨을 쉴 정도였다. 어머니는 남편과 꼭 닮은 아들이 커가는 것을 보았다. 남편은 자신에게 불행을 가져왔을 뿐 아니라 공개적인 치욕을 안겨준 남자였다. 그 이후로 어머니는 모든 남자들을 경멸했고 자신의 아들이 그렇게 의무를 망각한 배신자와 똑같은 사람이 되지 않도록 노심초사 경계했다. 딸들은 남자란 못 믿을 존재라는 것을 배워야 했고, 프란츠는 아버지가 저지른 죄의 대가로 '네 아버지처럼 되지 마라'라는 말로 벌을 받았다.

그들은 나를 감시했어. 세 사람 모두. 프란츠가 말했다. 세 사람 중 하나가 불성실한 남편들에 대한 이야기를 바깥에서 듣고 오면 곧바로 식사 중에 위협적으로 그 이야기가 거론되었지. 그 얘기에 따르면 대부분 남편이 성교 불능이 되거나 병에 걸렸어. 아니면 새로 얻은 아내가 급사하거나 아기가 불구로 태어났어. '그 위에는 축복이 내리지 않는다.' 어머니는 매번 그렇게 말하면서 나만 쳐다보셨어.

남편이 그녀에게 돌아오지 않았을 때 프란츠의 어머니는 서른다섯 살이었다. 프란츠가 알기로 기회가 몇 번 있었는데도 그녀는 재혼하지 않았다. 어머니는 아버지를 죄에서 해방시키고 싶지 않았던 거야. 프란츠가 말했다. 아버지는 도로 몇 개를 사이에 두고 살고 있었는데, 그가 가했던 불행을 어머니가 극복하고 위로를 찾았다고 생각하도록 해서는 안 된다는 것이었어.

프란츠가 처음으로 아버지를 찾아간 것은 어른이 된 다음이었다.

아버지는 그때 지금의 내 나이 정도였던 것 같아. 그리고 나와 아주 비슷해 보였어. 사실 아버지는 내 마음에 들었어. 그렇지만 나는 그를 용서하지는 않았지. 자신은 아이들을 항상 돌보고 싶었는데 어머니가 그것을 원하지 않았다고, 그래서 어머니의 소망을 존중했었다고 하더군. 아마 아버지가 나를 볼 낯이 없어서 그랬던 것 같은데 열심히 파이프를 채우던 모습이 지금도 생생해. 며칠 후 나도 처음 파이프를 샀지. 루치에 빙클러가 우리에게 차를 가져왔어. 그녀가 내 어깨에 손을 올려놓았어. 상당히 크고 단단한 손이었지. 최소한 자식들 중 하나는 마침내 와주었으니 행복하다고 그녀가 말하더군. 그녀는 소리 내서 웃었고 그때 눈에 눈물이 고였는데 그것이 내 마음에 들었어. 동시에 웃으면서 울 수 있다는 것 말이야.

프란츠는 대학공부를 위해 튀빙겐으로 갔고 주말에만 울름으로 왔다. 아버지는 예순번째 생일 직전에 심장마비로 세상을 떠났다.

아버지가 자신의 결정을 후회한 적이 없었는지 물어보고 싶었어.

사람이 인생에서 놓쳐서 아쉬운 것은 오직 사랑뿐이야. 내가 말했다.

그렇다면 내 어머니는 전부 다 놓쳤던 것이겠군. 프란츠가 말했다. 어머니는 완고하고 시기심이 많았지. 아버지가 행복했다고 한다면 그것은 어머니를 희생하고 얻은 행복이었어.

아버지가 어머니를 떠나지 않았다면 어머니는 아버지를 희생해서 행복해졌을 거야. 그런데 당신 그동안 아버지를 용서했어?

아버지도 어머니도 이미 다 돌아가셨어. 그때는 전쟁 중이었잖아. 아마 전쟁이 아버지의 인생을 끝냈던 것이겠지. 그래서 아버지가 그 후에 새로운 인생을 시작할 수 있었던 것이지. 어머니에게는 자식들이 있었지.

당신과 함께 살고 싶어. 내가 프란츠에게 말한다.

그래, 좋을 거야. 프란츠가 말한다.

프란츠와 나는 식육식물들 사이에 누워 있다. 열두시 반이다. 프란츠가 몇 시냐고 묻고 열두시 반이라고 내가 그에게 말한다. 프란츠가 어느 수요일이나 토요일에 내게 올 것이라는 것을 알게 되자마자 우리는 이 수요일이나 토요일에도 열두시 반이 될 것이 두려워진다. 열한시 반이나 열두시부터 우리는 둘 다 프란츠가 조심스럽게 어둠을 향해 중얼거리는 '이제 가야 해'라는 문장 뒤에 이어지는 피할 수 없는 그 일만을 생각하고 있다. 한 주 한 주가 지나면서 그는 더 낮은 소리로 그 문장을 말한다. 그 문장을 거의 속삭이는 정도인데 그 속삭임도 점점 소리가 갈라진다. 그런데도 그는 항상 그 문장을 말한다. 그가 그 문장을 더 낮은 소리로 말할수록, 더 소심하게 속삭일수록, 나는 더 격렬하게 그를 몰아붙인다. 가지 마. 오늘만 가지 마. 한 번만 가지 마. 나는 울부짖고 미친 듯 날뛰고 문을 막는다. 그러나 프란츠는 간다. 언제나 간다. 복도를 통해서 현관문으로 가는 길을 우박 쏟아지는 폭풍우를 뚫고 가듯 머리를 움츠리고 빠르게 걸어간다.

한번은 프란츠가 잠이 든다. 나는 그가 아침 전에 깨지 않기를 바라고 기도한다. 그리고 그를 깨우지 않기 위해서 나도 잠이 들려고 애쓴다. 나는 아주 조용히 누워서 거의 숨소리도 내지 않는다. 그런데도 잠시 후 프란츠는 몇 시냐고 물어보고 나는 열두시 반이라고 대답한다.

프란츠가 열두시 반에 내 몸에서 자기 몸을 떼고 옷을 입고 파이프를 채우는 냉혹함은 매번 나를 광포한 무방비 상태에 남겨놓았다. 나는 내 상황에서 벗어나고 싶다는 생각만 했다. 나는 더이상 버림받고 싶지 않았다. "……그대를 차지하거나 아니면 죽는 것." 그 당시에 내가 무엇은 생각만 했고 무엇은 정말로 실행했었는지 더이상 모르겠다. 내가 제때 저지하지 않으면 기어이 떠오르고야 마는 사건들이 있다. 정말 일어났던 일이라고는 믿고 싶지 않은 사건들이다. 많은 일들이 그것을 경험했다는 것을 절대로 의심하지 못할 정도로 확실하게 내 눈앞에 떠오르지만 절대로 그런 일이 일어났을 리는 없다. 내가 그런 짓을 했다는 것을 아주 정확하게 기억하고 있지만 헤니히스도르프 고속도로 출구 근처에서 내가 교각을 향해 질주했을 수는 없다. 가을, 어둠이 깔린 직후였다. 고속도로는 텅 비어 있었다. 헤니히스도르프 1,000미터. 헤니히스도르프에서 1953년 6월 17일에 수천 명의 파업 철강노동자들이 베를린으로 행진했었다. 판코프 사람들이 얘기하기로는, 헤니히스도르프 사람들이 막 오라니엔부르크 뒤에 왔을 때 이미 그들의 발걸음 아래에서 장거리교통용 96번 도로의 아스팔트 층이 진동했다고 했다. 나는 속력을 냈고 눈을 뜬 채로 다리의 오른쪽 기둥을 들이받았다.

내가 음독했던 어느 저녁도 있었다. 언제나 그런 것처럼 프란츠는 열두시 반에 갔다. 나는 프란츠의 외투에서 떨어진 단추 하나를 손에 쥐고 울부짖으며 침대에 앉아 있었다. 나는 남아 있는 와인을 마셨다. 처음에는 프란츠의 잔에 남은 것, 그리고 내 잔에 남은 것, 그다음에는 병에 남아 있는 것을 마셨다. 아테는 집에 없거나 전화를 받지 않았다. 나는 목욕 가운을 벗고 복도에 있는 거울 앞에 서서 위쪽에서 내리비치는 무자비한 불빛 아래서 벌거벗은 내 몸을 관찰했다. 배와 어깨에 불그스레하게 대리석 무늬가 생긴 피부, 어머니의 무거운 분홍빛 가슴을 생각나게 하는, 최근에 너무 살이 찐 물렁한 가슴, 무릎 위쪽의 약해지는 근육. 프란츠가 나를 사랑한다는 믿음을 확인시켜줄 수 있을 만한 것은 아무것도 보이지 않았다. 이런 외모를 가진 사람은 아직 사랑을 할 수는 있지만 더이상 사랑을 받을 수는 없다고 나는 생각했다. 나는 오륙십 알의 약을 오렌지주스에 넣고 믹서로 갈아서 쓰디쓴 걸쭉한 즙을 몇 모금에 나눠 마셨다. 아마 나중에 그것을 토했을 것이다. 어쨌든 나는 다음 날 아침 정확하게, 특별한 이상 없이 잠에서 깼다. 물론 나는 죽고 싶지 않았다. 더구나 죽은 채로 있고 싶지는 않았다. 내 상황을 변화시키고 싶었다. 내가 당시에 했거나 하려고 상상했던 모든 것은 다만 내 상황을 변화시키겠다는 목적을 위한 것이었다. 상황을 개선시키는 것은 내 능력이 미치지 않는 일이었기 때문에 상황을 악화시킴으로써, 예를 들면 이런저런 방식으로 나를 죽임으로써 상황을 변화시키는 것도 고려해야 했다. 나 자신의 죽음보다는 프란츠의 아내의 죽음을 나는 더 바랐을 것이다. 그러나 그 소망을 이루는 일에 결부되어 있을 위험을 알고 있었다. 그녀의 죽음에 앞서 그녀가 어떤 병에 걸려서는 안 될 일이었다. 그것은 프란츠를 동정심에 묶어둘 것이고 심지어는 아내에 대한 사랑을 다시 일깨울 수도 있을 것이다. 프란츠가 죄의식으로 괴로워할 만한 죽음은 아니어야 했다. 자살은 최악의 재앙이었을 것이고 자동차 사고도 마찬가지였다. 택시에 탔다가 당한 사고였다면 괜찮겠지만 그런 사고가 치명적 결과를 갖기를 기대하기는 어려웠다. 사실 비행기 추락 사고만이 확실하게 갑작스런 죽음을 야기할 수도 있고, 또 숙명적인 일이라는 생각에 프란츠의 부담을 덜어줄 수도 있었을 것이다. 그러나 비행기 사고는 나의 결정에서 빠졌다. 무죄한 많은 희생자들의 불가피한 죽음을 떠안고 싶지 않았기 때문이었다. 게다가 프란츠의 아내는 프란츠 없이는 절대로 비행기를 타지 않았다. 그녀가 프란츠 없이 비행기를 탔다 하더라도, 그리고 비행기가 우연히 추락했다 하더라도, 프란츠가 혼자 있는 것에 익숙하지 않아서 그때 내게 왔다 하더라도, 그것으로 증명할 만한 것은 더이상 아무것도 없었다.

내가 그랬던 것처럼 프란츠가 과연 그때까지 안전하게 여겼던 모든 것을 깨부수고 갈망 이외에 아무것도 아닌 것을 선택할 각오가 되어 있었던 것인지 그에게 들을 수는 없었을 것이다. 나를 선택할 각오가 되어 있었는지, 프란츠 안에서 나를 만났고 내 안에서 프란츠를 만났던 그것만을 선택할 각오가 되어 있었는지 나는 절대로 물어보지 못했을 것이다. 그것을 위해서 우리는 파르지팔을 납치했었고, 그것을 위해서 지빌레는 발레의상실을 포기했으며, 프란츠의 아버지가 죽을 수밖에 없으리라는 생각을 할 때 루치에 빙클러의 영상 안에서 그것이 빛나고 있었다. 어찌어찌하여 아내가 죽은 후에 프란츠는 새 아내가 필요한 홀아비가 되었을 것이다. 그는 고백을 면하게 되었을 것이다. 프란츠에게는 그녀의 죽음이 하나의 해결책이 될 수 있었을 것이다. 그가 그것을 원했었는지는 모르겠다. 기억하는 일이 내게 힘이 든다. 내 눈이 그렇듯 나의 기억도 역겨운 광경이나 곪은 상처, 토사물을 회피한다. 피곤이 부드럽게 내 눈꺼풀을 덮는다. 마치 내가 죽어 있고 누군가가 내게 마지막 봉사를 해준 것 같다. 이런 행동은 영화에서만 본 것이다. 그렇게 두 눈을 감으면 나는 프란츠를 발견한다. 팔에 회색 외투를 걸치고 브라키오사우루스 아래 내 옆에 서 있는 프란츠. 아름다운 동물이군요. 프란츠가 말한다. 그러면 내가 말한다. 그렇죠, 아름다운 동물이지요. 그러나 오늘 나는 끝까지 회상하려고 한다. 그러고는 다시는 기억하지 않을 것이다. 오늘 나는 프란츠를 기다리는 일을 끝낼 것이다.

그 고백이 없다면 내게는 프란츠의 사랑의 맹세도 가치가 없었다. 그런데 프란츠의 아내가 죽어도 내가 그 고백을 얻을 수 없다는 것을 깨달은 후 나는 그녀의 죽음을 여러 가지로 변형시키며 상상하는 일을 포기했다. 그 대신 그녀를 뒤쫓기 시작했다. 나는 그녀가 점심에 한시 반과 두시 사이에 집에 온다는 것을 프란츠에게 들어 알고 있었다. 그 시간쯤 두 시간 동안 박물관을 나올 핑곗거리가 있을 때면 나는 프란츠의 집이 있는 거리로 가서 지하철 역 방향으로 난 길을 한눈에 잘 볼 수 있는 곳에 차를 세우고 기다렸다. 프란츠는 파자넨플라츠 근처, 베를린치고는 조용한 편인 좁은 거리에 살고 있었다. 거리의 한쪽은 오래된 너도밤나무와 플라타너스가 우거진 공원과 맞닿아 있었다. 제국창건기의 호화 아파트 주민들에게 공원이 화려한 전망을 제공했는데 그 주민들 가운데 프란츠와 그의 아내도 있었다. 우리가 전화를 할 때 프란츠가 창문을 열면 가끔 나무들 사이에 둥지를 튼 새들이 지저귀는 소리가 들렸다.

그녀는 항상 정확하게 왔다. 조금의 오차도 찾아볼 수 없고 흐트러짐 하나 없는 잰 발걸음으로, 지체할 수 없는 일이 그녀를 기다리고 있다는 듯 언제나 서둘러서 왔다. 이웃 건물쯤 오면 그녀는 오른쪽 어깨에 메고 있는 가방에 손을 넣어 더듬거리지도 않고 현관열쇠를 꺼냈다. 한번은 그녀가 이웃집 여자를 만나 얼마 동안 이야기를 했다. 그녀는 이야기에 덧붙여 강조하기 위해서 다른 사람들의 팔을 잡거나 친숙하게 다른 사람들에게 다가가는 그런 사람은 아니었다. 오히려 그녀는 거리를 유지했다. 그녀는 손짓도 하지 않았다. 한 손으로 상의의 단추 장식을 잡고 다른 손은 허리 높이로 가방에 놓고 있었다. 웃을 때는 머리를 옆쪽으로 기울였고 어린 소녀처럼 코를 찡그렸다. 이 웃음까지 포함해서 그녀에게서는 거슬리지 않는 점을 하나도 찾을 수 없었다. 그러나 내가 찾으려고 했던 것, 프란츠를 나타내는 어떤 특별한 점은 보이지 않았다. 그가 그녀와 함께 살았으니, 검은 머리나 빨간 머리의 키 큰 여자가 아니라 작은 발이 멀리서도 내 눈에 띄었던 이 자그마한 금발 여자와 함께 살았으니 그의 눈에 그녀를 유일무이하게 보이게 했던 어떤 점이 있었을 텐데 그것이 뭔지 눈에 띄지 않았다.

나는 그녀가 집 안으로 들어간 후에도 떠나지 않고 그녀가 창문을 여는지 아니면 잠시 후 쇼핑 바구니를 들고 다시 집을 나갈 것인지 기다렸다. 범죄 영화에서 보았던 것처럼 적당한 거리를 두고 울란트 거리에 있는 슈퍼마켓까지 그녀를 따라간 일도 있었다. 나는 한동안 거리에서 기다리다가 따라 들어가 그녀가 프란츠를 위해서 무엇을 사는지 살펴보면서 나도 똑같은 것을 샀다.

내가 어느 날 그녀에게 말을 걸었을 수도 있다. 어쨌든 백 번 혹은 그보다 더 많이 그렇게 할 거라고 마음먹었었다. 그녀가 지하철에서 나올 때 우연인 것처럼 그녀에게 다가가 남편의 동료라고 나를 소개하고 언젠가 그녀가 그와 함께 있는 것을 보았는데 지금 한눈에 다시 알아볼 수 있었다고 주장하려고 했었다. 그리고 이 근방에서 볼 일이 있었는데 지금은 시간이 남아 잠깐 산책을 하는 중이었다고 말하려 했었다. 우리 박물관과 그녀의 남편에 대해 정확하게 알고 있는 지식으로 내가 믿을 만한 사람이라는 것을 증명할 수 있다면 어쩌면 그녀가 자신과 프란츠의 집 안으로 나를 초대할 수도 있을 것이다.

내가 그녀와 얼마나 자주 얘기를 했는지, 프란츠가 나를 떠나는 열두시 반과 마침내 첫 전차가 다니는 네시 반 사이 — 전차 운행이 시작될 때에야 비로소 나는 잠들 수 있었다 — 얼마나 많은 시간을, 얼마나 많은 절망적인 밤 시간을 내가 그녀와 마주 앉아 있었고 그녀에 대해서 프란츠가 얘기하지 않은 점들을 알고 싶었는지 모른다. 그녀와 내가 나누었던 대화 중 어느 것이 한 번뿐이었던 실제의 대화였는지, 그것은 다른 대화와 어떤 차이가 있었는지 모르겠다.

그러나 내가 머릿속에서 생각했던 대답들이 그녀가 직접 내게 했던 대답들과 별로 다르지 않았을 거라고 생각한다. 다만 프란츠가 그렇게 말하는 것처럼 그녀도 '보다'라는 말을 할 때 '제엔(sehen)'이라는 단어 대신 '샤우엔(schauen)'을 사용했고, '집에 가다'라고 말할 때 '나흐 하우제 게엔(nach Hause gehen)' 대신에 '하임게엔(heimgehen)'이라고 한 것뿐이었다. 그녀 역시 울름 근교 출신이라는 것을 내가 알고 있었으니 그런 것도 미리 생각할 수 있었을 것이다. 내가 바라던 대로 그녀가 나를 집 안으로 초대했다. 프란츠의 서재로 들어가는 문이 열려 있었고, 햇빛이 흘러넘치는 공간을 통해 가니 공원의 나무들 꼭대기 부분이 보였다. 내가 가끔 전화기를 통해 지저귀는 소리를 들었던 새들이 둥지를 틀고 있는 나무들이었다.

상감세공이 있는 제국시대 서랍장은 상속받은 것이고 유리 진열장도 마찬가지라고 그녀가 말했다. 그 말은 취향보다는 부(富)에 적용되어야 할 변명처럼 들렸다. 우리는 사냥 모티프가 그려진 영국 찻잔으로 차를 마셨다. 영국제 찻잔이라는 것은 프란츠의 아내가 부엌에 우유를 가지러 갔을 때 찻잔받침의 바닥에 찍힌 마크를 보고 알았다. 그녀는 내 맞은편에 앉아 왼쪽 팔꿈치를 오른쪽 손으로 받치고 턱을 왼손 손바닥 볼록한 부분에 괴고 있었다. 그녀가 나에 대해서 무언가를 생각하고 있다는 것은 의심의 여지가 없었다. 그녀의 주의력은 선생님으로부터 칭찬을 받을 때까지 우리 박물관의 진열상자 중 하나를 뚫어지게 바라보는 아이들의 주의력과 같은 종류의 것이었다. 나 자신이 어떤 모습으로 보였는지는 물론 모른다. 그러나 추측해보면 내가 불편해하는 모습을 그녀가 알아차렸을 것이고, 그녀는 그것을 그 기이한 시대 동안 위축된 나의 사교 형식 탓으로 돌렸거나 익숙하지 않은 중산층의 화려함을 보고 내가 문화적 쇼크를 받은 것이라고 이해했을 것이다. 누가 알겠는가. 어쨌든 그녀는 내 얼굴에 혈관종이라도 있는 것처럼, 무조건 이런 도전에 용감하게 맞설 의향이 있는 것처럼 나를 대했다. 박물관의 어느 부서에서 일하느냐고 그녀가 물었다. 그 유일무이한 브라키오사우루스를 담당하고 있다고 말했을 때 나는 그녀의 눈에서 무언가를 알고 있는 듯한 반짝임이 일었다고 생각했다. 그녀는 머리를 옆쪽으로 기울이고 노골적으로 승리의 기쁨을 드러내며 나를 자세히 관찰하더니 그렇다면 내가 누구인지 알고 있다고 말했다. 나는 손이 떨려서 담배를 비벼 껐다. 당신이 이 뼈대를 아름다운 동물이라고 말했던 사람이지요. 그녀가 말했다. 내 남편은 그 말에 아주 감동해서 바로 그날 저녁 내게 그것을 얘기하지 않을 수 없었어요. 놀라워요. 보세요. 그것이 우리가 당신들에게서 배울 수 있는 소박함이에요. 우리는 세계의 온갖 동물을 거의 다 보았어요. 그런데 당신들은 아직도 뼈대를 가지고 살아 있는 동물을 보듯 즐거워할 수 있잖아요. 놀라워요.

지금 앞이 보이지 않는 내 눈에서까지 눈물이 솟구칠 정도로 그렇게 어리석은 말을 정말로 그녀가 입 밖에 냈었던 것인지, 오늘은 내게 그것이 믿을 수 없는 일로 여겨진다. 아, 그렇지, 눈에 눈물이 고이다니, 아름다운 감정이다. 나는 이미 몇 주 전부터 더이상 울지 않았다. 슬퍼서도 기뻐서도 울지 않았다. 물론 내가 나중에 모든 것을 그렇게 짜맞추었을 수도 있다. 프란츠가 우리의 가장 내밀한 비밀을, 우리 사랑의 주문을 바로 그날 저녁 여느 잡담처럼 그렇게 그녀에게 옮겼다는 말을 들은 후 나는 숨이 막히지 않도록 하는 데 모든 주의력을 쏟아야 했다. 유명한 돌고래 플리퍼를 연기했던 돌고래 암컷 캐시처럼 나의 몸은 공기를 들이마시기를 거부했다. 영화 촬영이 끝난 후 영화사가 그 돌고래를 팔았을 때 캐시는 숨쉬기를 거부함으로써 목숨을 끊었다.

프란츠의 아내는 남편과 함께 바로 지난 주말에 박물관과 브라키오 사우루스를 구경했다고, 그 거대한 동물이 텐다구루에 살아 있었을 모습을 상상하자 자신도 남편도 경건한 마음이 들더라고 말했다. 그런데 텐다구루 맞지요? 그녀는 그렇게 말하면서 더 마시겠냐고 묻는 눈빛으로 찻주전자를 살짝 들었다.

네. 내가 말했고 그녀가 나에게 차를 따랐다. 네, 텐다구루였지요.

프란츠가 작은 금발의 아내와 함께 나의 자리에 서 있었던 것이다. 세상의 어떤 장소들이 프란츠와 그의 아내의 것이었는지 나는 모른다. 하드리아누스 방벽이 그들 것이었고, 마르쿠스 광장도 그랬을 것이고, 비아 베네토, 리마트 강변, 트래펄거 스퀘어와 포르토벨로 시장, 블리커 스트리트, 그리고 피렌체 전체가 그들 것이었겠지만, 그러나 브라키오사우루스의 작은 머리 아래의 그 1제곱미터는 내 것, 오직 나만의 것이었다.

프란츠의 아내는 도발적으로 세심하게 찻주전자를 내려놓고 식탁보 위의 주름 하나를 조심스럽게 쓰다듬고는 더이상 할 일이 없게 되자 무릎 위에 두 손을 엇갈리게 놓았다. 그녀가 미소를 지었다. 나는 그녀의 미소에 특별한 점이 있었다고 생각하지 않는다. 아마 텐다구루라는 단어를 말한 뒤에는 생각할 수 있는 모든 공통 화제가 바닥이 났을 것이고, 그래서 그녀에게는 손님에 대한 환대를 지속적으로 나타내는 표시로서 미소만이 남아 있었다. 그러나 나는 그 미소 안에서 그녀의 승리의 기쁨 외에 다른 아무것도 볼 수 없었다. 이 미소는 이렇게 말하고 있었다. 우리가, 내 남편과 내가 당신 자리에 서 있었는데, 당신은 그것을 어떻게 생각하느냐.

자기 아내는 불행에 대해서 연습이 되어 있지 않다고 프란츠가 말했었다. 그렇게 그녀는 작고 마른 모습으로, 보호를 받으며, 내 맞은편에 앉아 있었다. 나는 그녀를 때리고 싶다는 제어하기 힘든 욕구에 사로잡혔다. 일어나서 그녀에게 서서히 다가가 아무것도 모르는 그녀의 얼굴을 때리고 싶었다. 그녀 뺨의 발그스레한 부드러운 살을 내 손바닥으로 느끼고 싶었다. 그녀의 눈이 믿을 수 없어 하며 놀라고 그녀의 턱이 떨리며 울음을 터뜨리는 것을 보고 싶었다. 그녀는 그렇게 미소 짓는 것을 그만두어야 했다. 내가 그녀를 정말로 때리지는 않았다고 생각한다. 그 대신 나는 어떤 얘기를 했을 것이다. 아마 그녀에게

'내 남편'이라는 어법이 얼마나 가소로운지 깨우쳐주고 차라리 '우리 남편'이라고 말하라고 제안했을 것이다. 내가 프란츠를 사랑하고 프란츠도 나를 사랑한다고 간단하게 얘기했을 것이다. 그녀처럼 페를렌베르크 선생님을 연상시키는 작은 금발의 여자가 프란츠의 배우자로 선택되었던 것은 그저 운명의 오류였을 뿐이라고, 내가 지금처럼 그 기이한 시대로부터 해방된 경우를 위한 운명의 현명한 선견지명이었던 것이라고 말했을 것이다. 그가 나를 만나고 사랑하는 것은 이미 예정된 일이었기 때문이라고 말했을 것이다. 그리고 그가 그녀를 브라키오사우루스 아래로 데려갔던 것은 그곳에서 작별하기 위한 것이었다고, 그가 나를 발견했던 나의 자리에서 그녀와 작별하기 위한 것이었다고 말했을 것이다.

그녀는 더이상 미소를 짓지는 않았지만 그렇다고 놀라거나 절망하는 모습도 보이지 않았다. 어떤 명령을 따르듯 그녀의 얼굴에서 모든 빛이 꺼져버렸고, 얼굴에 나타날 수 있을 어떤 감정반응도 관찰하는 사람이 알아챌 수 없게 베일에 싸여 있었다. 그녀의 두 눈은 빛을 투과하지 않았고, 입술은 굳게 닫혀 있었다. 왼손 손가락들을 관절 반대편으로 구부리는 힘만이 그녀의 흥분 상태를 어느 정도 예감하게 했다. 그녀는 한 마디도 하지 않고 자리에서 일어나 부엌으로 갔고 물한 컵을 가지고 돌아와 내게 내밀었다. 그리고 택시를 불러주어야 하느냐, 아니면 지금 상태로 직접 차를 운전해서 갈 수 있다고 믿어도 되겠느냐 물었다. 그 말은 무례하게 들리지 않았고, 나는 다시 그녀를 때리고 싶은 욕구를 느꼈다. 당신은 괴물이야. 나는 그렇게 말하고 그 집에서 나왔다.

그 만남에 대해서 그 이상은 모르겠다. 좀 더 정확하게 기억하려고 하면 곧 힘이 들면서 기분이 나빠진다. 더 정확하게 기억하는 것이 필요하지도 않다. 정확하지 않은 이 기억만으로도 더이상 나쁠 수 없다.

언젠가 프란츠가 왔다. 그날 저녁이었는지 아니면 그다음 날 낮이었는지, 그보다 더 나중이었는지는 말할 수 없다. 계속 울려대는 벨소리가 나를 깊은 잠에서 떠오르게 했다. 아마 약을 먹고 의식을 잃었었거나 와인을 너무 많이 마셨을 것이다. 프란츠는 딱 한 문장만 말했다. "왜 그랬어?" 백 번이나 그 한 문장을 말했다. 어쨌든 나는 다른 문장을 기억할 수 없다. 아마 그에게 내가 무슨 대답인가 했을 것이다. 어쩌면 대답하지 않았을 것이다. 내가 진실 자체를 몰랐기 때문에 그것은 중요하지 않다.

나중에, 식육식물들 사이에서 몽롱한 안정이 내게 찾아왔다. 나는 원숭이처럼 팔과 다리로 프란츠를 꼭 껴안았다. 잠시 내 몸에 털이 자라난 것 같은 좋은 느낌이 들었다. 촘촘하고 짧은 짐승털이 내 몸과 내 얼굴을 뒤덮었다. 나는 프란츠의 어깨와 목 사이 움푹한 곳에 나의 뭉툭한 짐승코를 파묻었다. 프란츠는 내 호흡의 그늘 안에 숨고 싶은 것처럼 그 안에서 낮게 숨 쉬었다. 우리는 그렇게 말없이 오랫동안 누워 있었다. 나는 이 시간 속에서 죽고 싶었다. 프란츠도 비슷한 것을 느꼈음에 틀림없다. 그가 파올로와 프란체스카 이야기를 했다. 베르길리우스가 단테를 사랑의 죄인들을 위한 지옥을 통과해 데려갈 때 파올로와 프란체스카의 고통 때문에 단테는 정신을 잃는다. 그들은 영겁의 세월을 거친 돌풍에 쫓기고 부딪히며 지옥을 통해 날아다녀야 하지. 프란츠가 말했다. 그러나 그들은 서로를 놓아주지 않아. 지옥의 고통에도 불구하고 그들은 서로를 사랑하기를 멈추지 않아. 아버지가 루치에 빙클러에 대한 자신의 사랑을 설명하기 위해서 그 두 사람 이야기를 내게 했었어.

짐승들은 지옥에 가지 않아. 내가 말했다.

＊

왜 내가 당시에 도시를 거의 인지하지 못했는지 나중에 자주 생각해보았다. 파헤쳐진 도로들, 부패한 내장처럼 어디에나 흩어져 있는 케이블과 관들, 공룡뼈대처럼 지붕들 위로 몸을 기울이고 있는 크레인을 보기는 했다. 그리고 계절이 변하면서 자연이 변하듯 도시의 색깔이 달라지는 것을 보았다. 그러나 이 거리 저 거리에서, 도시의 이 구역 저 구역에서 어떤 일이 있었는지 나는 말할 수 없었다. 그런데 나는 그 며칠 또는 몇 달 동안만큼 그 도시에 온전히 소속되어 있다는 느낌을 받은 적이 없었다. 거대한 강물 속으로 떨어진 물 한 방울처럼, 엄청나게 밝은 빛 속으로 들어간 하나의 빛 입자처럼 나는 지정된 내 길들로 도시를 쏘다녔다. 나는 붕괴하는 장벽의 돌 하나였다. 이 도시의 도로들처럼 그렇게 나도 파헤쳐져 있었다. 도시와 나를 보고 사람들이 미쳤다고 주장해도 맞는 말이었다. 도시에 대해서는 나 자신이 그렇게 말했고, 나에 대해서는 최소한 아테가 그렇게 말했다.

사람들은 우리를, 도시와 나를 더이상 신뢰할 수 없었다. 우리는 사람들이 우리와 교제하는 습관을 견뎌내지 못했다. 도시 곳곳의 길들이 매일 달라졌다. 다음 날 찾아올 손님에게 자기 집으로 오는 진입로를 설명해주는 사람은 자신이 안내한 길이 다음 날 그 시간에도 그대로일지 확신할 수 없었다. 사람들이 나를 대할 때도 비슷했을 것이다. 나는 더이상 그들이 그때까지 생각했던 사람이 아니었다. 나는 더이상 합리적이지 않았고 신중하지 않았으며 시간조차 제대로 지키지 않았다. 시간 엄수의 습관은 평생 질병처럼 내게 달라붙어 있던 것이었다. 나는 도무지 시간에 늦을 수가 없었다. 절대로 시간을 지키지 않겠다고 마음먹어도 결과적으로는 기껏해야 너무 일찍 도착하지는 않게 될 뿐이었다. 프란츠를 사랑한 이후로 나는 어딘가에 약속한 시간에 도착하는 일이 매우 드물어졌다. 처음에는 그것이 괴로웠지만 나중에는 상관없어졌다. 그리고 그것에 대해 도시가 수많은 변명거리를 제공했다. 도로가 막혔고 침수되었고 파묻혔고 차단되었다. 전차 노선이 없어졌고 다른 구간으로 가거나 연계되지 않았다. 도시는 불확실성과 변덕스러움과 결속했고 나와 한편이었다. 제정신이 아닌 상태가 거의 동시에 우리를 덮쳤기 때문에 나는 달라진 도시를 정상적이라고 느꼈을 것이다. 술에 취한 두 사람이 각각 상대의 취한 상태를 보고 도취한 자신의 영혼과의 행복한 일치 외에 아무것도 인식할 수 없는 것처럼 말이다. 그러나 누가 정신 나간 상태에 대해서 잘 알고 있겠는가. 나는 당시의 내 상태를 나의 자연적인 정상 상태라고 부를 수 있을 것이다. 나는 다른 속박을 인정하지 않고 그저 강력한 내적 욕구만을 따랐기 때문이다. 프란츠와 내가 그렇게 동물의 세계에 관심을 돌렸던 것이, 과연 우연이었는지 나는 그때 이미 숙고해보았다. 나는 멸종한 독거성 동물에 관심을 가졌고 프란츠는 단일 표본으로서는 생활에 부적격하고 무리를 지어야 비로소 완전한 하나의 유기체가 되는 작은 개미에 관심을 가지지 않았던가.

프란츠는 이성적으로 짜인 어떤 개미종의 국가 질서에 대해 얘기했었다. 그 안에서는 우리 심장이 혈액을 펌프질하고 폐가 호흡하고 신장이 신체를 해독하듯이 그렇게 각 그룹이 기능한다고 프란츠가 말했다. 그때 나는 그가 인간 생활에 대해서도, 심지어 자신의 생활에 대해서도 그와 비슷한 확실성을 원하는 것인지, 그의 목소리에서 매혹적인 비브라토가 생기는 것이 그런 생각에서 느끼는 위협에 기인하는 것인지 확실하게 알 수 없었다. 그것이 내 직업 계층에는 우스운 일이고 또 인간의 본성에 대한 오히려 숙명론적인 나의 관계에도 위배된다는 것을 인정해야 하기는 하지만, 그래도 개미들의 유전자적인 독재는 항상 나를 격분시켰다.

개미들의 생활은 매우 이성적으로 질서가 잡혀 있어서, 그것을 정서적으로 미화하고 싶은 아주 작은 욕구에 대해서 일말의 여지도 허용하지 않는다. 프란츠가 해준 대부분의 이야기를 나는 잊었다. 그러나 꿀단지개미에 대해서는 잘 기억하고 있다. 아마 그 구체적인 이름 때문일 것이다. 이 개미는 남아프리카, 오스트레일리아, 북아메리카 남부의 사막 지역에 살고 있다. 꿀단지개미에게 식량이 부족한 시기는 신진대사를 줄이고 몸 자체의 지방세포들이 생존을 지킬 수 있도록 하는 추운 겨울철이 아니다. 기근은 가뭄 때문에 발생되고 그로 인해 꿀단지개미는 집중적으로 저장 관리를 해야 한다. 짧은 여름 동안 개미들은 난쟁이떡갈나무의 오배자로부터 나오는 꽃꿀을 모아 그것을 가지고 가장 어린 암컷 일개미들을 먹인다. 이 일개미들의 복부는 탄력성이 매우 커서 완두콩 크기만큼 늘어날 수 있다. 복부가 채워진 개미들은 꿀단지처럼 하나씩 하나씩 나란히 개미굴 천장에 매달려 있다. 그리고 배 속의 내용물이 필요해질 때까지 그곳에서 단지로서의 그들의 특성을 계속 그대로 유지한다. 이 꿀단지 하나의 내용물을 가지고 백 마리의 개미가 두 주 동안 먹고살 수 있다. 배가 채워진 개미들이 꽃꿀을 게워내서 그것으로 다른 개미들을 먹인다. 저장물을 다 비워내고 나면 그들은 다시 전처럼 살아간다.

생존을 위한 꿀단지개미의 봉사가 죽음으로 끝나지 않는데도, 아니 어쩌면 그것이 죽음으로 끝나지 않기 때문에, 프란츠가 해주었던 모든 개미 이야기 가운데 꿀단지개미 이야기가 내게는 가장 잔인하게 들렸다. 아마 그보다 더 합리적으로 돌아갈 수는 없었을 것이다. 나는 어떤 것이든 논리적인 것을 좋아하기 때문에 개미와 관련해서 왜 내게 비인간적이라는 단어가 떠오르는지 계속 숙고할 수밖에 없다. 자연을 인간적이라거나 비인간적이라고 생각하는 것은 당연히 모순이고 우스운 일이기 때문에 그 단어를 인간과 유사한 다른 동물들에게는 결코 사용하지 않을 것인데도 왜 개미와 연관 지어 그 단어가 떠오르는 것인가.

나는 비논리적인 내 감정보다 더 현명할 것 같은 대답은 찾지 못했다. 개미들은 그 안에서 1억 3500만 년 동안 또는 그보다 더 오래 생존하기 위해서는 국가가 어떻게 체계화되어 있어야 하는지 우리에게 시범을 보이는 것이다. 하지만 누가 개미들처럼 살려고 할 것인가? 그리고 누가 사멸을 택할 것인가? 나는 사멸을 선택했고, 프란츠는 그것이 나다운 일이라고 주장했다. 나는 끊임없이 결정을 내리려 한다고 그가 말했다. 개미처럼 살라고 내게 요구하는 사람은 아무도 없는데 내가 열정적으로, 나의 사멸을 대가로 치르더라도 그렇게 살지 않겠다고 결정을 내린다는 것이다.

*

프란츠의 집 앞에서 그의 아내를 숨어 기다렸던 그날 이후, 그리고 내가 원숭이처럼 프란츠를 휘감아 안았던 그날 저녁 이후, 나는 프란츠가 우리 박물관에 볼일이 있을 때만 그를 보았다. 필요한 인사이동과 행정 기술적 변화들이 거의 종결되어 있었기 때문에 프란츠가 오는 것은 기껏해야 일주일에 한 번 있는 일이었다. 새로운 관장이 임명되었고 직원 몇 명은 해고되었다. 왜 나를 해고시키지 않았는지는 모르겠지만 그렇게 되었다. 나는 그 이전 이십 년 동안 그랬듯 양심적으로 내 일을 수행했을 것이다. 아니면 질서 개편과 새로운 배열의 혼돈 속에서 내가 그렇게 하지 않았다는 것이 눈에 띄지 않았던 것이다. 내가 주위에서 일어나는 전복과 추락에 관여한 것은 다만 그것이 프란츠와 나를 연결시키거나 분리시키는 일에 한해서뿐이었다.

프란츠의 아내가 나에 대해 알게 된 후에 그는 언제 나를 찾아올 수 있을지 정할 수 없다고 말했다. 우리는 모아비트에 있는 이탈리아 식당의 앞뜰에 앉아 있었다. 그곳에서는 프란츠가 아는 사람을 만날까 봐 걱정할 필요가 없었다. 나는 오랜 시간이 지난 후 처음으로 남편을 생각했다. 지금 그는 폼페이나 히말라야에 있을 것이다. 어쩌면 베를린에 있을 수도 있지만 내 집에는 없다. 돌풍이 불어 이미 때가 늦은 보리수 꽃이 우리 탁자로 날아왔다. 내가 울었거나 아니면 프란츠에게 이제 어떻게 되는 것이냐고 물었고 프란츠가 그 말에 아무 대답도 하지 않았던 것 같다. 프란츠가 손가락 등으로 내 뺨을 쓸었던 그 순간만을 나는 정확하게 기억하고 있다. 보리수 잎을 통과한 햇빛 그림자가 프란츠의 얼굴로 떨어져 그의 눈의 담회색을 흩어놓았다.

그 순간과 어느 날 박물관으로 가는 모든 길이 차단되어 있던 아침 사이에 며칠 몇 주가 있었다. 그날들에 대해서는 내가 그 시간을 살아냈다는 것밖에는 알지 못한다. 기억이 멈출 곳을 찾지 못하고 피로의 소용돌이 주위에 안개가 빙빙 돌며 떠다닌다. 지금도 그렇다. 브라키오사우루스는 내게 낯선 존재가 되었다. 브라키오사우루스를 보면 생각이 프란츠에게로, 프란츠와 그의 아내에게로 흘러갔다. 케르베로스처럼 그것은 나를 향해 이를 드러냈다. 높은 곳에서 내려다보며 빙긋 웃는 그의 웃음 속에 더이상 공모는 들어 있지 않았다. 나중에, 프란츠가 나를 최종적으로 떠난 후에 나는 다시 그것과 화해했다. 나중에 그것이 다시 내 것이 되었다.

어느 날 아침엔가 우리 박물관으로 통하는 모든 도로가 차단되어 있었다. 내가 늘 다니던 길은 쇼세 거리를 지나 인발리덴 거리로 가는 길이었는데 우선 그 길의 통행이 불가능하다는 것을 알게 되었다. 우체국 혹은 수도사업소 혹은 가스사업소가 마주 보고 도로를 파헤쳤기 때문이었다. 그래서 하노버 거리를 통과해서 가려고 했다. 하지만 프리드리히 거리에서부터 빨간색과 흰색 줄무늬 차단기로 길이 봉쇄되어 있었다. 예전에 루이젠 거리였고 나중에 다시 그 이름이 된 오토-그로테볼 거리를 통과하는 세번째 가능성은 라인하르트 거리까지만 이어졌다. 그곳에서는 여러 대의 소방차들이 늘어서서 케이블 화재인지 수도관 파손인지를 처리하느라 분주했다. 나는 그 이후의 길을 걸어가야겠다고 생각하고 주차할 곳을 찾아보았다. 주변의 모든 도로에 자동차들이 차도와 인도에 두 줄로 서 있었다. 나는 오라니엔부르크, 투홀스키 거리 모퉁이까지 차를 몰았다. 그리고 그곳에서 돌아가야 할지 계속 주차할 곳을 찾아봐야 할지 생각했다. 돌아갈 기회가 주어지지 않았기 때문에 계속 하케셴마르크트까지 갔고, 그다음에 곧장 집으로 갔다. 프란츠를 잃어버렸다는 생각을 갖게 된 이후로 나는 의지가 약해져서 일상의 우연 속에서 인식될 수 있는 모든 신호를 내게 주어진 결정으로 감사하면서 받아들였다. 박물관으로 가는 통로가 모두 차단되었으므로 그것은 내게 집으로 돌아가라고 허락하는 것이었고 그렇게 하라고 명령하는 것이었다. 그것은 내게 기계적으로 처리되는 박물관에서의 업무가 아닌 다른 일을 하라는 의미였다. 그리고 프란츠를 만나기 전에 가졌던 모든 것에 우선되는 그 소원 때문에 나는 박물관으로 가는 모든 길이 통행금지였던 그날 아침 마침내 그곳으로 가기로 결심했다. 오래전부터 가보고 싶었던 매사추세츠 주 사우스해들리, 플리니 무디의 정원으로.

*

뉴욕에서 나는 거의 죽음 직전까지 갔었다. 물론 나처럼 짧은 시간만이라도 뉴욕에 가본 사람들은 대부분 그곳에서 자기가 거의 죽을 뻔했다고, 최소한 정말로 생명이 위험한 상황에 처했었다고 주장할 것 같은 의심이 든다. 뉴욕에서는 누구나 체험하고 싶은 것을 체험할 수 있는 것 같다. 그곳에서 거의 죽음의 상황에 이르는 사람이 그렇게 많다는 것은 아마 뉴욕이 그렇게 위험하다는 의미라기보다는 최소한 한 번은 죽음을 체험하고 싶다는 소망을 그렇게 많은 사람들이 갖고 있다는 것을 의미할 것이다. 그것은 그들이 그전에 죽음 가까이로 갔어야 한다는 것을 전제로 한다. 우리는 어디에서나 항상 생명의 위협을 당하는데 단지 뉴욕 같은 도시에서는 우리가 그것을 기대하기 때문에 더 뚜렷하게 감지하는 것뿐일 수도 있다. 그에 반해 자기가 사는 곳에서는 저녁 귀갓길에 자동차가 우리에게 아주 가까이 다가왔어도 그저 불쾌하고 난폭한 행위로 여길 뿐, 일상 속에서 일어나는 일이기 때문에 그것이 생명을 위협하는 사건이라고는 인정하지 않는다.

나는 뉴욕에 이틀 정도만 머물고 그다음에는 버스를 타고 사우스해들리로 가기로 마음먹었다. 누군가 내게 한 친척의 주소를 주었다. 그 친척도 여행을 떠나서 내가 그 집에 머물러도 좋다고 했다. 열쇠는 이웃여자에게 맡겨져 있었다.

그 집은 휴스턴 스트리트 남쪽에 있는 몇백 제곱미터의 작업실이었다. 두 개의 거대한 공간이 유리문을 사이에 두고 연결되어 있었는데 서쪽과 동쪽 방향으로부터 높은 정면 창문을 통해 그 공간 속으로 빛이 흘러들어왔다. 얼마 안 되는 가구들 사이에 어른 키만큼 큰 식물들이 무성하게 자라고 있었다. 욕실에서부터 집의 절반을 통과하며 구불구불 이어진 정원 호스로 식물들에 물을 주는 것이 분명했다.

생각할 수 있는 모든 숙소 가운데 가장 아름다운 집을 내게 지정해준 우연이 없었다면 나는 아마 매사추세츠 주 사우스해들리, 플리니 무디의 정원으로 떠났을 것이다. 나는 몇 시간 동안 뉴욕을 돌아다니느라 지친 몸으로 그렇게 그 집에 앉아 있었다. 이 집은 그것에 비교할 수 있는 집을 한 번도 본 적이 없었는데도 내게 친숙하게 느껴졌다. 믿을 수 없을 만큼 규모가 거대한데도 불구하고 이 집에는 사람을 불안하게 만드는 구석이 전혀 없었다. 시간이 가면서 나는 집 안에 온전한 가구가 하나도 없다는 사실을 발견했다. 의자들은 부러진 부분에 못이 박혀 있거나 등받이에 버팀목이 없었고, 나뭇가지로 만든 의자는 두꺼운 줄로 연결되어 있었으며 침대 다리 하나는 벽돌로 대신 받쳐져 있었고 창문들 사이의 벽에는 1미터 높이의 거울조각이 기대어 있었다. 이런 덧없음의 가벼움이 변함없이 시끄럽게 울리는 소음과 뒤섞였다. 소음은 거리에서 들리는 수백 개의 시끄러운 소리들이 합쳐져 열린 창문을 통해 집 안으로 흘러 들어왔다.

내가 알지 못하는 사람이 남긴 생활의 흔적들로 둘러싸인 거대한 집 안에서 낯설면서도 아늑한 기분으로 나는 고독의 숭고한 감정에 완전히 빠져들었다. 프란츠를 생각할 때조차도 늘 익숙했던 절망감이 사라졌다. 그에게 전화하려는 시도조차 하지 않았다. 뉴욕에서 처음으로 프란츠 없이도 그와 함께 행복할 수 있을 거라는 생각을 했을 것이다.

마천루, 에어컨, 냉동장치, 구급차의 끝없는 사이렌 한가운데서 나는 동물처럼 자유로운 기분이 들었다. 개발되지 않고 인적이 드물수록 더욱 가혹하게 나 자신의 부자연스러움을 의식하게 만들었던 자연 속에서는 일찍이 한 번도 느껴본 적이 없는 기분이었다. 모든 상투적 언어들이 갑자기 모순되면서도 참된 것으로 여겨졌다. '대도시의 정글', '맥박이 뛰는 도시', '소음이 포효하다', '교통이 밀려오다', '사람들의 물결이 밀려오다', '건물의 바다', '도로의 골짜기', 마치 도시의 혼돈 속에서 우리에게 적합한 자연이 다시 깨어난 것 같았다.

나는 매사추세츠 주 사우스해들리로의 출발을 하루하루 연기했다. 그리고 도시에서 하루를 더 머무를수록 플리니 무디의 정원에 있는 그 기이한 새 종류의 발자국에 연결되어 있던 나의 기대감은 점점 줄어들었다. 다시 살아난 브라키오사우루스, 과도함의 총체가 뉴욕에서 내게 닥쳐왔던 것이다.

게다가 일련의 이상한 사건들이 생기면서 나는 이 도시에서 무언가를 발견할 것이라고 믿게 되었다. 그것이 무엇일지 정확하게 알 수는 없었지만 나의 혼돈을 끝내리라는 예감을 주는 것이었다. 어린 시절 내가 읽었던 동화 가운데 '그리로 가라. 그곳이 어디인지 나는 모른다. 그것을 내게 가져와라. 그것이 무엇인지 나는 모른다'라는 구절만 기억나는 동화가 있었다. 뉴욕에서 나는 이 '무엇인지 나는 모르는 것'이 내게도 나타날 올바른 장소를 찾은 것 같았다.

뉴욕에 머문 지 나흘째인가 닷새째 되던 날, 그날은 일요일이었다. 그날 나는 배를 타고 스테이튼아일랜드에 가려고 했다. 전날 저녁처럼 아침도 덥고 안개가 자욱했다. 두꺼운 건물 벽들이 열기를 저장했고, 그래서 도시의 열기는 밤에도 거의 식지 않았다. 그날 아침 뉴욕 텔레비전은, 내가 제대로 이해한 것이라면, 이 도시에서 더이상 백인이 다수를 형성하고 있지 않다는 것, 센트럴파크에 사는 쥐들이 통제 불능 상태가 되었다는 소식을 전했다. 밝은 대낮에 나뭇잎과 덤불숲 사이를 바삐 돌아다니는 대담한 쥐떼들을 볼 수 있었다. 한두 마리 쥐는 게다가 교활한 눈으로 카메라를 빤히 쳐다보았는데 그것을 보고 나는 무서운 마음이 들었다. 쥐들은 언제 어떻게 그들이 뉴욕 텔레비전을 점령할 것인지 이미 알고 있는 것 같아 보였다. 나는 다음 날 꼭 센트럴파크에 가야겠다고 마음먹었다.

마침내 스테이튼아일랜드로 가는 배를 타러 출발하려고 했을 때 바깥쪽으로 열리는 무거운 현관 철문이 겨우 10센티미터, 기껏해야 15센티미터 열리고는 어떤 육중한 장애물에 부딪혀 열리지 않았다. 열린 틈이 너무 좁아 복도를 내다볼 수도 없었고 무엇이 문을 막고 있는 것인지 알아볼 수도 없었다. 나는 온 힘을 다해 밀어보고 문을 향해 몸을 부딪쳐보기도 했지만 1센티미터도 문을 열 수 없었다. 내가 집을 떠나는 것을 막기 위해 누군가 쇳덩어리나 거대한 모래상자를 문 앞에 세워놓았음에 틀림없었다. 계단 쪽으로 귀를 기울여보았지만 거리의 소음만 희미하게 들려올 뿐이었다. 이 건물에 사는 사람 모두 이 일요일에 시골이나 뉴욕 근처 바닷가로 나간 것 같았다. 그곳에 있는 것은 나뿐이었다. 나는 억지로 편안하게 숨을 쉬려고 노력했다. 특히 숨을 내쉬기 위해 애썼다. 불안해지면 나는 숨을 내쉬는 것을 잊어버리곤 했다. 뉴욕에는 나를 아는 사람이 아무도 없었다. 따라서 나를 죽이려는 사람이 있을 리 없었다. 그러나 누군가 나를 집 안에 가두고 그다음 화재용 비상사다리를 통해 집 안으로 침입했다면 그 사람은 내게 어떤 짓을 가하려고 하는 것이 틀림없었다. 그저 물건을 훔치려고 했거나 비밀 서류나 유언장을 찾으려고 했던 것이라면 내가 없는 편이 그에게도 내게도 더 유리했을 것이기 때문이었다. 아마 누군가가 진짜 집주인을 노렸고 집주인이 여행 중이라는 사실을 몰랐다고 보는 것이 더 그럴듯했다.

나는 방의 한쪽 구석에 앉았다. 그곳에서는 소방용 사다리가 지나가는 작은 발코니도 문도 정확히 관찰할 수 있었다. 그리고 내 손이 떨리지 않을 때까지 오랫동안 짧고 얕게 끊어서 숨을 내쉬었다. 나는 그렇게 최소한 삼십 분은 앉아 있었다. 그러다가 용기를 내어 발코니에 나가보았는데 그곳에서 걱정할 만한 것은 전혀 발견할 수 없었다. 그다음엔 다시 한번 문을 열려고 시도해보았다. 나는 뒤에서 달려가면서 온 힘을 다해 문에 몸을 부딪쳤다. 그것 때문에 다음 며칠 동안 왼쪽 어깨에 통증이 느껴졌다. 그렇게 세게 부딪쳤는데 이번에는 내 머리 바로 위에서 덜거덕하고 움직이는 딱딱한 금속 소리가 들렸다. 전날 저녁 내가 문에 달린 안전 고리의 동그란 끝부분을 고정 장치에 걸어 잠가두었던 그대로, 그것이 여전히 나를 보호하기 위해서 문과 문틀을 가로질러 걸려 있었다. 나는 집주인이 저장해둔 술 가운데서 진과 토닉, 그 비슷한 것을 섞었다. 그리고 이 일요일로 예정되었던 스테이튼아일랜드로의 배 여행을 포기했다. 이제 내가 감금되어 있지 않다는 것, 그래서 마음을 가라앉힐 수 있다는 것을 알고 있었다. 그러나 스스로의 실수로 인한 감금 상태가 가져온 공포가 사라지려고 하지 않았다. 문 때문에 생겼던 문제는 그저 공포가 다시 나를 엄습하기 위해 만들어진 반가운 계기인 것 같았다. 그것은 열두시 반이 되어 떠난 프란츠와 남겨진 나 사이에 내 집 문이 닫힐 때마다 나를 엄습했던 친숙한 느낌이었다.

아테가 내게 두 개의 주소를 주었다. 그 주소를 찾아가면 아테의 친구였던 예전 베를린 사람들을 만날 수 있을 거라고 했다. 한 사람은 수십 년 전부터 뉴욕에 살고 있는 클라리넷 연주자였는데 그 남자는 어느 정도 성공도 거두었다고 했다. 그리고 또 한 사람, 예전에 배우였던 여자는 어느 일요일에 베를린 페르가몬 박물관에 갔다가 바로 페르가몬 제대 앞에서 한 미국 대학생을 만났고 나중에 그와 결혼했다. 물론 그녀는 그전에 유대교 신앙을 받아들여야 했다.

나는 우선 여배우에게 연락을 취해보았다. 전화 자동응답기에서 남자 목소리가 들렸다. 그 목소리는 연결될 수 있는 번호만을 얘기했을 뿐 주인의 이름은 말하지 않았다. 아테가 적어준 주소의 거리는 내가 지내는 집에서 걸어서 몇 분밖에 되지 않는 곳에 있었기 때문에 나는 어느 오후에 워싱턴스퀘어 근처의 그 주소로 찾아갔다. 아테의 친구가 아직 그 집에 살고 있는지 알아보기 위해서였다.

도어맨은 흥분한 일꾼 세 명과 열심히 이야기를 나누면서 한 세입자에게 우편물을 내주고 있었다. 그는 내 쪽으로 얼굴을 돌리기는 했지만 그러면서도 한 일꾼과 이야기를 계속했다. 나는 큰 소리로 아테의 친구 이름을 말했다. 그러나 보아하니 내가 제대로 발음을 하지 못한 것 같았다. 그 이름을 다시 한번 얘기했을 때도 도어맨은 이름을 알아듣지 못했다. 나는 그에게 아테가 적어준 쪽지를 보여주었고 도어맨은 층과 호수를 소리 내서 읽었다. 그런데 일꾼들이 여전히 그를 몰아붙였기 때문에, 아니면 그러지 않아도 그가 너무 게을렀기 때문에 그는 전화를 걸어 내가 왔다는 것을 알리기를 포기했다. 나는 엘리베이터에 타서 6층을 눌렀다. 그러나 엘리베이터는 6층에 서지 않았고, 7층에도 서지 않고 8층에서야 멈췄다. 나는 다시 한번 엘리베이터의 변덕에 나를 맡기지 않으려면 앞으로 계단을 이용하는 편이 낫겠다고 판단했다. 나는 붉은색 대문자로 'EXIT'라고 쓰여 있는 문을 지

나갔다. 그 문은 작은 공간으로 이어졌고 그 공간 왼쪽에 또 하나의 작은 문이 있었다. 내가 작은 문을 여는 동안 'EXIT'라고 쓰여 있는 문이 내 등 뒤에서 닫혔다. 그런데 작은 문 뒤에는 기대했던 계단은 나오지 않고 문도 창문도 없는, 무의미한 아주 작은 창고밖에 없었다. 계단은 없었다. 더욱 좋지 않은 것은 이곳으로 왔던 길을 다시 되돌아갈 수 없다는 것이었다. 출구가 입구가 아니었다. 'EXIT'라는 약속으로 나를 유혹해서 들어오게 해놓고 안쪽에서는 문이 열리지 않았다. 나는 감금된 것이었다.

그 순간 문 저쪽에서 보았던 광경이 떠올랐다. 문들이 열려 있고 그 뒤에 비어 있는 집들에 페인트 도구들이 있었던 것이다. 그리고 금요일 오후였다. 내가 엘리베이터에 탔을 때 아마 일꾼들이 주말을 위해서 도어맨과 작별을 하던 중이었던 것 같았다. 잠깐 동안 나는 냉정을 유지할 수 있었다. 아니면 너무 놀라 몸이 굳어 있었던 것일까. 그다음 나는 문을 향해 돌진했고 팔뚝에 시퍼렇게 멍이 들도록 문을 두드렸다. "헬프 미, 헬프 미!" 나는 소리쳤다. 그러면서 광분한 사람처럼 문을 두드렸다. 얼마나 시간이 흘렀던 것인지는 모르겠다. 갑자기 문이 열렸다. 흰색 페인트공 옷을 입은 흑인 남자 하나가 내 앞에 서서 고개를 흔들면서 웃고 있었다. 그가 무슨 말을 하는지 나는 알아듣지 못했다. 나는 엘리베이터를 타고 1층으로 내려왔다. 아테의 배우 친구는 만나지 못했다.

클라리넷 연주자는 아테를 동베를린 출신의 정신없는 베아라고 불렀고 그녀 소식을 듣게 되어 반가운 것 같았다. 그는 미친 듯이 바쁘지만 나를 꼭 만나고 싶다고 말했다. 베아를 위한 선물을 주기 위해서도 그렇지만 무엇보다도 독일에 대해서 많은 얘기를 듣고 싶고 베를린에 대해서 모든 얘기를 듣고 싶다고 했다. 그 빌어먹을 장벽이 남아 있는 곳 위에 올라가 춤을 추기 위해 일 년 전부터 그리로 날아가고 싶은데 그렇게 하지 못하고 있다고도 말했다. 그러면서 한 후원자의 여든번째 생일을 맞이하여 리버사이드 드라이브에 있는 그 후원자의 집에서 다음 날 그가 콘서트를 여는데 내가 그 콘서트에 올 수 있겠냐고 물었다. 콘서트가 끝나면 우리가 바에 가서 와인 한 잔을 함께할 수 있을 것이고 자기는 클라리넷을 가지고 있는 남자이니 자기에게 와서 내 존재를 알리기만 하면 된다고 그는 말했다.

콘서트는 여덟시에 시작하기로 되어 있었다. 나는 너무 일찍 도착했다. 내가 클라리넷 연주자 외에는, 아니 사실은 그 남자를 포함하여 손님 중 그 누구도 알 수 없었기 때문에, 간단한 대화를 하기에도 내 영어 실력이 너무 부족했기 때문에 나는 남은 시간을 차라리 거리에서 기다리고 싶었다. 후원자가 살고 있는 집은 리버사이드파크로 이어지는 도로들 중 한 도로에서 끝에서 두번째 건물이었다. 리버사이드파크는 나란히 이어지는 도로와 울타리로 분리되어 있었다. 공원으로부터 저녁의 고요함이 불어왔다. 거리는 거의 텅 비어 있었다. 제복을 입은 수위 한 사람만이 건물 앞에서 순찰을 돌고 있었다. 버뮤다 반바지를 입은 나이 든 남자 하나가 테리어를 데리고 산책하고 있었다. 나는 공원 쪽으로 천천히 차도를 건너갔다. 지는 햇살이 여기저기에 나뭇잎을 통해 부서져 내렸다. 나는 울타리에 등을 기대고 서서 그냥 내 앞의 도로만 바라보면서 그래도 이곳까지, 뉴욕 리버사이드 드라이브까지 내가 오고야 말았다는 것에 대해 곰곰이 생각했다. 아주 오랫동안 그것을 불가능한 일로 생각했었기 때문에 바로 지금처럼 그것을 의식하게 되는 순간마다 내가 여기 있다는 사실에 깊이 놀랄 수 있었다. 내가 뒤늦은 자유의 승리에 완전히 잠겨 있는 동안 갑자기 어떤 문장 하나가 내 마음을 스쳐갔다. 내가 그 문장을 정말로 들었던 것인지 아니면 그저 생각했던 것인지 나중에는 더이상 말할 수 없었다. 그 문장은 '여기에 서 있는 것이 좋지 않아'라는 것이었다. 내가 서 있던 그곳에 서 있는 것이 좋지 않다고 여길 이유는 없었다. 그런데도 나는 더이상 생각하지 않고 울타리 옆의 햇볕 좋은 그 자리를 떠나서 올 때처럼 천천히 반대쪽으로 돌아갔다. 버뮤다 반바지를 입은 나이 든 남자가 그가 키우는 테리어의 배설물을 삽으로 떠서 비닐봉투에 담고 있었다. 후원자가 살고 있는 건물 방향으로 내가 몇 발짝을 옮겼을 때, 검은색 자동차 한 대가 사납게 내 옆을 스쳐 달렸다. 그 차는 도로 분기점에서 우회전하려다가 미끄러지면서 울타리를 들이받았다. 젊은 남자 하나가 자동차 밖으로 튀어나와 울타리 너머로 달려갔고, 추적당하던 남자의 자동차 뒤에서 경찰차가 끼익 소리를 내며 멈췄을 때 그 남자는 이미 덤불 뒤로 사라져 보이지 않았다. 3층에 있는 발코니에서 내려다보던 한 여자가 경찰관을 향해 무슨 말을 외쳤고 양팔을 흔들면서 공원 안을 가리켰다. 두번째 경찰차가 요란하게 사이렌을 울리며 옆 도로를 돌아 나왔다. 나는 미국 범죄시리즈에서 보았던 것과 똑같은 장면이 눈앞에서 벌어지는 데 열광했다. 경찰관들은 달아난 남자를 쫓아 공원 안으로 들어가는 것은 무의미하다고 여기는 듯 보였고 서로 얘기를 하면서 한 사람이 전화를 걸었다. 그제야 나는 내가 이 분 전에 서서 '여기에 서 있는 것이 좋지 않아'라는 문장을 듣거나 생각했던 바로 그곳에서 남자가 울타리를 들이받았다는 것을 서서히 파악했다. 나는 하마터면 죽을 뻔했다는 사실을 이해했다. 내 시신의 신원을 확인해줄 수 있는 사람이 아무도 살지 않는 뉴욕 리버사이드 드라이브에서 으스러진 채 피를 흘리면서 울타리와 자동차 사이에 누워 있는 나를 보았다. 벽을 타고 오르다 잘못된 순간에 심연을 바라보는 침입자처럼 현기증이 일어났다. 죽었을지도 모른다는 생각보다 설명할 수 없는 나의 구원이 더욱 깊이 나를 혼란스럽게 만들었다.

그때, 4월의 그날, 누군가가 프리드리히 거리에서 십오 분 동안 나의 뇌 속의 전류를 차단하고 나의 가상 죽음을 보여주었을 때, 혼란 속에서 감각을 찾으려고 했을 때 나는 그 문장과 마주쳤었다. 사람이 인생에서 놓쳐서 아쉬운 것은 오직 사랑뿐이다.

이번에는 반대였다. 이번에는 우선 그 문장이 있었다. 여기에 서 있는 것이 좋지 않아. 나는 프란츠를 생각했다. 그 문장이 무언가 의미하고 있다고 생각했다. 내 앞에서, 그리고 내 뒤에서 내가 잠갔던 문들도 무언가 의미가 있음에 틀림없었다. 리버사이드 드라이브에서, 울타리와 범죄자 자동차 중간에서의 나의 우연한 죽음이 프란츠에 대한 나의 사랑과 어떤 관련이 있는 것인가. '……그대를 차지하거나 아니면 죽는 것.' 그러나 뉴욕 거리의 오물 속에서 눈에 띄지 않게 실수로 죽는 것은 아니었다. 내가 자기 때문에 죽은 것이 아니라 그저 본업에 비해 자동차 운전이 너무 서툴렀던 갱에게 방해가 되었기 때문에 죽은 것뿐이라고 프란츠가 생각할 수 있도록 그렇게 죽는 것은 아니었다.

나는 클라리넷 연주자를 만나지도 않았고 센트럴파크에 사는 쥐들을 찾아가지도 않았다. 나는 가장 빨리 탈 수 있는 베를린 행 비행기를 예약했다. 나는 프란츠에게 가고 싶었다.

*

내가 돌아왔을 때는 가을이었다. 우리가, 프란츠와 내가 그때는 함께 많은 시간을 보내지 않았던 것 같다. 자주 만났을 리도 없을 것이다. 프란츠와 함께한 시간 가운데 그때가 가장 기억이 나지 않는다. 사실은 전혀 기억이 나지 않는다. 프란츠가 떠난 뒤 돌아오지 않았던 가을의 그 밤만 기억이 난다. 비는 오지 않았다. 오늘 나는 기억을 해야 한다. 프란츠를 기다리는 일을 오늘 그만둘 것이기 때문이다. 기억하기 위해 애를 써야 한다. 애를 쓰면 아마 한 가닥 실이라도 간신히 붙잡을 수 있을 것이고, 그것에 매달려 공허를 통과하고, 거리가 말라 있던 그 밤으로 건너갈 수 있을 것이다. 내가 죽을 정도로 지쳐 있는 것은 잘된 일 같다. 기억하는 일이 아무리 힘들더라도 기억을 막으려고 어떤 일을 하기에는 내가 너무 지쳐 있기 때문에 아마 좀 더 쉽게 기억을 해낼 것 같다.

기억을 하든 아니든 몇 가지는 확실하다. 비행기는 테겔에 착륙했음에 틀림없다. 그리고 내가 짐을 끌고 공항건물을 통과해 택시 승차장으로 가는 동안 프란츠가 하드리아누스 방벽으로 가던 날 팔꿈치로 아내를 건드리고는 아내를 향해 부드러운 미소를 짓던 그 토요일 아침을 떠올리지 않았을 리는 없다. 나는 여행으로 기운이 빠졌을 것이다. 집에 도착한 후 식사를 하거나 전화를 걸지 않고 식육식물들 사이에 누워 거기에 남아 있는 프란츠의 체취를 찾았을 것이다. 그렇게 잠이 들었을 것이다. 오후에는 장을 보고 우편물을 읽었을 것이다. 딸이 나를 방문하려 한다고 내게 편지를 보냈던 것 같다. 그것에 대해 내가 기뻐했던 것 같다. 그리고 프란츠의 편지가 와 있었다. 그랬다. 편지 봉투 안에 우편엽서가 들어 있었다. 엽서는 우리 박물관의 판매대에서 구입한 것으로 브라키오사우루스의 사진이었다. 프란츠는 내가 베를린에 다시 돌아오면 곧바로 전화를 하라고 적었다. 나는 아마 그렇게 했을 것이다. 아마 바로 그날로, 어쩌면 다음 날에, 아마 곧바로 전화를 했을 것이다.

프란츠가 내 문 앞에 서 있던 모습을 정확히 기억하고 있다. 마치 벌써 몇 시간이나 며칠 동안 그렇게 기다렸다는 듯, 영원히 거기서 참고 견딜 각오가 되어 있다는 듯, 그는 꽃은 없이 문틀에 비스듬히 기대서 있었다.

그는 아침까지 머물렀다. 오늘 생각하니 우리는 그날 밤 한 마디도 하지 않았던 것 같다. 단 한 마디도 내 기억에 남아 있지 않다. 다만 숲속에서 들려오는 것 같은 살랑거리고 바스락거리는 소리, 아주 깊은 곳에서 끓어오르는 굉음, 녹아내리는 우리의 살과 목마른 우리의 숨소리뿐이었다. 아침에 도시 위로 뇌우가 사납게 몰아쳤고 하얀 커튼 뒤에서 비가 폭포처럼 창문에 부딪쳤다. 그러나 그것은 다른 날 아침의 일이었을 수도 있다. 그날 아침, 프란츠가 일어나 옷을 입고 그에게 달라붙은 나의 체취를 연기 속에 지우기 위해 파이프를 채우는 동안 나는 그저 도시 위로 뇌우가 사납게 몰아치기를, 커튼 뒤에서 비가 폭포처럼 창문으로 휘몰아치기를 바랐을 뿐이었다. 그리고 실제로 그랬을 수도 있다.

일어났던 일과 일어날 수도 있었던 일을 구분하는 것이 내게는 힘이 든다. 그 많은 세월 동안 나는 가능한 모든 일을 일어났던 모든 일과 혼동하고 조합했으며 생각했던 것을 말했던 것과, 미래의 일을 절대 잊지 못할 일과, 기대하는 일을 두려운 일과 혼동하고 조합했는데, 그래도 항상 똑같은 이야기였다. 끝은 명확하고 모든 것을 결정짓는다. 끝은 수정할 수 없다. 그래서 나는 끝을 잊었다.

나의 몸이 내게는 유일한 괴로움이다. 몸이 나를 꼬집고 물고 잡아당기고, 발은 마비되고, 누군가가 척추골을 통과하는 내 신경다발을 끌어당기는 것처럼 등이 아프다. 끝까지 기억하는 일을 해내게 되면 나는 식육식물들 사이에 누워 아주 오래오래 잠을 잘 것이다. 마지막 밤까지는 이제 겨우 조금밖에 남지 않았다. 그날 밤에는 비가 오지 않았다. 내가 프란츠를 거리로 배웅했기 때문에 그것은 정확하게 알고 있다. 그날 밤 프란츠는 버스를 타고 집에 가야 했다. 그의 아내가 차를 가지고 나갔거나 차가 고장났기 때문이었다. 어쨌든 우리는, 프란츠와 나는, 내가 사는 거리에서 벌써 반쯤 나뭇잎이 떨어진 나무들 사이를 지나 천천히 버스정류장을 향해 걸어갔다. 우리 박물관에서 프란츠가 맡은 일은 끝나 있었다. 나는 기록보관실에 배치되었다. 이제 브라키오사우루스와는 아무런 연관이 없게 된 것이었다. 그것이 분명히 내 마음을 상하게 했을 텐데 지금 생각하니 별로 상관없었던 것 같다. 그리고 사람들이 믿었던 일이 잘 이루어지지 않았을 때 예배에 가기를 포기하는 것처럼 나도 이미 얼마 전에 브라키오사우루스의 발아래서 드리는 나의 아침 예배를 포기한 뒤였다. 브라키오사우루스 앞에 서 있을 때 예전에 그랬던 것처럼, 그것이 죽음을 맞았던, 아마도 온 생애를 보냈던 텐다구루의 아침 햇살 아래 서 있는 광경을 더이상 상상할 수 없었다. 나는 더이상 그것의 뼈를 살로 감쌀 수도 없었고 그것의 심장을 뛰게 할 수도 없었다. 뉴욕에서 플리니 무디의 정원에 있는 그 기이한 새 종류의 발자국이 아무것도 약속하지 않는 것이 되어 사라져버렸던 것처럼, 브라키오사우루스 역시 원래의 모습으로 변했다. 대부분의 뼈들은 진짜가 아니라 인공적으로 모사해서 만든 공룡 골격이 되어버렸다.

버스정류장으로 내가 배웅을 나갔을 때 프란츠는 흰색 셔츠를 입고 있었다. 밤은 부드러웠다. 프란츠는 상의를 느슨하게 걸치고 있었고 어둠 속에서 셔츠가 빛났다. 프란츠는 에든버러에서 아내의 어깨에 팔을 둘렀던 것처럼 내 어깨에 팔을 두르고 있었다. 프란츠가 항상 그랬던 것처럼 열두시 반에 집으로 가는 길이었는데도 왜 내가 행복했던 것일까. 그러나 나는 행복했다. 정확하게 기억이 난다. 프란츠의 하얀 셔츠가 빛났고 밤은 부드러웠고 비는 오지 않았으며 나는 행복했다.

프란츠가 언제 그 문장을 말했을까. 내 아버지가 옳았어. 이미지도 없고 빛도 없고 단지 프란츠의 목소리만 들린다. 날이 어두웠을 것이다. 그가 그 말을 했을 때 나는 프란츠의 팔에 안겨 눈을 감고 말없이 누워 있었을 것이다. "내 아버지가 옳았어. 사람은 인생의 것이지. 그리고 아버지를 위한 인생이 루치에 빙클러였다면 아버지는 그녀의 것이었어."

나는 꼼짝도 하지 않았다. 감히 숨도 쉬지 못했다. 한 문장이 아직 부족했다.

항상 아버지가 진 빚을 내가 갚아야 한다고 생각했어. 하지만 아버지가 옳았기 때문에, 루치에 빙클러에게 가기로 했던 결정이 정당했기 때문에 아버지가 빚을 남긴 것이 아니었다면……

프란츠는 더이상 말이 없었다. 의자등받이에 걸쳐져 있는 그의 흰색 셔츠가 빛나고 있었다. 여전히 한 문장이 부족했다.

그러면 어떻게 되는 건데? 나는 프란츠가 그 말을 흘려들었어도 될 정도로 아주 작은 소리로 물었다.

사람들이 점점 오래 살잖아. 프란츠가 말했다. 예전에는 인생이 끝나는 나이였던 때가 지금은 한창 중반 정도지. 그러니 사실 우리는 이제 겨우 서른이나 기껏해야 서른다섯 정도인 거야.

당신은 뒤늦게 온 내 청춘의 사랑이야. 내가 말했다.

남자는 집을 지어야 하고 아들을 낳고 책을 써야 한다고 하지. 나는 그 모든 것을 다 했어. 프란츠가 벽에 등을 기대고 앉아 파이프에 불을 붙였다. 피리를 부는 숲의 신처럼 그는 식육식물들 사이에 누워 쉬고 있었다. 내가 또 한 명의 아들을 낳고 또 하나의 집을 짓고 계속 개미에 대한 새로운 책들을 쓸 수도 있을 거야.

어둠을 뚫고 프란츠의 작은 담회색 두 눈이 번쩍였고, 잠깐 동안 파이프담배 연기에 섞이면서 살아 있는 눈을 가진 희미한 유령 같은 모습이 만들어졌다. 나는 아버지가 빚을 남긴 것이 아니기 때문에 아버지의 빚을 갚을 필요가 없다는 프란츠의 생각에 이어져야 했을 그 문장을 여전히 기다리고 있었다. 그러면서 동시에 왜 프란츠가 그 문장을 말해야 하는 것인지, 왜 그가 그렇게 해야 하는 것인지, 왜 그가 내게 와야 하는 것인지를 곰곰이 생각해보았다. 하드리아누스 방벽을 따라 위치한 호텔 방들을 뒤지면서 그를 추적했던, 울부짖고 탄식하고 늙어가는 여자, 그의 아내의 뒤를 따라가 그녀에게 우스운 장면을 보여주었던 여자, 인생에서 소중했던 모든 것, 아이와 남편과 브라키오사우루스를 배반했던 여자에게 왜 그가 와야 하는 것인가. 왜 그가 이런 가련한 인물을 위해서 작은 금발의 아내를 버리고 사랑스런 새들이 노래하는 공원 옆의 집을 버려야 한다는 것인가.

나중에 우리는 방 하나를 비웠다. 그전에 프란츠가 자기 책상을 어디에 세워두면 좋겠냐고 물었다. 그가 그래도 그 문장은, 아니면 그 비슷한 문장은 말했음에 틀림없다. 아니면 그저 자기 책상은 어디에 있게 될 것인지만 물었다. 프란츠와 내가 한밤중에 뒤쪽 방의 가구들을 꺼내 집 안 나머지 공간에 나누어 배치했던 것이 기억난다. 우리는 그러면서 맥주를 마셨고, 프란츠가 옷을 입고 흰색 셔츠의 단추를 채우며 노래를 불렀다. 내가 모르는 노래였는데 마지막 행은 이랬다. "아니면 내가 삶을 위해 잊었어야 하리."

"아니면 내가 삶을 위해 잊었어야 하리." 프란츠는 때로는 회의적으로, 때로는 반항하며, 그러고는 다시 경건하게 노래했다. 우리가 집을 떠나기 전 그는 기타를 빈 방에 세워두었다. 그랬는데도 그는 돌아오지 않았다.

우리는 아직 거리의 끝에 와 있지 않다. 반쯤 나뭇잎이 떨어진 나무들 아래에서 우리는 겨우 몇 발짝 걸었다. 프란츠가 주머니에서 버스 요금을 낼 돈을 찾는다. 거리의 끝에 와 있다. 오른쪽으로 50미터만 가면 버스정류장이다. 걸어오면서 내가 혹시 매사추세츠 주 사우스해들리, 플리니 무디의 정원으로 나와 함께 가고 싶은지 프란츠에게 물었을 것이다. 아니면 프란츠가 여전히 노래를 했거나 콧노래를 불렀을 것이다. 어쩌면 그의 아내를 생각하고, 자기가 내일 내게로 오기 위해 공원 옆의 집을 떠난다는 것을 그녀에게 어떻게 말해야 할지 몰랐기 때문에 노래도 콧노래도 하지 않고 침묵했을 것이다. 나는 기억이 나지 않는다. 다만, 내가 아침까지 빈 방에서 기타 옆에 앉아서 프란츠를 기다렸다는 것만을 알고 있다. 이제 우리는 거리의 끝에 와 있다. 버스정류장까지는 오른쪽으로 50미터만 가면 된다. 왼쪽에서 다가오는 두 개의 전조등, 아직 멀리에 있다. 버스가 오네. 프란츠가 말한다. 그는 뛰려고 한다. 내일 올게. 가로등 불빛 속에 순간적으로 비친 프란츠의 얼굴, 약속이 없는 두 눈, 희미한 미소가 이미 용서를 구하고 있다. 그는 다시 오지 않을 것이다. 나는 방에 다시 가구를 들여놓아야 할 것이다. 내 두 팔이 프란츠의 목을 감는다. 가지 마. 버스가 벌써 가까이 오고 있다. 나는 프란츠의 소매를 주먹으로 움켜쥐고 있다. 그냥 여기 있어. 프란츠가 내 손을 뿌리치려고 한다. 내가 나의 두 팔과 그의 두 팔로 그의 몸을 휘감는다. 내일 올게. 그가 거짓말을 하고 있다는 것을 나는 안다. 그러면 가, 가버려. 내가 그를 잡고, 그를 밀치고, 그가 몸을 뿌리친다. 마치 젖은 판지가 다리미에 닿으면서 찰싹 소리를 내는 것 같은, 한 번도 들어본 적이 없는 소음. 사냥개 무리가 내는 것 같은 울부짖음. 누가 그렇게 소리를 지르는 것이지. 버스 아래에서 누군가 피를 흘리고 있다. 피가 범벅이 되어 하수구에 모여든다. 앞바퀴 아래 으스러진 남자의 팔.

*

내가 프란츠를 죽였다. 아니면 내가 그런 것이 아니었던가? 내가 그를 밀치지 않았던가? 그가 혼자서 넘어졌던가? 내가 그를 보내지 않으려 했기 때문에 비틀거렸던가? 어쨌든 내가 프란츠를 죽인 것이다. 이제 나는 그것을 다시 알아야 한다. 아마 그 긴 세월 동안 내가 프란츠를 기다려온 것은 오직 그 사실을 알지 않아도 되도록 회피하기 위해서였을 것이다. 이제 다 지나갔다. 이제 내가 깨어 있도록 붙잡아둘 것은 아무것도 없다. 나는 간신히 몇 걸음을 옮겨 식육식물들 사이의 내 자리로 간다. 낯선 바람이 내 얼굴을 스치며 식물들의 잎새를 희롱한다. 이파리들 사이에 눈들이 반짝거린다. 여기저기에서 나를 지켜보는 눈들. 그것은 짐승들의 눈이다. 그들이 식육식물들 사이에 앉아 내게 아무 일도 일어나지 않도록 지키고 있다. 점점 더 많은 짐승들이 온다. 크고 작은 짐승들이 조용히 다른 짐승들 사이에 앉는다. 나는 그들 한가운데 누워 있고 그들이 무섭지 않다. 나는 그들 가운데 한 마리 짐승이다. 짐승인 나의 몸을 휘감는 긴 팔과 뭉툭한 코를 가진 갈색 털의 원숭이다. 그렇게 나는 누워 있다.

'기이한 시대'의 삶과 사랑

　모니카 마론은 1941년 베를린에서 태어났다. 독일 분단 후 서베를린에 살던 그녀는 1951년에 양아버지인 카를 마론(1955년부터 1963년까지 동독 내무장관 역임)을 따라 동베를린으로 이주했고 이후 동독의 사회주의 체제하에서 성장하며 교육을 받았다. 1976년부터 동독에서 전업 작가로 활동하던 그녀는 1988년에 서독으로 이주하여 통일이 될 때까지 머물렀다. 그리고 현재는 다시 베를린으로 돌아와 살고 있다.

　이처럼 나치시대, 분단, 구동독, 그리고 통일이라는 독일 역사의 큰 흐름과 함께 살아온 모니카 마론의 경험들은 그녀의 작품을 이해하기 위한 중요한 토대가 된다. 모니카 마론은 많은 작품들에서 동독과 서독의 분단 상황을 주제로 삼았고, 특히 구동독 체제에 대해 신랄한 비판을 가했다. 첫 소설『분진』(1981)을 비롯하여『오해』(1982)와『경계 넘는 여인』(1986) 등이 동독에 대한 비판적 내용 때문에 서독에서 출판되었다.

1996년에 출판된『슬픈 짐승』은 모니카 마론의 작품 세계에서 새로운 전환점으로 평가받는 소설이다. 그녀가 이전에 발표했던 작품들에서는 구동독에 대한 비판이라는 주제에 가려 다른 모티프들이 묻혀 있었던 반면에 이 소설에서는 사랑과 열정이라는 모티프가 전면에 부각되어 통독문학의 새로운 가능성을 보여주었기 때문이다.

『슬픈 짐승』은 개인과 사회 전체에 엄청난 충격과 변화를 가져온 독일 통일 직후의 베를린을 배경으로 한다. 베를린의 자연사박물관에 근무하는 동독 출신 여성 고생물학자인 '나'가 화자로서 이야기를 끌어가는데, 통일 직후에 서독 출신 개미연구가 프란츠를 만나 사랑에 빠져 이 사랑에 모든 것을 바쳤던 '나'는 프란츠와 헤어진 이후에도 지나간 사랑에 대한 회상 속에서만 현재를 살아가고 존재의 의미를 찾는다.

회상은 시간에 따라 순차적으로 이어지는 것은 아니고, 프란츠와의 만남과 사랑을 중심으로 화자인 '나'에게 떠오르는 대로 다양한 에피소드가 펼쳐진다. 그러면서 그녀의 회상 속에서 개인의 이야기, 주변 사람들의 이야기, 독일의 역사가 교묘하게 짜여 조화를 이룬다. 그러므로 이 소설은 '나'의 이야기인 동시에 '기이한 시대'라고 지칭되는 구동독에 살았던 사람들의 삶과 사랑에 관한 이야기이기도 하다.

사랑

애인 프란츠를 만나기 일 년 전쯤 '나'는 어느 날 갑자기 거리에서 실신하여 발작을 일으키며 죽음 직전까지 갔다가 다시 깨어나는데, 이 사건은 인생을 돌아보게 하는 큰 계기가 된다. '나'는 '만일 정말로 그때 죽었다면 내가 놓쳤던 것이 무엇이었을까'라는 문제에 대해 심각하게 고민하게 되고 "인생에서 놓쳐서 아쉬운 것은 사랑밖에 없다"는 결론에 도달한다. 그리고 일 년 후에 프란츠를 만난다. 인생에서 놓칠 뻔했던, 이제 절대로 놓쳐서는 안 될 사랑을 만난 것이다. "나는 그를 찾지 않았고 그를 기다리지도 않았다. 어느 날 아침 그가 내 옆에 서 있었다." 그렇게 시작된 프란츠와의 사랑은 '나'의 모든 것을 변화시킨다. 프란츠를 만나기 전의 그녀는 스스로의 기억에 따르면 "상당히 평균적인 삶"을 살았으며 "결혼했고 아이도 하나 있었다. 예쁜 딸아이였다." 그러나 프란츠를 만나면서 그녀는 그 이전의 삶과 자연스럽게 결별한다. 남편과 딸은 어느 날 그녀의 삶에서 사라지고 없었다. '나'는 남편과 딸이 어떻게 집을 떠났는지조차 기억하지 못한다. 그렇게 모든 것을 버리면서 '나'는 프란츠와의 사랑에만 몰두하고 프란츠에게 집착한다. 그러나 프란츠는 '나'를 찾아왔다가 열두시 반이 되면 어김없이 아내가 있는 집으로 돌아간다.

친구 아테의 말처럼 '나'는 미친 듯 사랑에 집착한다. 프란츠의 아내에 대해 격렬한 질투를 느끼며 상상 속에서 프란츠의 집 안으로 들어가 부부의 일상을 훔쳐보기도 한다. 프란츠가 아내와 함께 스코틀랜드로 여행을 떠난다고 하자 심한 배신감을 느끼고 공항으로 가서 몰래 그들이 떠나는 모습을 지켜본다. 프란츠가 여행을 떠난 동안 그의 전화를 기다리면서 집 밖에도 나가지 않고, 그와의 통화를 위해 그가 여행하는 지역의 이 호텔 저 호텔로 정신없이 국제전화를 걸기도 한다. '나'는 사랑만 생각하고 사랑에 사로잡혀 있다. "그러나 두 가지 중에서 재빨리 한 가지를 결정했어요. / 그대를 차지하거나 아니면 죽는 것." 독일 작가 하인리히 폰 클라이스트(1777~1811)의 희곡「펜테질레아」에 나오는 아마존의 여왕 펜테질레아의 대사이다. 이 대사가 소설 속에서 후렴처럼 반복되면서 '모든 것이 아니면 아무것도 아닌' 사랑이라는 소설의 주제를 함축적으로 강조하고, 또 다른 한편으로—프란츠의—죽음을 암시한다.

'나'는 사랑이라는 것이 죄수처럼 사람의 내부에 갇혀 있다가 튀어나와 그렇게 미친 듯 자유를 누리려는 것일지도 모른다는 생각을 한다. "사랑이 해방되어 우리들 자신인 감옥을 부수고 나오는 데 성공하는 일은 가끔씩 일어난다. 사랑이 감옥을 부수고 나온 종신형 죄수라고 상상해보면, 얼마 안 되는 자유의 순간들에 사랑이 왜 그렇게 미쳐 날뛰는 것인지 (…) 이해할 수 있다." '나'에게 프란츠는 평생을 기다려온 사랑이었다. 그 이전의 삶은 프란츠를 만나기 위한 기간이었을 뿐이다. 프란츠를 만날 때까지 그녀의 사랑은 "해방을 준비하고" 있었던 것이다. 그러나 그렇게 미친 듯 날뛰어도 그녀가 바꿀 수 있는 것은 아무것도 없다.

프란츠는 "어느 날 (…) 가버렸고 다시 돌아오지 않았다. 그때 그가 죽었을지도 모를 일이다." 프란츠가 돌아오지 않는 이유는 소설 마지막에 어느 정도 드러나지만 확실하게 밝혀지지는 않는다. 사랑에 대한 '나'의 집착은 프란츠가 그렇게 떠난 후에 더욱 심해져 '나'는 온전히 프란츠와의 기억만으로 하루하루를 살아간다. 그날 이후로 '나'는 은행에서 예금을 인출할 때와 생필품을 사러 갈 때를 제외하고는 세상과의 모든 연결을 끊고 홀로 살아간다. 프란츠와 나누었던 사랑의 기억만을 매일 되풀이하고 또 되풀이할 뿐이다. 그렇게 사십 년이 흘렀는지 오십 년이 흘렀는지, 이제 자기가 여든 살인지 백 살인지도 모르겠다고 '나'는 말한다. '나'는 "끝나지 않는 중단 없는 사랑 이야기로서" 인생을 살아가겠다고 결심하고 "사십 년 전이나 오십 년 전 (…) 그 저녁을 (…) 꾸며내고 있다. 내 연인과 함께했던 다른 많은 밤들도 역시 모두 꾸며내고 있다. 그렇게 시간이 흐르면서도 시간이 흐르지 않는다." 프란츠가 떠난 뒤로 그녀는 시간도 외부세계와의 교류도 스스로 차단해버린 것이다. 따라서 그녀의 시간은 과거에 멈춰 있고, 그녀의 사랑은 이미 오래전에 끝난 사랑인 동시에 지금도 회상 속에서 끝없이 반복되는 현재진행형의 사랑이다.

프란츠를 만나기 전, 통일이 되기 전에 주인공은 늘 "미국 매사추세츠 주 사우스해들리에 있는 플리니 무디의 정원"으로 여행을 가는 꿈을 꾸었다. 국외 여행이 규제받는 폐쇄적인 환경 속에서 '나'는 박물관에 서 있는 브라키오사우루스의 뼈대에 아침마다 사랑과 경의를 바치며 위안을 삼고, 언젠가 여행을 자유롭게 하게 되는 날 플리니 무디의 정원으로 가서 시조새의 발자국을 직접 보기를 꿈꾼다. 그러나 동독이 무너지고 자유를 얻었을 때 '나'는 이런저런 핑계를 대며 그곳에 가지 않는다. "나는 플리니 무디의 정원이 내 동경을 견딜 수 없을까봐, 그리고 최악의 경우에는 내 동경을 무력화할까봐 두려웠다." 자유를 상징하는 동경의 장소였던 플리니 무디의 정원은 막상 자유를 얻었을 때는 더이상 동경의 장소가 아닌 것이다.

그 대신에 '나'는 프란츠와의 사랑 속에서 새로운 유토피아를 꿈꾸었을 것이다. 사회주의라는 유토피아가 무너진 직후 인생과 믿음 전체를 뒤흔든 변화와 혼란 속에서 사람들이 나름대로 정체성을 찾고자 노력하는 가운데, '나'는 사랑에 몰두함으로써 새롭게 자신의 질서를 세우고 사랑이라는 유토피아로 도피하려는 듯 보인다. 그러나 그녀는 플리니 무디의 정원에도 그녀가 꿈꾼 사랑에도 도달하지 못한다. 프란츠가 떠나던 마지막 순간에 대한 기억을 회피하면서 그 이전까지의 기억만을 반복하다가 드디어 마지막 순간까지 회상을 마친 '나'는 완전히 지친 몸을 침대에 눕히고, 환영으로 나타난 동물들이 주위에 앉아 그녀를 지켜보는 가운데서 죽음을 맞이한다.

'기이한 시대'와 통일 이후

'나'의 회상 속에서 프란츠와 관련된 과거의 여러 가지 일들이 펼쳐진다. '나'는 프란츠를 만나기 전의 젊은 날로 돌아가 구동독 시절의 친구들과 이웃들을 기억하게 되고 더 먼 과거, 어린 시절을 이야기하기도 한다. '나'는 전체를 조망하거나 분석하거나 판단을 내리지 않는다. 그때그때마다 떠오르는 주변 인물들과 그들의 삶을 이야기할 뿐이다. 그러나 그 안에서 독자들은 "대부분의 것이 너무 불합리해서 기억조차 할 수" 없는 '기이한 시대'였던 구동독 체제에 대한 작가의 비판적 시선을 쉽게 읽어낼 수 있다. "직업교육을 받은 전문 기와공이었던 한 사람은 그 국제적인 자유갱단에 의해서 임명된 우리의 국가원수였다. (…) 하지만 노련하게 지붕 위에 벽돌을 쌓는 능력으로는 아무리 독재체제라도 국가와 같은 복잡한 집단을 이끌기에 충분하지 않다고 생각한다."

이처럼 모니카 마론은 무심한 듯 비꼬는 어조로 동독 정치체제의 불합리성을 지적한다. 이런 사회에서 주인공 '나'에게 가장 견디기 힘든 일은 여행금지였다. 고생물학자인 '나'는 공룡화석이 발굴된 곳에 자유로이 직접 가보고 싶었고, 그게 불가능하다면 그것을 본 사람들을 만날 수 있는 학회에라도 참가하고 싶었지만 그것은 동독의 여행규제 정책 때문에 불가능한 일이었다. 베를린 장벽은 그녀에게서 "고생대와 중생대를, 백악기 암석과 쥐라기 산들을 빼앗아갔다." 그녀가 "일생을 바치고자 했던 모든 것"을 빼앗아간 것이다.

통일은 "예상치 못했던 시대변화"로서 『슬픈 짐승』 안의 인물들에게, 특히 동독 출신 인물들의 삶과 사랑에 지대한 영향을 미치고 있다. 작품 속 '나'와 프란츠의 만남부터가 통일에서 비롯된 것이었다. 동베를린에 있는 자연사박물관에 근무하는 주인공이 박물관 구조조정을 위해 파견된 서독 출신 프란츠를 만나게 된 것은 베를린 장벽의 붕괴가 있었기에 가능했던 일이었다. "가끔 나는 베를린 장벽도 프란츠가 마침내 나를 발견할 수 있도록 하기 위해서 무너졌던 것이라고 생각한다."

'나'와 프란츠 이외의 다른 인물들의 삶에도 통일은 큰 영향을 미친다. "각각의 이야기가 나의 이야기였다"라는 '나'의 말처럼 베를린 장벽으로 인해, 그리고 통일로 인해 비슷한 사랑의 비극이 생겨났다. '나'의 지인이었던 라이너는 자신을 장벽 너머로 탈출시켜준 앙케와 결혼해서 십오 년간 서독에서 살다가 통일이 되자마자 앙케를 떠난다. 헤어지고 싶다는 생각이 들 때마다 "그녀에게 감사하는 마음으로" 억제했지만 "그 기이한 시대가 끝날 때까지"였고, "그 이후로는 그녀가 없어도 자유라고, 그 이후의 시간에 대해서는 더이상 그녀에게 빚진 것이 없다고" 생각했기 때문이었다. 또 '나'의 젊은 날의 친구 지그린데의 경우에는 남편이 젊었을 때 사랑했던 여자가 통일 후에 갑자기 이들 부부 앞에 나타난다. 얼마 후 남편이 그 여자에 대한 열렬한 사랑을 고백하자 지그린데는 남편을 그녀에게 보낸다.

통일 후에 동독 사람들과 서독 사람들 모두가 서로에 대해 느꼈던 이질감과 낯섦, 동독과 서독 출신이라는 다른 배경에서 오는 문화적 차이는 '나'와 프란츠의 만남과 헤어짐에 큰 영향을 미친다. 주인공이 보기에 그 차이는 "거의 언급할 가치도 없을 정도로 매우 작은 것"이며 "소도시 사람과 대도시 사람 사이의 차이보다도 더 뚜렷하지 않은 것이었고 단지 좀 더 익숙하지 않은 것뿐"이다. 그러나 서독 출신 사람들은 동독의 그 기이한 시대를 "흔히 시간의 홀과 비슷한 것으로 생각하면서 그 시대를 산 사람들이 그 안으로 빠져 들어가 세계의 진보를 몇십 년 동안 놓쳤다고 상상했다." 프란츠가 여행했던 하드리아누스 방벽을 어느 전기 작가가 "로마인과 야만인 사이의 경계"라고 했던 것처럼, 서독 사람들에게는 베를린 장벽 너머의 동독 사람들을 "야만인"으로 여기는 마음이 있었던 것이다.

어느 날 '나'는 찬송가를 모르지 않느냐는 프란츠의 질문에 그렇다고 대답하면서 그 대신 어렸을 때 학교에서 배웠던 스탈린 찬가를 장난 삼아 경건한 표정으로 부른다. 그러나 그때 그것을 바라보던 프란츠의 얼굴에서 '나'는 경멸감과 당혹감을 읽을 수 있었다. 프란츠가 떠나버린 이후 '나'는 그 순간을 돌아보며 그때부터 그가 '나'에 대해 어떤 의혹을 품었을 것이라고 생각한다. "비록 잘못된 것이라 해도 자신이 가졌던 믿음을 그렇게 포기할 수 있는 사람은 언제든 모든 것을 포기할 것이라고 프란츠는 생각했을 것이다." 또 프란츠를 만난 후 조용히 가정생활을 해체시킨 '나'를 보면서 그는 "무엇보다도 그 기이한 시대가 지나면서 기독교식 품성이 몰락한 것이라고 인식하려고 했다."

통일이 되고 공산주의가 몰락하면서 동독 사람들은 개인적으로나 사회적으로 큰 변화와 혼란을 겪었다. "그 당시에는 어떤 것도 예전처럼 그대로 남아 있는 것이 없는 것 같았다. 새 돈, 새 증명서, 새 관청, 새 법률, 새 경찰제복, 새 우표가 나왔다." 동서가 합쳐진 베를린에서는 전차와 버스 노선번호가 달라지고 곳곳의 도로들이 파헤쳐진다. '나'는 베를린 시의 혼란과 자기 자신의 혼돈을 동일시한다. "나는 붕괴하는 장벽의 돌 하나였다. 이 도시의 도로들처럼 그렇게 나도 파헤쳐져 있었다." 날마다 도시의 모습이 달라지듯 '나'도 예전의 나가 아니다. "도시와 나를 보고 사람들이 미쳤다고 주장해도 맞는 말이었다. 도시에 대해서는 나 자신이 그렇게 말했고, 나에 대해서는 최소한 아테가 그렇게 말했다."

권위에 대한 거부

가정을 버리지 못하는 프란츠는 과거와 의무에 지배되는 사람이다. 전쟁에서 돌아온 그의 아버지가 가정을 버리고 동료 교사였던 루치에 빙클러에게로 떠난 후 프란츠의 어머니는 아들이 "의무를 망각한 배신자와 똑같은 사람이 되지 않도록" 감시하며 그의 "아버지처럼 되지 않도록" 교육시킨다. 프란츠는 자신이 아버지의 빚을 갚는 심정으로 살아왔다고 고백한다. '나'를 떠나던 날 프란츠는 "만일 아버지가 빚을 진 것이 아니었다면……"이라고 말하면서 아버지로 인해 짊어졌던 과거의 짐을 벗고 아내와 헤어져 '나'에게로 오겠다는 마음을 밝힌다. 그러나 '나'는 프란츠의 눈빛에서 그가 오지 않으리라는 것을 직감한다.

소설 속에는 프란츠의 아버지를 비롯하여 '나'의 아버지, 한지 페츠케의 아버지, 힌리히의 아버지 등 여러 아버지가 등장한다. 전쟁에 참가했다가 몸속에 '유탄파편'을 안고 돌아온 이 아버지들은 모두 자식들에게 부정적 영향을 미치는 존재들로 그려진다. "그들은 돌아오지 말았어야 했을 것이다. (…) 우리를 (…) 어머니들하고만 같이 있도록 내버려두었어야 했을 것이다." '나'는 아버지의 존재 자체를 거부한다. "내 아버지도 왔다. 어쨌든 어머니가 내 아버지라고 주장하는 한 남자가 왔다. 우리 두 사람은 모두 어머니의 말을 믿지 않았다." '나'는 의욕상실과 권태가 섞여 있는 아버지의 목소리, "항상 불쾌한 것을 마주할" 각오를 하고 있는 것 같은 그의 눈을 포함하여 아버지의 모든 것에 대해 거부감을 느낀다.

옛 급우였던 힌리히는 외국신문에서 아버지에 대한 기사를 읽고 자살한다. 권력의 핵심에 있던 힌리히 아버지가 "군대를 대학으로 보내 이데올로기 수업에서 수업 의지를 보이지 않은 대학생들의 머리를 박살내야 한다고" 주장하고 "대학생들의 뼈를 부러뜨려야 한다고 제안했다는" 기사였다. "아버지를 사랑했고 아버지와 닮고 싶었기 때문에" 자살을 택할 수밖에 없었던 힌리히의 죽음을 보고 '나'는 자신이 아버지를 사랑하지 않은 것이 오히려 다행이라고 생각하며, 딸들보다 "아들들에게는 아버지의 모습 안에 훨씬 더 큰 위험이 도사리고 있다는 확신"을 갖게 된다. '나'의 생각에 따르면 남자들을 이렇게 비인간적으로 만든 것은 전쟁이다. "전쟁이 없다면 남자들도 여자들과 똑같이 그저 인간일 것이다." 전쟁이 "남자들을 말살"시키고 "남자 한 명당 여자가 2.5명"이 되었기 때문에 여자들은 남자들이 저지르는 "그렇게 끔찍한 행위들"을 용서할 수밖에 없다는 것이다.

어머니의 모습도 긍정적으로 그려지지는 않는다. 아버지가 돌아오자 웃음이 달라진 어머니, 평소에 늘 하던 간단한 일들을 서투른 듯 아버지에게 넘기고 아버지에게 의존하며 잘 보이기 위해 애쓰는 어머니를 '나'는 이해할 수가 없다. 어머니의 "살찐 여성성"을 닮지 않기 위해 사춘기의 '나'는 일부러 음식을 적게 먹고 헐렁한 남자 스웨터를 입어 몸을 가리고 다닌다. 아버지와 어머니 모두에 대한 부정적 서술들에서 전쟁과 아버지로 대표되는 가부장적 남성사회와 기성세대의 권위에 대한 강한 거부감을 느낄 수 있다.

『슬픈 짐승』에서 모니카 마론은 '나'와 프란츠 두 사람의 사랑을 중심 이야기로 하여 많은 사람들의 사랑과 사회 문제를 연결시키면서 흥미와 긴장감 속에서 통독이라는 주제를 무겁지 않게 풀어간다. 작가의 성숙한 솜씨를 느낄 수 있는 잘 짜인 소설을 읽어나가면서 독자들도 조각조각들을 맞추며 나름대로 전체의 그림을 만들어갈 수 있을 것이다.

김미선

1941년	6월 3일 베를린에서 태어남.
1951년	양아버지인 카를 마론(1955년부터 1963년까지 동독 내무 장관)을 따라 서베를린에서 동베를린으로 이주하여 구동독에서 성장함. 동베를린에서 연극학과 예술사를 전공했고 대학 졸업 후 텔레비전 방송사에서 조연출로 활동했으며 〈보헨포스트 Wochenpost〉지에서 저널리스트로도 활동함.
1976년	동베를린에서 전업 작가로 활동하기 시작.
1981년	첫 소설 『분진 Flugasche』이 체제 비판적 내용 때문에 서독에서 출판됨.
1982년	『오해 Das Missverständnis』 출간. 이 작품집에는 단편소설 네 편과 드라마 한 편이 실림.
1983년	〈아다와 에발트 Ada und Evald〉가 부퍼탈에서 초연됨.
1986년	『경계 넘는 여인 Die Überläuferin』 출간.
1988년	3년 비자를 받고 서독으로 이주하여 1992년까지 함부르크에서 거주함.
1989년	베를린 장벽이 무너지고 구동독의 사회주의 체제가 붕괴됨.
1990년	함부르크 시에서 주는 이름가르트 하일만 문학상 수상.
1991년	소설 『조용한 거리 6번지 Stille Zeile sechs』 출간. 그림형제 문학상 수상.
1992년	클라이스트상 수상. 통일된 베를린으로 돌아옴.
1993년	에세이와 기사 모음집 『나의 이해력에 따라서 Nach Maßgabe meiner Begreifungskraft』 출간.
1994년	졸로투른 문학상을 수상하고, 로스비타 기념메달을 받음.

1996년	소설 『슬픈 짐승*Animal triste*』 출간.
1999년	『파벨의 편지*Pawels Briefe. Eine Familiengeschichte*』 출간. 취리히 대학에서 시학 강의함.
2000년	에세이와 기사 모음집 『선로를 횡단하여*Quer über die Gleise. Essays, Artikel, Zwischenrufe*』 출간.
2002년	소설 『빙퇴석*Endmoranen*』 출간.
2003년	에세이 『출생지 베를린*Geburtsort Berlin*』 출간. 프리드리히 횔덜린상을 수상하고, 카를 추크마이어 메달을 받음.
2005년	프랑크푸르트의 요한 볼프강 폰 괴테 대학에서 시학 객원강사로 강의함.
2007년	소설 『아, 행복!*Ach, Glück!*』 출간.
2009년	독일국가상 수상.

문학동네 세계문학전집 발간에 부쳐

세계문학은 국민문학 혹은 지역문학을 떠나 존재하는 문학이 아니지만 그것들의 총합도 아니다. 세계문학이라는 용어에는 그 나름의 언어와 전통을 갖고 있는 국민문학이나 지역문학의 존재를 인정하면서 그것을 넘어서는 문학의 보편적 질서에 대한 관념이 새겨져 있다. 그 용어를 처음 고안한 19세기 유럽인들은 유럽문학을 중심으로 그 질서를 구축했지만 풍부한 국민문학의 전통을 가지고 있는 현대의 문학 강국들은 나름의 방식으로 세계문학을 이해하면서 정전(正典)의 목록을 작성하고 또 수정한다.

한국에서도 세계문학 관념은 우리 사회와 문화의 변화 속에서 거듭 수정돼왔다. 어느 시기에는 제국 일본의 교양주의를 반영한 세계문학 관념이, 어느 시기에는 제3세계 민족주의에 동조한 세계문학 관념이 출현했고, 그러한 관념을 실천한 전집물이 출판됐다. 21세기 한국에 새로운 세계문학전집이 필요하다는 것은 명백하다. 우리의 지성과 감성의 기준에 부합하는 세계문학을 다시 구상할 때가 되었다.

문학동네 세계문학전집은 범세계적으로 통용되는 고전에 대한 상식을 존중하면서도 지난 반세기 동안 해외 주요 언어권에서 창작과 연구의 진전에 따라 일어난 정전의 변동을 고려하여 편성되었다. 그래서 불멸의 명작은 물론 동시대 세계의 중요한 정치·문화적 실천에 영감을 준 새로운 작품들을 두루 포함시켰다.

창립 이후 지금까지 한국문학 및 번역문학 출판에서 가장 전문적이고 생산적인 그룹을 대표해온 문학동네가 그간 축적한 문학 출판 경험을 바탕으로 새로운 세계문학전집을 펴낸다. 인류가 무지와 몽매의 어둠 속을 방황하면서도 끝내 길을 잃지 않은 것은 세계문학사의 하늘에 떠 있는 빛나는 별들이 길잡이가 되어주었기 때문이다. 우리가 자부심과 사명감 속에서 그리게 될 이 새로운 별자리가 독자들의 관심과 애정에 힘입어 우리 모두의 뿌듯한 자산이 되기를 소망한다.

문학동네 세계문학전집 편집위원
민은경, 박유하, 변현태, 송병선, 이재룡, 홍길표, 남진우, 황종연

세계문학전집 029

슬픈 짐승

1판 1쇄 2010년 3월 15일
1판 17쇄 2025년 10월 30일

지은이 모니카 마론 | 옮긴이 김미선

책임편집 이은현 | 편집 원미선 오동규 | 독자모니터 김지혜
디자인 윤정우 송윤형 한충현 김민하 | 저작권 박지영 형소진 주은수 오서영 조경은
마케팅 정민호 서지화 한민아 이민경 왕지경 정유진 정경주 김혜원 김예진 이서진
브랜딩 함유지 박민재 이송이 박다솔 조다현 김하연 이준희
제작 강신은 김동욱 이순호 | 제작처 영신사

펴낸곳 (주)문학동네 | 펴낸이 김소영
출판등록 1993년 10월 22일 제2003-000045호
주소 10881 경기도 파주시 회동길 210
전자우편 editor@munhak.com
대표전화 031)955-8888 | 팩스 031)955-8855
문학동네카페 http://cafe.naver.com/mhdn
인스타그램 @munhakdongne | 트위터 @munhakdongne
북클럽문학동네 http://bookclubmunhak.com

ISBN 978-89-546-1007-0 04850
　　　978-89-546-0901-2 (세트)

잘못된 책은 구입하신 서점에서 교환해드립니다.
기타 교환 문의 031) 955-2661, 3580

www.munhak.com

● 문학동네 세계문학전집은 계속 출간됩니다